KB234914

책 향기에 취하다

책 향기에 취하다

고요한 밤에 책장을 마주하면 하루의 피로와 우환이 말끔히 가신다. 한 줄 한 줄 배열된 책,
다닥다닥 붙어 있는 책이 모두 친밀한 내 친구다. 정신이 팔려 오랫동안 앉아 있으니 마음은
마치 고요한 세계로 빠진 듯 그토록 유쾌하고 편안하고 자유로워진다.

책 향기에 취하다

조정문 지음 | 조성환 옮김

인터북스

들어가며

　인생에는 수많은 즐거움이 있다. 그 가운데 가장 큰 즐거움은 독서라고 생각한다.

　우리 조상들은 수많은 취미를 가졌다. 예를 들면 공개적으로 음식에 대해 신경을 썼으며 암암리에 여색도 밝혔다. 먼저 공개된 것을 얘기하자면 '백성은 먹는 것을 하늘처럼 여긴다(民以食爲天)'는 말이 있다. 위로는 천자, 대신, 학자, 명사로부터 아래로는 서민, 백성에 이르기까지 누구나 배를 채워야했으며 돈이 있는 집에서는 풍성하게 먹고 마셔 '부잣집에선 술과 고기 썩는 냄새가 풍길(朱門酒肉臭)' 정도였다. 좀 더 고상하게 먹는 사람은 미식가일 것이다. 공자(孔子, BC 551~BC 479)도 식사 예절을 따졌고 소식(蘇軾, 1037~1101), 원매(袁枚, 1716~1797)도 식단을 발명한 바 있다. 그러나 사람의 배는 결국 한정되어 있고 사람의 입맛도 물릴 수가 있다. 산해진미를 많이 먹어도 이와 같을 따름이다. 나이가 들어감에 따라 맛있는 음식도 매력을 잃을 수가 있다. 좀 더 은밀한 것을 말해보면, 중국의 군자들은 역대로 성에 대한 언급을 꺼렸다. 그러나 실제로 천자에서 백성에 이르기까지 건강한 남녀라면 이 '성'에

서 벗어날 수 없었다. 황제라면 3궁(宮), 6원(院), 72비(妃)를 거느렸고 사대부도 첩을 들였으며, 사람들이 흥미진진하게 이야기하는 풍류재자 들도 사랑 이야기를 얼마나 많이 만들어냈는지 모른다. 그러나 옛사람 들은 또 여색은 한 자루의 칼과 같아서 거기에 깊이 빠지면 크게는 나라를 망치고 작게는 자기 몸을 망친다고 말했다. 이를 보면 음식과 여색은 모두 '다다익선(多多益善)'이라 할 수는 없고 더욱이 한평생 그것에 미련을 둘 수도 없었다. 이와 비교하면 독서는 하면할수록 즐겁다. 아동, 노인, 남성, 여성할 것 없이 모두가 그 속에서 무궁한 취미를 찾을 수 있다. 독서를 인생 최대의 쾌락으로 보는 것은 조금도 지나치지 않다고 생각한다.

　독서는 즐거운 일이고 장서도 고상한 일이며, 모두 의미 있는 일이다. 중국 장서문화의 유래는 오래되었다. 도서는 한 민족, 한 국가가 그 문명을 보여주는 중요한 표지다. 중국의 고대 문명은 장서문화에서 증명할 수 있다. 상해고적출판사(上海古籍出版社)는 내게 '중국 장서문화'라는 소책자를 쓰라고 했다. 나는 흔쾌히 동의하여 그 제목을 《책 향기에 취하다(書香心怡)》로 정했다. 그러나 쓰기 전에 상당히 고심했다. '장서문화'를 쓰는 일은 '화조문화', '관광문화', '음식문화'를 쓰는 것만큼 수월하

거나 재미있지도 않고 생생하지도 않다. 어떻게 해야 엄숙한 명제를 활발하게 쓸 수 있을까, 몇 번의 사고를 거쳐서 이렇게 쓰기로 결정했다.

이 책은 책을 고르고(淘書) 책을 소장하며(藏書), 책을 감상하고(玩書) 책을 읽는(讀書) 네 가지 각도에서 책의 역사, 책의 지식 그리고 사람과 책 이야기를 논술하였고, 동시에 외국 도서에 관한 정보를 소개했다. 이는 독서 소품이다. 따라서 필자는 자신을 그 속에 넣어두고 몇 십 년 동안 책을 고르는 취미, 장서의 즐거움, 책을 감상하는 경지, 독서 방법으로 구상하며 틀을 짰는데, 이렇게 하면 취미성이나 생활감을 더해줄 수 있을지도 모르겠다. 그리고 자료를 그대로 옮겨놓는 방법과 구별하여 독자로 하여금 그 속에서 사람과 책이 친밀하게 하나가 되는 여러 가지 즐거움을 느낄 수 있도록 했다.

장서의 역사를 거슬러 올라가 추적하고 도서에 대한 사랑을 제창하는 일은 국가가 고도의 문명으로 나아가는 중요한 일환이다. 책은 사람에게 지식을 줄 뿐 아니라, 정신적 역량을 가져다준다. 내 경우를 이야기하자면 십년 동란 속에서 배움의 기회를 잃었지만, 20여 년 동안의 독학을 통해 오늘날 약간의 성과를 거둘 수 있었으니, 그 공을 날마다 보는 책이라는 스승에게 돌려야 할 것이다. 책을 사랑하는 사람이라면

반드시 삶을 사랑할 것이다. 우리 모두가 책을 사랑하면 우리 삶은 더욱 아름답게 바뀔 것이다.

나와 책의 감정을 표현하기 위해 나는 일찍이 〈책장을 마주하며(面對書櫥)〉라는 짧은 글을 지은 바 있다. 지금 아래에 초록하여 책을 사랑하는 사람의 소원을 토로하고자 한다.

고요한 밤에 책장을 마주하면 하루의 피로와 우환이 말끔히 가신다. 한 줄 한 줄 배열된 책, 다닥다닥 붙어 있는 책이 모두 친밀한 내 친구다. 정신이 팔려 오랫동안 앉아 있으니 마음은 마치 고요한 세계로 빠진 듯 그토록 유쾌하고 편안하며 자유로워진다.

말없는 책은 마치 생생한 인생 무대와 흡사하다. 비바람, 천둥, 번개가 되기도 하고 슬픔과 기쁨을 주기도 하여, 그것을 읽으면 눈앞이 확 트여 만감이 교차하게 된다.

책마다 멋진 이야기가 들어있다. 로빈슨의 표류, 몽 테크리스토의 복수, 돈키호테의 우스움, 빠벨 꼬르차긴의 추구 등. 책장을 대하고 있으면 고난스런 경력, 온화한 세상살이를 맛볼 수 있다.

책 속에는 사람 이야기가 담겨 있다. 안나의 곤혹, 노라의 가출, 테스

책 향기에 취하다

(Tess)의 탄식, 제니의 온유 등. 책장을 마주하고 있으면 인생의 선택, 비극의 연유를 찾을 수 있다.

책장을 마주하고 있노라면 굴원(屈原)의 투신, 장자(莊子, 약 BC 369~BC 286)의 소요유(逍遙遊)를 엿볼 수 있다. 이백(李白, 701~762)이 검을 차고 장안(長安)을 나섰고, 육유(陸游, 1125~1210)는 꿈속에서 오구(吳鉤)를 찼고, 오경재(吳敬梓, 1701~1754)는 실의에 빠져 평생 《유림외사(儒林外史)》를 썼고, 조설근(曹雪芹, 1715~1763)은 가슴 가득 열정을 품고 《홍루몽(紅樓夢)》에 기탁했다. 어찌 사람으로 하여금 감동시키고 근심을 자아내게 하지 않겠는가!

책장을 마주하고 있으면 주왕(紂王)이 달기(妲己)에 미혹되고 진시황(秦始皇)이 유생을 생매장하며, 수양제(隋煬帝)가 간언을 듣지 않고 아름다운 미녀를 완상하고 송 고종(高宗)이 어리석어 악비(岳飛, 1103~1142)를 죽이며, 위충현(魏忠賢, 1568~1627)이 조야를 뒤흔들고 서태후(西太后, 1835~1908)가 수렴청정하는 정경을 엿볼 수 있다. 어찌 사람을 극도로 분노하게 하고 슬프게 하지 않겠는가!

또 사마천(司馬遷)이 붓을 잡아 직서하고 조자건(曹子建, 192~233)이 일곱 걸음 만에 시를 지었고, 한창려(韓昌黎, 768~824)가 조주(潮州)에

폄적당해 악어에게 제사지내고 소동파(蘇東坡, 1037~1101)가 해남을 유랑하며 고주(苦酒)를 마시고, 왕실보(王實甫)가 《서상기(西廂記)》를 지어 애인을 탄식했으며 풍몽룡(馮夢龍, 1574~1646)이 지은 《삼언(三言)》의 명성은 유럽까지 떨쳤다. 서가에는 예술 장정과 같이 다채로워서 훌륭한 것이 아주 많다.

《주역(周易)》에서는 괘(卦)를 따지고 《손자(孫子)》에서는 병법을 논한다. 조맹덕(曹孟德, 155~220)은 중원을 다투고 이세민(李世民, 599~649)은 천하를 종횡한다. 포증(包拯, 999~1062)은 교묘하게 무시안(無尸案)을 판결하고 해서(海瑞, 1514~1587)는 호신(豪紳)을 제거할 계획을 세웠다. 서가는 천추의 청사(靑史)와 같아서 권선징악할 수 있고 공공 도리를 썩지 않게 만들 수 있다.

세상살이에는 언제나 진창이 있게 마련이고 인생살이에도 슬픔과 기쁨이 있기 마련이다. 독서는 청춘의 환락, 인간의 풍류를 음미할 수 있게 한다. 아울러 생명의 의미, 아직 실현되지 않은 원대한 포부를 소중히 여기게 만든다. 인생을 쓰는데 근심할 건 무언가!

그래서 나는 책장을 마주하고 자신의 무지, 천박, 우매와 추악함을 되새긴다.

그래서 나는 책장을 마주하며 생활의 기이함, 신비, 우아함과 온유를
알게 된다.

고요한 밤에 책장을 마주하면 맛있는 술을 마시는 것 같고, 높은 누각
에 올라가는 듯하다.

이는 내가 10여 년 동안 출판한 서른 한 번째 책이고, 나의 독서 생활
에 대해선 처음으로 쓰는 작은 책자인데, 독자들이 즐겨 읽기를 바란다.

마지막으로 왕흥강(王興康, 1956~   ), 고극근(高克勤, 1962~   ) 동지
의 격려와 가르침에 감사드린다. 그리고 수많은 책 벗들이 내가 이 작은
책자를 완성하는데 수많은 자료를 제공해주신 데 대해 감사드린다.

조정문(曹政文)

1993년 9월 12일 '독서락서옥(讀書樂書屋)'에서 쓰다.

차례

책 향기에 취하다

넷째 마당 | 독서 방법

첫째 마당 | 책을 찾는 취미

옛사람들은 책을 고르고 책을 사는 것을 '도서 탐방(訪書)'이라 일컬었다. 방서(訪書)는 다시 말해 책을 생활 속의 친구로 여겨 좋은 책 한 권을 얻으면 친구 한 명을 사귄 것과 같다는 의미다. 인생에서 친구를 얻기가 힘든데, 마음속으로 사랑하는 장서를 얻고자하면 방서에는 온갖 단맛과 쓴맛을 본다. 방서의 과정은 고충이면서도 즐거움으로 충만하다.

첫째 마당에서는 독자를 고금의 책 시장으로 인도하여 수많은 방서의 명인과 해외의 책 고르는 재미있는 이야기를 알게 할 것이다.

책 시장의 옛 풍취를 찾아서

　서점과 책 노점상을 한가로이 거니는 것을 좋아하는 사람들이 우리 집에서 한차례 모임을 갖고, 고대 책 시장의 기원과 발전에 대해 이야기를 나눌 기회가 있었다. 모두들 흥미로워 했으며 그들은 내게 고대의 책 시장에 관해 짧은 글을 써 볼 것을 제안했다.

　나는 방서자(訪書者)를 소개하기 전에 중국의 가장 오래된 책 시장을 둘러보고자 한다.

　서한(西漢) 시대에 장안성 동남쪽 상만창(常滿倉) 북쪽 구역은 담장이나 가옥이 없었으며 오로지 홰나무(槐樹) 숲이 있을 뿐이었다. 중국의 가장 오래 된 책 시장은 여기서 출현했다. 매달 초하루와 보름 때마다 색다른 풍경이 있었다. 《삼보황도(三輔黃圖)》의 기록에 따르면, "제생들은 매달 초하루와 보름날에 이 시장에 모였는데, 제각기 각 군에서 나는 물건들과 경서의 주석 서적과 생(笙), 경(磬) 악기 등을 가지고 나와 서로 사고파는데 점잖게 예를 차렸으며, 그렇지 않으면 홰나무 아래에 앉아서 의견을 주고받았다."고 한다. 책을 읽는 사람이 장사를 하는데, 이 또한 품위가 있었으며 마치 학자와 같은 느낌을 주었다.

북송 시대에는 비교적 정식의 서점거리가 생겼다. 그곳은 바로 복건(福建) 건안(建安, 현재의 建陽)현에서 서쪽으로 35킬로미터 떨어진 마사진(麻沙鎭)이다.

마사진은 대봉산(岱峰山)을 기대고 있으며 마양계(麻陽溪)에 임해 있는데, 이곳에는 마와 대나무, 배나무가 무성하게 자라 종이를 생산하고 판각하는 일이 무척 발달했다. 당시 이 지역의 주민 대다수가 판목을 새겨 책을 만드는 일에 종사했기 때문에 마사진은 당시 중국 최대의 도서 간행 중심지 가운데 한 곳이었다. 마사서방 거리에 전시해 놓은 서적의 종류는 많았으며 인쇄 부수도 많았다. 경서, 역사서, 제자, 시문집, 농업과 임업, 산수, 노래책, 편지글, 연의소설 등 응당 있어야 할 것은 전부 있었으며 가격 또한 저렴했다.

마사진 서쪽의 숭화방(崇化坊)에도 서점 거리가 있었다. 또한 마사진 남쪽으로 10킬로미터 떨어진 장소에 서방향(書坊鄕)이 있었는데, 달리 서림(書林)이라고도 불렸다. 모두 다 서적상들이 활약하던 장소다. 그 밖에 《건양현지(建陽縣志)》의 기록에 따르면, "서적 시장이 숭화리(崇化里)에 있으며 모든 곳에서 책을 팔았다. 천하에 책을 매매하는 행상들은 매월 1일, 6일 날 모였다."고 했다. 송대 책 시장의 성대한 분위기를 알 수가 있다.

명대의 서점 거리는 강소(江蘇) 남경(南京) 삼산가(三山街) 일대에 있었다. 당시 서점으로는 세덕당(世德堂), 계지재(繼志齋) 등이 있었는데, 책의 간행도 많았으며 도매 장사가 한층 번창했다. 명대 호응린(胡應麟, 1551~1602)은 《소실산방필총(少室山房筆叢)》에서 "지금 국내의 책이 모이는 곳으론 네 곳이 있는데, 연경(燕京)의 시장과 남경, 소주(蘇州),

책 시장의 옛 풍취를 찾아서

그림 1. 유리창 서점 거리

항주(杭州)가 있다."고 기록했다. 그는 특히 남경의 책 시장의 성황을 격찬하며 다음과 같이 기록했다.

이름을 떨친 문헌의 판각본이 상당히 많았고 거질의 유서(類書)도 모두 모였다.

이 서점 거리는 청대부터 점차 몰락하기 시작했다. 그러나 남경에는 청대에도 두 곳의 서점가가 있었는데, 한 곳은 부자묘(夫子廟)이고 다른 한 곳은 화패루(花牌樓)에 있었다. 부자묘는 진회하(秦淮河)와 마주하고 있는데, 문인들이 이곳에서 책을 구입했다. 이곳에는 전후로 당씨부춘당(唐氏富春堂), 문림산방(文林山房), 천록각(天祿閣), 홍설산방(鴻雪山房), 영주서관(瀛州書館), 문연각(文淵閣), 굉문서점(宏文書店), 동문산방(同文山房) 등 30여 곳의 서점이 밀집해 있었다. 화패루 서점 거리는 청말, 민초에 형성되기 시작하여 40여 곳의 서점이 즐비하여 뒤에 근대 출판업계의 중심지가 되었다.

북경(北京)의 책방 거리는 청대부터 형성되었다. 중요한 세 곳이 있는데 자인사(慈仁寺) 노점 구역과 융북사(隆福寺) 노점거리, 유리창(琉璃廠) 노점거리다. 이 세 곳의 노점이 일시에 극성했다. 강희(康熙) 연간에 자인사 책방 거리를 읊은 시가 있다.

花燈九陌掛春風, 휘황한 등불은 장안의 봄바람 붙잡고
獨弄殘編古寺中. 홀로 낡은 절에 남아 시를 짓는다.

此日風流誰嗣響, 이 날의 풍류를 누가 이어 소리 낼 것인가?
慈仁廊下覓尙書. 자인사 처마 아래서 상서를 찾았노라.

당시 주이준(朱彝尊, 1629~1709), 왕사정(王士禎, 1634~1711) 같은 명사들은 이곳에서 이전부터 내려오던 진본을 얻고 희색이 만연했다. 융북사 책 노점거리는 진기한 골동품, 꽃과 새, 벌레와 물고기, 각종 잡화, 고서, 탁본을 함께 경영하여 무수한 방서자들을 불러들였다. 후에는 또 삼우당(三友堂), 문전각(文殿閣), 계고당(稽古堂), 홍문각(鴻文閣), 신의서점(信義書店) 등의 서점이 생겼다. 유리창은 북경 선무구(宣武

책 시장의 옛 풍취를 찾아서

區) 화평문(和平門) 밖에 자리하고 있는데, 청대 중반에 형성되었다. 이곳에는 많은 고서 진본 외에도 서화와 문물이 사람의 이목을 끈다. 청대 이후의 문인, 학자들은 북경에 가면 유리창의 서점가로 가지 않은 이가 없을 정도였다. 이러한 풍속은 1940년대에 이르러서도 여전히 쇠퇴하지 않았다. 나진옥(羅振玉, 1866~1940), 노신(魯迅, 1881~1936), 주자청(朱自淸, 1898~1948), 정진탁(鄭振鐸, 1898~1958) 등은 모두 유리창 거리와 깊은 인연을 맺은 이들이다.

중국의 유명한 서책 노점거리는 남송 항주의 노점거리, 명대 곤명(昆明) 서림(書林) 거리, 소주 호용가(護龍街) 서점거리, 청대 천진(天津)의 책 노점 거리, 아울러 근대 장사(長沙)의 옥천가(玉泉街) 서점거리, 상해(上海) 복주로(福州路) 서점거리, 그리고 상해의 옛 성황묘(城隍廟) 서점구역이 있다. 홍콩과 대북(臺北)에도 서점거리가 있다. 전자는 1930년대부터 흥성하였고 후자는 1950, 60년대에 흥성했다.

예전 책 노점의 흔적을 찾아보면 중국문화의 자취를 엿볼 수 있다. 고대 지식인의 즐거움이 마치 역사라는 긴 강에서 떠오르는 것 같다.

서적 시장은 지식인들에겐 향기로운 초원과도 같다.

책을 찾으려면 만 리 길을 걸어라

　고서에는 독서에 관한 명언, 경구들이 많이 기록되어 있는데, '만 권의 책을 읽고 만 리 길을 가다(讀萬卷書, 行萬里路)'라는 말은 내가 가장 좋아하고 공감하는 말이다.

　좋은 책을 얻기 위해 천리 길, 만 리 길을 걷는 온갖 고생을 마다하지 않는 정신은 칭찬할 만하다. 책을 읽는 목적은 의혹을 풀어주고 의문을 깨우쳐주는데 있다. 그러나 책이라고 해서 그 속의 지식이 완전히 정확하거나 착오가 없는 것은 아니다. 또한 "책 내용을 모조리 받아들이는 것은 차라리 책이 없는 것보다도 못하다(盡信書不如無書)". 그러나 어떤 독서인들은 책 속 지식의 정확성 여부를 검증하기 위해 스스로 산 넘고 물 건너 현지 조사하여 실천 속에서 진리를 얻고자 노력한다. 이러한 학습 정신은 대단히 귀하고 존경스럽다.

　중국의 유명한 역사학자 사마천이 바로 그러하다. 그는 어려서부터 《춘추(春秋)》, 《상서(尚書)》, 노장(老莊) 관련 서적을 비롯한 많은 저서들을 읽으면서 책 내용을 따분하게 그대로 받아들이지 않고, 중국 각지를 유람 다니면서 책에 나오는 지식의 정확성을 검증했다. 그의 자술에 의

그림 2. 사마천 동상

하면 "스무 살에 남쪽으로 강회(江淮) 지방을 노닐었고 회계(會稽)에 이르러 우왕(禹王)의 묘를 탐방하고 원상(沅湘)으로 나아갔다. 북쪽으로는 문사(汶泗)를 건너고 제로(齊魯)의 도읍지에서 공부하며 공자의 유풍을 살피고, 추역(鄒嶧)에서 향사례를 지내고 파설(鄱薛)의 팽성(彭城)에서 곤란을 겪고 양초(梁楚)를 거쳐 돌아왔다."고 하였다. 그가 벼슬길에 들어선 뒤에도 "명을 받아 사신으로 나가 서쪽으로는 파촉(巴蜀) 이남 지역을 다녔고 남쪽으로 공(邛), 착(笮), 곤명(昆明)을 공략했다." 그는 방문한 지역에 이를 때마다 그곳의 고적, 민속, 풍습 등에 대해 깊이 파고들어 이해하면서 옛 역사를 검증했다. 바로 이러한 불요불굴의 탐구 정신이 있었기에 사마천은 천고의 절창이라 일컫는 《사기(史記)》를 탄생시켰다.

북위(北魏)의 역사학자 역도원(酈道元, 약 470~527)은 일생을 책에 대한 끊임없는 추구 속에서 지내왔다. 그는 지리서 《수경주(水經注)》를 쓰기 위해 산과 물을 물어 찾아다니고 고서 430여 종을 참고하면서, 고인들의 문헌 기록에 초점을 맞춰 자연지리를 탐방했다. 그는 각 지역의 민속, 역사, 지리학, 농학, 문학, 수리학 등에 대해 실지를 검증했다. 역도원은 사람들에게 책을 많이 읽는 것을 권장하는 동시에, 역사 기록이 남아있는 현장에 가서 검증하는 것도 적극 격려했다. 그의 이러한 실사구시의 탐구 정신은 《수경주》의 과학적 가치를 한층 더 과시했다.

명대 의학자 이시진(李時珍, 1518~1593)은 《본초강목(本草綱目)》으로 세상에 이름이 났다. 《본초강목》을 편찬하기 위해 이시진은 의학, 방학(方學), 문학 등에 관련된 3, 800여 종의 책을 읽었고 아울러 역사서, 소설, 필기, 경서 등 각종 자료를 연구했다. 그러나 그는 고인들의 문헌 기록을 맹목적으로 따르고 옮겼던 것이 아니라, 중국 동서남북에 자신의 발자국을 남기면서 실제에 밀착하는 진리 탐구의 길로 나갔다. 그는 책 천여 권을 읽고 길 만 여리를 걷고 사람 천만 여명을 방문한 끝에, 드디어 만년에 영국 과학자 다윈(Charles Robert Darwin, 1809~1882)이 '중국 고대의 백과전서'라고 높이 찬양한 《본초강목》을 세상에 내놓았다.

사마천, 역도원, 이시진 등 역사 인물들은 모두 각자의 영역에서 휘황찬란한 업적을 거뒀다. 그들은 평생 동안 책 읽기에 전념하였고 현장 조사에도 더욱 힘을 이바지했다. 그들은 전인(前人)들의 연구 성과를 존중하는 한편, 거리낌 없이 의문을 제기하며 현장 조사에 나갔으며 이전의 논단을 쉽게 믿으려 하지 않았다. 이러한 서적 탐방을 대자연 속으로 끌어들이는 태도는 살아있는 고서를 읽는 장점을 증명했을 뿐 아니라, '융통성 없는 책 읽기', '책에 대한 절대적 숭배 정신' 등 교조주의 태도를 비판했다.

청대 재자 원매는 이에 대해 다음과 같이 결론을 내렸다. "나는 경학(經學)을 배움에 있어 믿음보다는 의심을 더 많이 품었다.", "육경(六經)의 학문은 학자 자신의 연구 성과에 의한 결과물이지만, 그 말이 모두 다 순정하다고는 볼 수 없다." 이러한 책을 탐방하는 정신은 우리 후세인들이 따라 배워야 할 만한 가치가 있다. 책에 기록된 내용은 작가 자신이 관찰 시점을 어느 한 각도에 투사하어 캡쳐한 것이므로 개인적 경험, 소양, 문제를 인식하는 입장 등이 천차만별이며, 동일한 사물에 대해서도 서로 다른 관점을 가질 수 있다. 또한 역사는 끊임없이 변천하는 흐름 속에 처해 있기에 영구불변한 사물도 존재하지 않는다. 옛날의 결론이 오늘날의 실황에 완전히 적합하지도 않고, 하물며 역사의 진면모는 오랜 시간이 지나서야 비로소 그 진실성이 나타나게 된다. 그리하여 사마천, 역도원, 이시진 등 인물들은 책 내용을 토대로 삼아 산 넘고 물 건너 자연지리에 대한 실지 검증을 진행했다. 이것은 일종의 발견이고 고증이기도 하다. 이는 인류문화의 축적과 발전에 모두 중대한 의의를 지닌다.

우리는 어떤 학술 저서를 평가할 때 습관적으로 그것을 이왕의 다른 책들과 대조하면서, 과연 그것이 어떤 새로운 내용을 갖고 있는지에 대해 주목한다. '새로운 것'은 사실 작자 자신이 책에 어느 정도 독창적인 관점을 제기했느냐 하는 것이다. 옛날의 책을 그대로 답습하는 것은 '정리'에 불과한 것이고, 개인의 새로운 견해를 내세운 책이야말로 진정한 '창작'이라 할 수 있다. 이런 의미에서 볼 때, 우리는 방서를 단순히 서점에서 책을 선택하는 것에 초점을 둘 것이 아니라, 사회 실천 속에서 책을 찾아다녀야 한다. 우리는 인생에 있어서 중요한 책을 꾸준히 탐방하여야만 지식의 융통적인 통합을 이룰 수 있고, 죽은 자료를 살아있는 관점으로 전환할 수 있으며, 비로소 '불후의 일언'을 남길 수 있다.

'만 권의 책을 읽고 만 리 길을 걷다'는 책을 마냥 읽는 것이 아니라 깨우쳐서 습득하는 것이다. 이것 역시 절묘한 독서 방법 가운데 하나다. 저명한 역사학자 고힐강(顧頡剛, 1893~1980)은 12살 때 스스로 "천하의 명산명천을 모조리 유람하지 못하는 것이 유감이고, 천하의 좋은 책을 모조리 읽지 못하는 것이 유감이다"라고 말했다. 책을 탐방하는 정신은 독서를 사랑하는 우리 모두가 몸소 실천할만한 가치가 있다고 생각한다.

서점을 두루 답사하고 《논형》을 쓰다

현대 문명사회는 인류에게 많은 장점을 가져다주었다. 장점 가운데 하나는 독서의 편리함이다. 여러분은 서점에 가서 책을 살 수 있고, 또 도서관에 가서 책을 빌릴 수 있다. 옛날에 책을 좋아했던 사람들은 이를 틀림없이 부러워했을 것이다.

중국에 아직 제지술이 발명되기 전에는 문자를 갑골(甲骨), 청동기에, 그 뒤에는 죽간(竹簡)에 쓰거나 혹은 견직물에 적었다. 이것은 책을 좋아하는 사람들에게 많은 불편함을 가져다주었다.

저명한 철학가 혜시(惠施, BC 390~BC 317)는 책을 좋아했는데, "그 책들이 다섯 수레나 되었다(其書五車)"는 것을 보면 죽간의 장서가 얼마나 육중한지 알 수 있다. 공자는 만년에 《역경(易經)》을 읽을 때 책을 엮어서 이은 가죽 끈이 세 번 닳아 끊어졌는데, 이를 '위편삼절(韋編三絶)'이라 한다. 따라서 양한 시대 때 책 읽기란 쉬운 일이 아니었고, 책을 빌리는 것은 더욱 어려웠다. 사마천, 반고(班固, 32~92), 반소(班昭), 마속(馬續), 유향(劉向, 약 BC 77~BC 6), 유흠(劉歆), 마융(馬融, 79~166), 채옹(蔡邕, 133~192) 등의 학자는 책을 빌릴 때 모두 황실의 장서를 이용했다.

그렇다면 양한 시대에도 개인 장서는 있었을까? 있었다. 회남왕(淮南王) 유안(劉安, BC 179~BC 122), 하간왕(河間王) 유덕(劉德, BC 171~BC 130) 같은 사람은 유 씨 황실 사람이고, 권력가 재력을 기반으로 개인 도서관을 만들 수 있었는데 물론 일반 평민 백성들에게는 개방이 되지 않았다. 민간 서점은 수도 낙양(洛陽)에 몇 군데 있었는데, 다만 책 가격이 매우 비싸서 근근이 입에 풀칠하던 청빈한 지식인이 '돈 주고 책 사는' 것은 말처럼 쉬운 일이 아니었다.

이러한 환경에서 동한(東漢) 때 독서를 좋아했던 학자 왕충(王充, 27~약 97)이 태어났다. 왕충의 자는 중임(仲任)이고, 회계 상우(上虞) 사람이다(현재의 절강 상우). 그의 출신은 '세족고문(世族孤門)'이고, "몸을 가릴 한 떼기의 집도 없을 만큼 가난했고(貧無一畝庇身)", "한 석의 봉급 밖에 받지 못할 정도로 신분이 낮았다(賤無斗石之秩)". 어려서 아버지를 잃었지만 원대한 포부가 있었기에 열심히 공부했다. 그는 낙양에 온 뒤, 영화부귀가 뜬구름과 같음을 보았고 그래서 책을 자신의 '가장 좋은 친구'로 삼았으며, '친구'를 많이 사귀기 위해 그는 낙양의 서점을 자신의 학문 연구 장소로 삼기로 결정했다.

왕충의 방서는 쉽지 않았다. 그는 매일 이른 아침 일어나서, 건조식품을 가지고 서점에 가서 각 서점에서 파는 책들을 읽었다. 책을 살 수 없었기 때문에 서점 안에 서서 읽을 수밖에 없었다. 봄, 여름, 가을, 겨울 가리지 않고 또한 맑은 날, 비오는 날에 관계없이 그는 몇 년 만에 마침내 낙양의 서점에서 구류백가(九流百家)의 각종 저작을 섭렵했다.

돈을 지불하지 않고 책을 보아서 자연히 사람들의 시선이 곱지 않았

서점을 두루 답사하고 《논형》을 쓰다

그림 3. 《논형》 국내 번역본

는데, 왕충은 웃는 얼굴로 사과하고 여전히 두꺼운 낯짝으로 책을 빌려 읽었다. 이러한 방서 태도에 우리 현대인들은 자연히 숙연해하며 존경하는 마음이 생겨야 한다.

후에 왕충은 《논형(論衡)》이란 책을 완성했는데, 이 책은 비판 정신이 충만하고 소박한 유물주의의 광채가 번뜩이는 학술 저작이다. 이 책은 당시 큰 파장을 일으켜 많은 사대부들이 다투어 읽었다. 도중 감탄하고 찬양하면서 왕충의 학문을 좋아하는 정신에 탄복해야했다. 왕충은 《논형》을 지을 때 많은 자료를 인용했는데, 전부 그가 서점에서 읽으면서 암송했던 것에 근거했다. 왕충은 매일 서점에서 집에 돌아와 읽은 내용을 집안에 기록했는데 문, 창문, 화로, 기둥 심지어 변소 안에 자신의 학습 필기를 기록했다. 이를 통해 옛날 사람들의 독서와 방서가 매우 어려웠음을 알 수 있다. 서점과 책 파는 노점을 도서관으로 여겼는데, 이것은 배우길 좋아하는 옛날 사람들의 일종의 방법이었다.

청대 문학가 원매는 소년 시기 책을 소중히 여겼다. "매일 서점을 지나 갈 때마다 양 다리가 먼저 멈춰 섰다. 책 살 돈이 없으면 꿈에서조차도 (책을) 사서 돌아왔다"(《대서탄(對書嘆)》에 나온다). 원매는 집이 가난했기에 종종 다른 사람에게 책을 빌려 읽었는데 후에 그는 다음과 같은 결론을 내렸다. "책은 빌리지 않으면 읽을 수 없었다." 책은 빌려 온 것이기 때문에 되돌려 주는데 급급해서 자신이 즉시 (빌려온 책을) 읽어야 했다.

청대 초기의 학자 황종희(黃宗羲, 1610~1695)는 책을 평생의 친구로 삼았는데, 좋은 책을 보면 그것을 몇 년이든 정밀하고 자세하게 검토했다. 일생 중 "거리, 골목 곳곳을 돌아다니며 방서를 했는데 항상 해질녘 서동의 어깨에 (책을) 짊어지게 하고 돌아왔다. 밤이 되면 정리하고 비교하며 읽었다." 옛날 사람들은 좋은 책이 있다면 그곳에 가서 맨 처음 한 일은 방서였음을 알 수 있다. 좋은 책 한 권을 찾으면 바로 희색이 만면할 것이다. 책 살 돈이 없으면 서점에 서서 학문을 훔치거나 온갖 방법을 써서 집으로 빌려와 책 내용을 한 자도 빠트리지 않고 베꼈다.

송대 학자 정초(鄭樵, 1104~1162)는 십 년 간 방서했는데, 좋은 책을 보면 반드시 어떻게든 빌려왔다. "장서가를 만나게 되면 반드시 남아 빌려서 읽은 다음 돌아갔으며" "필요한 책을 가진 사람이 있으면 바로 그곳을 찾아가 책을 구해야 했다. 그렇게 하는 게 허락이 됐든 안 되었든 책을 다 읽은 다음 그만 두었다." 책을 구하는 게 이와 같았으니 그가 배우길 좋아함을 알 수 있다.

정초는 일찍이 자신의 서적 조사 경험을 바탕으로 8가지로 요약, 분류했다. 즉시 찾고자 하는 책, 그와 관련된 책, 지역에서 구한 책, 가문에서 구한 책, 공적인 일로 구한 책, 사적인 일로 구한 책, 사람을 기준으로 구한 책, 시대를 기준으로 구입한 책으로 분류했다. 이를 보면 그가 책을 빌리는 까닭이 매우 많음을 알 수가 있다. 또한 장서가의 방서 경험을 최초로 총결했다. 청대부터 근대에 이르기까지 많은 장서가들이 쓴 〈방서록(訪書錄)〉이 있다. 청대 손이양(孫詒讓, 1848~1908)은 〈정방온주유서약(征訪溫州遺書約)〉을 저술하였고, 청대 장국감(張國淦, 1876~1959)은 〈호북채방서목(湖北采訪書目)〉을 저술했다. 근대 사국정(謝國楨, 1901~1982)은 〈강절방서기(江浙訪書記)〉를 지었다. 방서가 독서인과 장서가의 중요한 내용임을 알 수 있다.

방서를 '도서(淘書)라고도 한다. 옛사람들은 책을 친구처럼 여겨 찾을 '방(訪)'자를 사용함으로써 책의 위상을 높였다. 이것은 서적이 인류 문화생활에서 얼마나 높은 지위를 차지하는지를 입증한다.

장원 한 채와 《한서》를 바꾸다

중국 역사에서 지식이 넓고 기억력이 뛰어난 지식인이 많이 출현했다. 어렸을 때 한유(韓愈, 768~824)의 〈장중승전후서(張中丞傳後叙)〉를 읽은 기억이 있는데, 그중 장순(張巡)과 우숭(于崇)의 대화가 쓰인 한 소절이 있다. 장순은 《한서》를 끊임없이 읽는 우숭을 보고 놀라움을 금할 수 없어, 자신은 세 번 읽은 것에 불과하지만 평생 잊지 않는다고 말했다. 우숭은 이를 믿지 않고 책을 통해 그를 시험하였다. 장순은 "권마다 한 자도 틀림없이" 외워 우숭은 이에 탄복했다. 나는 그때 이 소절의 문장을 읽고 장순에게 특별히 우수한 능력이 있을 거라고 의심을 품고 있었다. 그 뒤 책을 많이 읽고 나서 역사상 이와 같이 뛰어난 사람이 있다는 것을 알게 되었고, 게다가 적지 않다는 것도 알게 되었다.

명대 문학가 왕세정(王世貞, 1526~1590)은 어렸을 때부터 총명하고 영특하여 "책을 읽으면 평생 잊지 않을" 정도였다. 19세에 거인이 되고 22세에는 진사에 급제했으며 그 뒤 관직이 형부상서까지 이르렀다. 왕세정의 정치 업적이 어떠한가는 말하지 않겠지만, 그가 책을 목숨같이 좋아했는데 모두 공인된 사실이다.

왕세정은 남경에서 관리가 되었을 때 하루는 책 파는 상인의 수중에 있는 송대 판각본《양한서》를 보고 있었는데, 판각이 정교하여 첫눈에 반해 마음속으로 살 마음이 생겼다. 서상은 살 사람이 마음이 절박해 책을 살 것으로 알고 고의로 책값을 올려 말했다. "이 책은 일반 지식인이 살 수 있는 책이 아닙니다."

왕세정은 서상과 그 자리에서 흥정하여 장원 한 채로《한서》한 질과 맞바꾸기로 했는데, 한때 재미있는 이야기로 전해진다.

왕세정은 명대의 유명한 장서가다. 《오잡조(五雜俎)》에 따르면 "장서가 풍부했는데,《서경》의 요전(堯典)과 순전(舜典) 외에도 3만 여 권이 있고, 기타 묘지명과 조정 보고서가 산처럼 쌓였다"고 한다. 왕세정의 장서루로는 소유관(小酉館), 장경각(藏經閣), 이아루(爾雅樓) 등 세 곳이 있었다. 그는 이반룡(李攀龍, 1514~1570)과 함께 명대 '후칠자(後七子)'의 우두미리로, "산문을 읽으려면 진한의 문장을 읽어야 하고, 시를 배우려면 반드시 성당시를 배워야 한다."고 주장했다. 그는 시문에 능했고 전기소설도 지었는데, 그 작품은 학식이 풍부하여 여러 방면으로 독서하고 토대가 매우 깊다는 것을 알 수 있다.

명대의 다른 학자 호응린은 가난하게 살았다. 그는 장원 한 채를 내놓아 좋은 책을 살 수 없었으나, 책을 구하려는 마음은 왕세정과 필적할 만큼 컸다. 호응린은 소년 시절부터 책을 찾는 것을 좋아하였고 좋은 책은 반드시 사서 보았다. 그 뒤 오(吳), 제(齊), 노(魯), 조(趙), 위(衛) 각지를 널리 여행하며 평생 고서를 구하기 위해 분주히 돌아다녔다.

꼬불꼬불한 골목길을 샅샅이 뒤지고 명사들을 널리 찾아다녔고 옛집

을 찾아가며 구하러 멀리 떨어져있는 지역도 가서 뒤졌다. 중간에 옷을
저당 잡히고 음식을 거르고 따져보느라 마음이 피곤하고 배와 늑골이
말랐어도 전혀 피곤하지 않았다.

이를 보면 책에 대한 호응린의 열정에서 경모의 감정이 절로 일어나게
함을 알 수 있다. 왕세정을 '명사파 장서가'라고 한다면, 호응린은 '학자
형 장서가'라고 말할 수 있다. 호응린은 고향에서 서재를 세우고 이름을
'이유산방(二酉山房)'이라 했으며 장서 42, 384권을 소장했다. 또한 그
는 책을 소장함으로써 즐거워했고 책을 스스로 자술했다.

배고프면 음식으로 여기고 목마르면 마실 것으로 여기고, 그것을 외워
서 〈소(韶)〉, 〈호(護)〉로 여기고, 훑어보고 이시(夷施: 西施)로 여기고, 근심
이 있으면 그것을 풀기 위한 것으로써 의지하였고 성낼 일이 있으면 마음
을 평안하기 위해서 의지했고 병이 있으면 낫기 위한 것으로써 의지했다.

호응린이 보건대 독서는 음식으로 대신할 수 있고, 근심과 불만으로
부터 기분 전환을 할 수 있고, 병을 다스려 몸을 튼튼히 할 수 있다. 이
로써 독서의 장점이 많다고 말할 수 있다.

옛사람 방서에는 책을 베끼는 재미있는 이야기가 있다. 명대 가정(嘉
靖) 연간의 진사 범흠(范欽, 1506~1585)은 당시 유명한 장서가였다. 그
는 여러 해 동안 벼슬을 하면서 가는 곳마다 첫 번째 하는 일은 책방에
서 서적을 찾는 것이었다. 범흠은 장서루 천일각(天一閣)을 세웠는데 누
각은 아름다웠으나 외부인에게는 개방하지 않았다. 자손 중에 책 읽기

자위 한 채와 《하서》를 바꾸다

그림 4. 천일각

를 좋아하는 자가 있어야 범흠은 비로소 천일각에 들어와 책 읽는 것을 허락했다. 그와 왕세정은 사이 좋은 친구인지라 서로 좋은 책을 교류하고 각자 소장한 책을 베껴 읽었다. 범흠은 많은 책을 베꼈으나 유감스럽게도 거의 다 유실되었다.

명말 장서가 황거중(黃居中, 1562~1644)은 매번 보지 못한 책을 만나면 반드시 직접 베껴 썼으며, 그의 아들 황유태(黃兪邰, 虞稷, 1629~1691)도 아버지 뜻을 계승하여 책 베끼는 일을 좋아했다. 황거중이 아직 관리 생활을 할 때 황유태는 인간세상을 달관해 벼슬할 생각이 없었다. 그래서 전력을 다해 책을 읽고 서적을 찾고 서적을 수장하고 책을 베꼈는데, 그의 집에는 장서 8만 여 권이 있었다. 그 뒤 황유태는《명사

(明史)》편찬 작업에 추천되었는데, 깊고 해박한 학문과 튼튼한 문장실력과 필법으로 세상에서 유명해졌다.

명대의 방서가에 대해 이야기하자면 모진(毛晉, 1599~1659)을 빼놓을 수 없다. 모진의 이름은 내가 10년 전 풍몽룡을 연구할 때 우연히 읽게 되었다. 풍몽룡이 《삼언(三言)》을 쓸 수 있었던 까닭은 그의 친구 모진과 관련이 있었다. 모진은 당시 유명한 각서가였다. 그는 향신 가정 출신인지라 집에는 돈이 있었으며 장서도 매우 많았다. 그는 젊었을 때 벼슬에 미련을 두어 천계(天啓), 숭정(崇禎) 연간에 자주 시험에 응시했으나 모두 낙제했다. 모진은 성이 나서 집으로 돌아와 열심히 공부하는데 몰두하였고 책을 자신의 동반자로 삼았다. 풍몽룡도 여러 번 시험을 보았으나 급제하지 못하자, 모진과 책을 찾으러 다녔다. 모진은 풍부한 재산으로 도서를 대량 수집하여 판각했으며 탐방하여 구하는데 큰돈을 아끼지 않았다. 심지어 송대에 간행한 서적은 페이지 수로 돈을 계산할 정도였다. 그래서 한때 호주(湖州)의 책을 실은 배가 그 집안으로 모여들었고 모진과 앞 다퉈 책장사를 하였는데, 당시 두 구의 시구가 세상에 널리 전해졌다.

三百六十行生意, 360 점포가 장사하였으나
不如鬻書于毛氏. 모씨에게 책 파는 일만 못하다.

모진이 방서로 이름을 날린 일은 왕세정과 필적함을 알 수 있다. 풍몽룡은 모진의 도움을 받고 서상의 독촉을 받으며 《삼언》을 편집 정리해 출판했다.

37

　명·청 양대에 책을 사는데 재산을 다 써버린 사람들이 드물지 않았다. 예를 들면 청대 고염무(顧炎武, 1613~1682)는 일찍이 노(魯, 산동성), 기(冀, 하북성), 진(晉, 산서성), 섬(陝, 섬서성) 등지를 두루 돌아다닌 적이 있는데, 어느 곳에서 진귀한 책을 볼 때면 반드시 돈을 지불하고 구입했다. 그리곤 "두 마리 말, 두 마리의 노새에 책을 싣고 길을 떠났다(以二馬二騾, 載書隨行)." 그 뒤 몸에 지닌 돈을 다 사용했는데, 좋은 책을 발견하면 즉시 빌려서 베껴 썼다. 이런 방서 정신은 사실상 매우 고귀한 것이다. 그는 천고에 세상에 널리 퍼진 《일지록(日知錄)》을 썼는데, 자서에서 이 모든 공이 책을 찾아서 읽은 덕택이라고 말했다.

책 향기에 취하다

책에 미친 사람들

중국 역사에서 책에 미친 독서 애호가들이 대단히 많았다.

춘추전국 시대에 장(臧)이라는 양치기는 독서에 정신이 팔려 양을 잃어버리고 말았다. 이후 사람들은 '독서망양(讀書亡羊)'이란 말로 독서에 몰두하는 사람을 형용한다. 이런 이야기가 하나 더 있는데, 명대 왕면(王冕)은 학당에 가서 수업을 듣고 싶었지만 돈이 없어서 학당 밖에서 수업을 듣다가 소를 잃었다.

서한의 광형(匡衡)은 집이 가난했지만 독서를 좋아했다. 그는 낮에는 일을 하고 밤에는 독서를 하고 싶었지만 가난해 등조차 켤 수 없어서 이웃집에 켜진 등불을 보고 담에 작은 구멍을 뚫고 빛을 빌려 독서했다. 이에 대해 당대 독고현(獨孤鉉)은 〈착벽투광부(鑿壁偸光賦)〉를 지어 그를 찬미했다.

진(晋)나라의 차윤(車胤)도 등 기름을 살 돈이 없었다. 그는 개똥벌레를 잡아 포대에 넣어 탁자 위에 두고는 온갖 고생을 하며 학문을 연마했다. 또한 진(晋)나라의 손강(孫康)도 등 기름을 살 돈이 없어서 겨울에 내린 눈빛으로 책을 읽었다. 남북조 시대의 강필(江泌)이라는 사람은

그림 5. 착벽투광

지붕으로 기어 올라가서 달빛을 빌려 책을 읽었다. 한번은 책 읽다가 너무 피곤하여 지붕에서 떨어졌지만, 그는 다시 지붕으로 올라가 책을 읽기 시작했다.

이러한 독서광들은 적지 않다. 동중서(董仲舒, BC 179~BC 104)의 "3년을 공부하면서 그 화원 안을 돌아보지 못했다(三年不窺園)"라는 말처럼 문을 닫고 독서에 파고드는 일은 매우 힘든 일이다. 당백호(唐伯虎, 1470~1523)는 어린 시절 독서를 하느라 몇 년이 흘러도 이웃사람의 얼굴을 보지 못했다. 구양수(歐陽修, 1007~1073)는 독서에 힘을 다하여 변소에 갈 때에도 책을 들고 갔다. 사마광(司馬光, 1019~1086)은 독서에 촌음을 아끼기 위해 단단한 통나무로 베개를 만들어 잠시 몸을 뒤척이면 베개가 굴러가는 즉시 일어나 독서했다. 유서(劉恕, 1032~1078)는 독서를 하다가 늘 밥 먹는 것을 잊어버렸고, 도종의(陶宗儀, 1329~약 1412)는 밭에 나가 일을 하면서도 손에서 책을 놓지 않았다. 두위(竇威)는 '독서광(書痴)'으로, 황보밀(皇甫謐, 215~282)도 '책벌레(書淫)'로, 두예(杜預, 222~285)도 '독서광(書癡)'으로 불렸다. 정말로 세상에 책을 좋아하는 사람은 많고, 책에 미친 생동감 넘치는 이야기도 이루 다 말할 수도 없고 그 끝도 없다.

옛 사람들은 세상에는 수많은 직업이 있지만, 어느 직업이라도 성공할 수 있다고 말한다. 한 사람이 어느 한 방면에서 일을 할 때 성과나 창조물을 내려면 반드시 하나의 활동에 몰두하는 정신을 가져야 한다. 어떤 사람은 무공에 열중하여 천신만고 끝에 하나의 절기에 이를 수 있다. 어떤 사람은 장사를 잘 하기 위해 판단 능력을 몸에 익히고 장사하는 곳에 가서 운용하였는데, 이는 말로는 쉽지만 세상 사람들에게 솔선수범하는 박력이 없으면 많은 재물을 벌 수도 없다. 독서를 하는 사람이 책에 몰두하는 이유는 어떤 이는 "책 속에 황금집이 있다(書中有黃金屋)"고 여기며, 어떤 이는 "옥과 같은 얼굴을 가진 미녀들이 있다(書中自有顔如玉)"고 여겼기 때문이다. 다만 재화와 미인에 연연해하며 책에 몰두한 자들이 적지 않으며 또한 명성을 떨친 자도 있다. 그렇지만 고금을 통틀어 문학의 대가가 된 사람은 단 한 명도 없다.

위문제(魏文帝) 조비(曹丕, 187~226)는 일찍이 "문장은 나라를 잘 다스리는 대업과 같다(文章經國之大業)"고 말했는데, 독서에 몰두하는 것 또한 사회에서 필요로 한다.

예로부터 지금까지 쓸모 있는 사람은 모두 어릴 때부터 취미가 독서였다. 독서의 도리를 깨닫게 되면 규범대로 행동하는 것을 이해하고 나라와 국민의 은혜에 보답하는 재능 있는 사람이 된다. 제갈량(諸葛亮, 181~234), 악비, 척계광(戚繼光, 1528~1588)은 군인이었지만 그들은 모두 독서를 좋아했다. 장형(張衡, 78~139), 조충지(祖冲之, 429~500), 손사막(孫思邈, 581~682), 이시진 등은 모두 과학자였지만, 그들은 독서를 인생에서 첫 번째 생명으로 간주했다.

몇몇 정직한 문인, 학자들이 대사업을 솜씨 있게 내놓을 수 있었던 것은 필연적으로 '독서파만권(讀書破萬卷)'하여 그들이 자기 자신의 정신생활을 독서에 의탁하여 세계를 인식하고 사회를 개혁하는 동력으로 삼았기 때문이다. 예를 들면 사마천, 유지기(劉知幾, 661~721), 한유, 구양수, 유기(劉基, 1311~1375), 고염무 등이 그러하다. 이로부터 알 수 있듯이 독서광은 옛날 지식인이 지식을 열애했다는 하나의 표현인데 그 경지가 드높다. 그들은 책 향기에 심취하여 지식을 얻을 뿐 아니라, 자기의 인격을 수양할 수 있었다.

독서광의 본질을 연구해보면 일종의 지식에 대한 경건한 태도이자 배우길 좋아하는 정신의 표현이다. 우리들은 응당 이러한 독서광들의 정신을 소리 높이 찬미해야 한다.

인생의 즐거움은 책을 찾는데 있다

책을 좋아하는 친구는 책을 사면서 책을 산다고 말하지 않고 '책을 찾는다(淘書)'고 말한다. '도(淘)'는 원래 물로 씻어내 불순물을 없애는 일을 가리킨다. 모래 속에서 금을 얻는 것, 이것이 '도금(淘金)'이다. 책을 좋아하는 사람이 서점에 가거나 책 파는 노점을 돌아다니면서 마음에 드는 책을 선택하는 것, 이것이 '도서(淘書)'인데 내포된 뜻이 꽤 심오하다.

옛날부터 지금까지 학술 방면에 어느 정도 공헌한 사람들은 모두 책을 찾는 즐거움을 누렸다. 앞글에서는 고대의 책벌레를 언급했는데, 이곳에서는 다시 현대와 당대의 책벌레를 이야기하고자 한다.

현대의 저명한 문학가 정진탁은 완연한 책벌레다. 그는 평생의 뜻을 서술하면서 "본질은 물욕이 없어 인간 세상에서 이익 보는 것을 업신여겼다. 유독 책에서만 항상 개인의 득실을 따지는 마음을 가진다. 그것을 얻으면 항상 여러 날 동안 크게 기쁜 것이 대장군이 유명한 성을 함락시킨 것과 같고, 그것을 잃으면 매일 꿈속에 나타나 근심스러워 하며 수개월, 수년 동안 잊지 못한다."《겁중득서기(劫中得書記)》고 말했다.

정진탁은 "경치가 끝없고 기묘함이 무궁한(景色無邊, 奇妙無窮)" 장소
는 명산대천이 아니라 서점, 책 파는 노점이라고 여겼다.

> 석양이 막 내리고 미풍이 옷깃을 스칠 때, 오래도록 찾아다니다 구한
> 책을 품에 앉고 돌아오는데, 인생에 있어 한 가지 즐거움이다(夕陽將下,
> 微風吹衣, 訪得久覓方得之書, 挾之而歸, 是人生一樂也).

민속학자 등운향(鄧雲鄉, 1924~1999)은 "병적으로 책을 좋아했다."
그는 중학교 1학년 때부터 "책 파는 노점을 돌아다니며 옛 책을 사는"
취미를 길렀으며 "나이가 들어가면서 책 파는 노점을 돌아다니는 중독
성도 점점 커졌다"고 말했다. 그는 〈서억(書憶)〉이란 글에서 자신이 어렸
을 때부터 노년까지 가장 마음에 든 책 파는 노점, 즉 북경 서성(西城)의
갑석교(甘石橋), 항주의 청하방(淸河坊), 소주의 인민로(人民路), 남경의
주작가(朱雀街)와 부자묘, 상해의 안인가(安仁街)와 복주로를 언급했
다. 등 선생의 정교한 글을 읽으면 마치 등 선생이 책 노점상 앞에서 정
신을 잃고 책을 찾을 때 그 즐거움이 가득한 표정을 보는 것 같다.

극작가 사엽신(沙葉新, 1939~)도 스스로 책벌레라고 칭한다. 그는
"술고래들은 술 냄새를 맡으면 말에서 내리고, 나 같은 책벌레는 책 향
기를 맡으면 반드시 걸음을 멈춘다(酒鬼聞酒香而下馬, 我這書痴聞書
香必駐足)"고 말했다. 그는 길을 지나면서 서점을 발견하기만 하면 항
상 참지 못하고 안으로 들어가 보고, 매일 자전거를 타고 출근할 때 서
점과 책 노점 가판대를 지나가면서 자전거를 네다섯 번 멈추었다. 그는
외지로 출장을 가거나 외국을 방문해서 서점을 돌아다니지 못하면 그

책 향기에 취하다

지방은 와 본적이 없는 것 같다고 말했다. 그는 스스로 "나는 서점에 돌진해 들어가면 두 눈이 빛나고, 몸 주위에 열이 나며, 혈액 순환이 빨라지고 마음의 설렘이 가득 솟구치는 것이 마치 젊은이가 자기 연인을 만나는 것과 같다."고 말했다. 사엽신은 당시 한 구절을 "자전거를 멈추고 앉아 책을 읽으니 숲이 향기롭다(停車坐愛書林香)"로 고쳤다.

책을 찾는 것은 개인의 행위라서, 결코 다른 사람이 대신할 수는 없다. 상해에서 최근 몇 년 동안 도서 전시회를 개막했다. 1992년에는 근 10개의 도서 전시회와 특가판매 도서 전시회가 있었다. 동료들은 신바람이 나서 책 사러 가는 나를 보고, 그들을 대신해서 책을 몇 권 사달라고 했지만 나는 종종 임무를 이루지 못했다. 원인은 좋은 책은 자기가 가서 찾아야 하기 때문이다. 당신은 이 책을 좋아하고 나는 저 책을 좋아하는데, 대신해서 책을 찾기란 나를 충분히 아는 친구가 아니면 쉽지 않다. 게다가 나는 친구를 위해 좋은 책 십여 권을 사서 돌아온 적이 한 번 있는데, 그는 내가 득의양양하게 말하는 것을 들었지만 난처한 얼굴이 되었다. 알고 보니 이 책들은 나에게는 큰 도움이 되지만 그에겐 털끝만큼의 흥미도 없었던 것이다. 그때부터 나는 그가 책 리스트를 내게 주지 않는 한, 다시는 다른 사람들을 대신해 책 사는 일을 하지 않았다.

책 찾는 것을 좋아해서 이따금 서점이나 서적 시장, 책 노점상에서 둘러보고 또 둘러보다보면 반나절 동안 시간을 보내며 겨우 한 두 권의 책을 찾을 수 있을 것이다. 심지어 얻지 못하고 빈손으로 돌아온다 해도 상관없다. 내가 보기엔 책을 찾는 사람이 즐기는 것은 책을 고르는 정취다.

한 번은 내가 등운향 선생과 통화하면서 책을 찾는 즐거움에 대해 말

인생의 즐거움은 책을 찾는데 있다

을 하자, 그는 한바탕 고론을 발표했다.

"책 파는 노점을 거니는 가장 큰 즐거움은 '자유로운 발견'에 있다."

이 말은 나의 구미에도 잘 맞는다. 책을 찾는데 가장 좋은 것은 먼저 도서 목록을 작성하지 않는 것이고, 가장 좋은 것은 목적 없이 서점을 돌아다니는 것이다. 우연히 어떤 책을 펼쳤다가 단번에 빠져들게 되어, 책장 앞에서 30분을 서서 근사한 부분을 읽다가 단숨에 읽어 버리지 못하면 급히 돈을 꺼내 산 뒤에 책을 들고 집에 돌아오면 그날 밤은 상당히 만족스럽다. 어슬렁거리며 자유자재로 책을 찾는 것은 문인의 우아하고 고상한 정취이자 완미할 만한 문화 향수라고 말할 수 있다.

내가 늦게 태어나서 책을 찾는 역사는 당연히 옛 사람과 함께 이야기하고 논의할 방법이 없다. 하지만 내가 책을 사랑하는 점은 옛 사람 못지않다고 여긴다. 내가 초등학교 다닐 때 상해의 성황묘에 가서 여러 가지 물건들을 보지 않고 구곡교(九曲橋)에서도 놀지 않았다. 가장 미련이 남는 곳은 그곳의 책 파는 노점이었다. 작은 골목길에 늘어선 서점가에는 십 여 개의 노점이 있었고 갖가지 형태의 헌책이 있었다.

그 많은 무협 소설과 명·청대의 소품은 그곳에서 고른 책이다. 내가 중학교에 다닐 때 학교식당에서 급식을 했는데 매일 점심을 두 세입 입 안에 모아 넣고 서둘러 학교에서 멀지 않은 상해 구서점에 가서 그곳에 서서 '미식'을 맛보았다. 용돈만 생기면 모두 책을 사는데 썼다. 호주머니를 다 털어서 책장 앞에 서서 책을 보면 점심시간 동안 반 권의 책을 보았다. 몇 번이나 오후 수업에 지각한 것도 모를 정도로 책을 읽는데 정신이 팔렸기 때문에 선생님에게 몇 번 훈계를 들었다. "아이는 가르칠 수 없다(孺子不可敎也)"고 꾸짖었지만 나는 마음속으로 몰래 기뻐하며 글

그림 6. 사두각(沙頭角) 중영가(中英街) 경계비

을 지어 학교 간행물에 자주 실었는데, 모두 책을 찾은 공 때문이었다.

후에 나는 직업을 가져 스스로의 힘으로 생활할 수 있었다. 밥값을 제외하고는 잔금으로 새 옷을 사지 않았다. 문화대혁명 전에 새 책과 헌 책 삼백 여 권을 사들였으나 문화대혁명 기간에 다 없어져서 다시 책을 사들여 책장 위가 굉장해 보였다. 지금 집안에 장서 팔천 여 권을 가지고 있는데, 친구가 보내준 서명본이 천여 권, 출판사에서 내게 보내준 새 책 천여 권을 제외하고 나머지는 모두 내가 각지에서 산 책이다.

한 번은 심천(深圳)으로 출장 간 김에 사두각(沙頭角)에 들어가서 홍콩, 대만 책이 가지런히 정렬되어 있는 것을 보고 호색가가 미인을 보는 것처럼 상점에 가서 물건을 사지 않고, 주머니에 든 돈을 다 털어 책을 사버렸다. 돌아가는 길에 많은 사람들은 금은 장신구를 샀지만, 나 혼자 만 큰 책 두 묶음을 지고 있었다. 사람들은 모두 나를 비웃었지만 나만 홀로 즐거웠다.

며칠 전, 책을 좋아하는 몇 분과 책을 찾는 것에 대해 이야기했는데 모두 불평불만으로 가득했다. 상해 서점의 규모가 갈수록 작아져서 몇 개의 서점은 외관을 장식하고 새로 개업을 했는데, 그들은 기쁜 소식이 라 생각하면서 가서 봤더니 뜻밖에도 옷가게를 개업한 것이었다. 그리 고 몇몇 출판사 직매점은 매장의 절반을 여러 물건을 파는 사람에게 빌 려주었다. 땅거미가 지고 등불을 켤 무렵이 되면 다른 상점들은 앞 다투 어 문을 열고 있는데, 서점만은 일찍 문을 닫는다.

작년에 북경에 취재 나갔다가 유리창(琉璃廠) 서점 거리에 가서 반나 절을 즐기고 싶었는데 의외로 썰렁한 것이 책도 적고 사람도 적었다. 부 득이하게 다시 왕부정대가(王府井大街)의 서점으로 가서 세 시간을 보 냈지만 좋은 책은 단 한 권도 고를 수 없었다.

책을 찾는 데는 헌 책을 찾는 것이 가장 좋은데, 안타깝게도 구 서점 은 이윤이 너무 적다. 내가 상해 구 서점의 주인을 찾아 이야기를 나눴 는데 그들에게도 고충이 있었다. 전하는 말에 의하면, 헌 책을 파는 사 람이 적다고 하는데 원래 다른 물품은 모두 시세에 따라 값이 오르는 데 오직 책값만은 정찰가로 표시된다. 원가에서 30% 할인된 가격에 들 여오는데, 누가 큰 꾸러미를 짊어지고 가서 팔아버리려고 하겠는가? 헌 책을 들여오지 않으면, 구 서점이 어떻게 번창할 수 있겠는가?

책을 찾는 것은 훌륭한 일이다. 누가 훌륭한 일을 완성하도록 돕겠는

책 향기에 취하다

가? 책을 찾아다니는 우리들은 걱정이 되지만 책을 사랑하는 것을 멈출 수 없고 즐거워서 그것이 피곤하지도 않다. 세상 사람들은 나를 미쳤다고 말하지만, 책벌레에겐 도리어 재미가 있다. 이 짧은 단문을 책을 찾는데 뜻을 가진 사람들과 함께 즐기기를 바란다.

인생의 즐거움은 책을 찾는데 있다

해외 도서의 천태만상

1992년 봄과 1993년 봄, 나는 연이어 두 번이나 초청을 받아 외국을 방문했다. 홍콩, 말레이시아, 태국 그리고 싱가포르에서 강의하고 난 여가 시간에 서점을 돌아다니면서 해외 도서의 상황을 알아보았다.

작가 유심무(劉心武, 1942~　), 강덕명(姜德明, 1929~　)과 사엽신이 모두 내게 했던 말을 기억하고 있다. 그들이 외국을 방문할 때마다 첫 번째 하는 일은 바로 현지의 서점을 둘러보는 것이다. 나는 홍콩 방문이 끝나고, 사엽신과 같은 배를 타고 상해로 돌아오면서 우리 두 사람은 잡담을 나눴다. 지나친 도서광이었던 사엽신이 내게 말했다.

"내가 그 나라의 서점을 가보지 못한다면, 바로 그 나라를 가보지 못한 것과 같다."

이 말은 나의 관심과 아주 잘 맞았다.

태국에서 나는 태국 상무인서관(商務印書館)에 견학하러 갔었는데 거기는 중문 책이 많이 있었다. 현지 화교가 이곳을 많이 찾아왔고 책을 사는 사람들 대부분이 불교도였다. 그들은 중국에서 출판된 불교 책을 샀고 특히 중국 불교문화에 흥미가 있었다. 한 나이 드신 화교가 내게 말했다.

"중국에서 출판된 불교 연구 총서는 질이 매우 좋습니다."

또 중국어를 알아듣는 태국 중년 사람들이 많이 있는데 그들은 중국의 기공, 보건, 양생류 같은 생활 실용도서에 대해서도 끊임없이 칭찬했다.

노점상에서 파는 책은 거의 다 태국어로 출판된 서적이었다. 또한 영문 정기간행물이 있었는데 애석하게도 나는 까막눈이었다. 태국에서 인쇄된 출판물은 모두 정밀하고 아름다웠는데, 단지 그림이 실린 페이지 중에는 약간 에로틱한 그림이 있었다. 책을 사는 사람은 홍콩 사람보다 적었다. 그곳 출판 상인의 소개를 들어보니 태국은 문화 사업보다는 여행업이 중시된단다. 왜냐하면 문화사업 또한 밑지는 장사이기 때문이다.

말레이시아에서 나는 콸라룸푸르의 상무인서관을 참관하고 나서 페낭에서 노점을 돌아다녔다. 이 상무인서관에는 중국 대륙의 책이 적지 않았다. 어떤 책은 내가 국내에서도 본 적이 없었다. 대륙의 책은 말레이시아에 도착하자마자, 가격이 다섯 배로 뛴다. 내가 쓴 《고룡소설예술담(古龍小說藝術談)》은 국내 정가로 3.70위안인데, 콸라룸푸르에서는 6 말레이시아 화폐에 팔리고 있었다(총계 인민폐 18위안). 말레이시아 서점의 독자는 많지 않으며, 단지 중문을 연구하는 몇몇 학술기관 관계자가 자주 와서 서적을 주문한다.

싱가포르 화교는 총 인구의 백분율로 74퍼센트를 차지한다. 그래서 그곳의 서점에는 중문 서적이 많다. 대만, 홍콩과 대륙의 책 모두 갖추고 있다. 싱가포르 한 신문사의 부편집장이 말하길, 싱가포르 화교는 대륙 도서에 대해 호감을 가지고 있고 중국 역사와 문학 말고도 중국 기공류 같은 도서를 사는 사람이 적지 않다고 한다. 그러나 인쇄 질량과 용지류

해외 도서의 천태만상

그림 7. 백승루

가 홍콩 서적과 유사하기 때문에 일부 좋은 책도 사람들에게 경시를 당하기도 한다. 대만 서적은 인쇄가 좋을 뿐 아니라 책 중에는 오류를 보기 드물다. 싱가포르의 방송국은 매일 저녁 김용(金庸, 1924~)의 무술영화를 방영한다. 그래서 중국의 무협소설은 싱가포르에서도 무척 인기가 있다.

싱가포르에는 한 대형 서점이 있는데 그 이름은 '백승루(百勝樓)'이다. 여기에는 십여 개의 크고 작은 서점이 모여 있는데, 예를 들면 청년서국, 신문화사업공사, 승우서국(勝友書局), 중외번역서업사(中外飜譯書業社) 등이 있다. 어떤 서점은 대륙 서적만 판매하는데, 그 중에는 북경에서 인쇄한 책이 제일 많다. 그리고 서점은 '백승루열독월활동(百勝樓閱讀月活動)'을 정기적으로 거행한다. 호서가를 위해 작가 보고회, 작품 강좌회, 독자 낭독회 등을 개최하기도 한다. 어떤 서점에서는 문구용품과 악기를 판매한다. 책이 많기 때문에 싱가포르에 간 사람은 한번 돌아보려고 해서 백승루는 이미 여행 명소 가운데 하나가 되었다. 게다가 거리에는 셀 수 없이 많은 신문 가두 판매점이 있으며 동시에 잡지도 판다.

동남아시아의 서적 시장을 유럽 서점과 비교하면 규모에서부터 품종까지 모두 크게 뒤떨어진다. 세계에서 제일 큰 서점은 영국 런던의 블랙웰(Black Well) 서점이다. 그 서점이 소유한 책꽂이를 한 줄로 나열하면 총 길이가 30마일에 이르고, 그 진열된 도서는 이미 600만 권을 넘었다. 셰익스피어에 관한 책만 1, 000종의 판본이 있다. 그리고 중문 도서부를 설치하기도 했다.

세계에서 제일 큰 서적 전시판매선은 독일에 있다. '국제서선(國際書船)'이라고 불리는데, 그것은 호화선을 개조한 배다. 그 배는 총 길이가 130미터, 폭은 17미터, 무게 6, 670톤이다. '국제서선'은 이미 180개의 항구를 방문했고 세계에서 제일 큰 움직이는 도서실이라고 불린다. 세계의 10대 저명한 도시전시회도 역시 유럽에 있다.

프랑스, 영국, 미국, 이집트, 구소련과 벨기에서는 일찍이 대형 도서전시회를 거행한 적이 있다. 영국의 도서마을, 차링크로스로(Chringcross Road) 서점과 옥스퍼드 서점 지역은 세계에서 가장 명성을 갖고 있는 서적 시장 가운데 한 곳이다. 그 서점들은 영국의 도서관처럼 도서광들의 마음을 쏠리게 만들었다.

나는 《신민만보(新民晚報)》에서 〈책을 읽는 즐거움(讀書樂)〉이란 칼럼을 주편하면서 '외국 서적시장 견문록'이란 칼럼을 열었다. 외국을 많이 다녀온 중국인이 초고를 보내와 스페인, 스웨덴, 독일, 구소련, 일본의 서적시장 견문까지 언급하였고, 그 중에는 독서를 좋아하는 아이슬란드인에 관한 내용도 들어 있었다. 아이슬란드인은 매번 설을 쇠거나 명절을 쇨 때 친구들에게 책 선물을 한다고 한다. 서적은 그들의 눈에 가장 고상하고 최고로 귀중한 선물이다. 이러한 풍습은 좋은 풍조다.

일본과 북유럽의 몇몇 서점은 서적에 가격을 명시한 정가가 없다. 만약 주인이 책을 절실하게 사고 싶어 하는 고객을 만나면, 고의로 책 가격을 올린다. 유심무는 이 방면에서 경험이 있다. 그는 일부러 많은 책을 골라 주인의 눈앞에다가 두고 너무 올린 책 가격을 듣자마자 사지 않겠다고 말했다. 주인은 한 몫의 장사를 성사시키기 위해 가격을 내려야 했다. 결국 그는 이 기회를 틈타 그 중에 값싸고 물건이 좋은 책 몇 권을 사들였다. 그것은 바로 그가 원한 점이다. 듣건대 외국의 많은 서점 또한 이와 같다고 한다. 해외에 가서 많은 서적을 찾을 기회가 있다면, 이 재치 있는 방법을 시험 삼아 사용 해봐도 무방하다.

러시아 서점 방문 유감

1993년 6월 나는 러시아를 방문할 기회가 있었다. 한 달 동안 모스크바, 고리키, 블라고베셴스크 등 세 도시를 머물던 중 서점과 노천 책방에 감성적인 인식을 갖게 되었다.

러시아 사람들은 문학예술을 사랑한다. 그들은 음악, 그림, 댄스와 서적을 좋아하여 지하철 곳곳에는 신문과 책 읽는 러시아 사람들을 볼 수가 있다. 모스크바에는 큰 서점이 많다. 아르바트 거리와 고리키 거리에는 열 개 이상의 서점이 있다. 러시아 서적은 장정이 예쁘며 종이는 밝고 희며 가격 또한 저렴하다. 10만자 이상의 소설 한 권 양장본 가격이 인민폐로 3위안이다. 아름다운 잡지도 값이 매우 싸다. 《희극생활》 같은 잡지의 판매 가격은 3마오(毛)이다.

세 도시의 큰 길거리, 더욱이 지하철 입구에는 책 가판대가 많이 있어, 각종 책과 간행물을 제공한다. 번역본을 소개하자면 대부분 서양의 탐정, 애정소설과 베스트셀러가 있는데, 예로 《낙원으로 돌아오다》, 《나의 두 번째 엄마》, 《부자도 울 수 있다》(TV 드라마 이름은 《뜻을 이루지 못하다》)가 있다. 이 책들은 TV에 방영되었기 때문에 독자가 많다. 또 다른 베스트셀러로 《회계 배우기》, 《장사꾼의 지침》, 《러시아의 세무정책》, 《공수도(空手道)》, 《중국기공》을 구매하는 사람도 많다. 잡지 가운데 패션, 자동차, 애완동물 잡지가 가장 인기 있다. 문학예술 잡지는 소수사람들만 관심을 갖는다. 몇몇 노천 서점에서는 《플레이보이》류의 색정 화보를 판다. 가격은 일반 잡지의 10배를 넘지만 잘 팔린다고 한다.

나는 러시아 언론계에 일하는 사람과 이야기하는 도중에 러시아 사람들의 바람직한 독서 습관을 이해하게 되었다. 러시아의 노년층은 거의 모든 집에 장서를 보유하고 있다. 그들의 가장 큰 취미는 독서다. 러시아의 한 신문 기자는 내게 그의 아버지는 장서가로서 푸시킨(Pushkin, 1799~1837), 고골리(Gogoli, 1809~1852)를 포함한 톨스토이(Tolstoi, 1828~1910), 고리키(Gorky, 1868~1936) 작품을 거의 다 소장하고 있다고 알려줬다. 그는 어려서부터 책을 사랑하는 아버지 영향을 받아 돈을 절약해서 모두 책을 샀다. 다만 근 몇 년간 루블 가치가 떨어지고 물가가 폭등하여 러시아 사람들은 매월 입에 풀칠하는 것도 이미 문제가 되었다. 그래서 책을 사는 사람들이 크게 감소했다. 물론 많은 사람들은 서점, 노천 책방을 자주 돌아다니며 책을 사지는 않고 그냥 서서 본다. 30분을 넘게 봐도 아무도 간섭하지 않는다. 러시아 서점은 모두 진열대에서 판다. 책 노점의 주인은 시원스러워서 당신이 공짜로 책을 보려 해도 충분히 보게 해준다.

러시아 서점에서는 중국 책을 찾을 수 없었다. 얼마 뒤에 노점 가판대에서 러시아판 《꽃》을 찾았다. 그것은 중국 명·청 시대 염정소설의 복제판이었다. 나는 러시아인에게 물었다. "당신들은 중국소설을 읽어본 적이 있습니까?" 단지 고리키 주(州)의 부주장만이 읽어봤다며 "나는 당

책 향기에 취하다

그림 8. 고리키와 스탈린

신네 나라 《금병매》 러시아판을 읽어 봤소."라고 대답했다. 고리키 시의 책방에는 고리키 소설이 거의 없었다. 현지의 젊은이들은 서양의 공포 소설을 좋아한다. 원인은 과거 소련이 서양 문화에 대해 폐쇄 정책을 취했는데, 현재에는 개방하여 젊은이들이 서양의 새롭고 신기한 것을 추구하기 때문이다. 구세대는 이것이 습관이 되어있지 않다. 문화 충돌은 책과 신문 노점을 한 극단에서 다른 극단으로 가게 했으며, 동시에 오늘날 러시아 이데올로기의 돌변을 반영한다.

러시아 책방을 방문했을 때 책 파는 노점 이외에 러시아 작가를 방문했는데, 러시아 원고료가 매우 낮음을 알게 되었다. 1천자에 500루블 (1993년 7월 기준으로 인민폐 4위안 5마오에 해당한다)인데, 한 작가

57

러시아 서점 방문 유감

가 하루에 5, 000자를 쓰면 겨우 푸짐하지 않은 식사 한 끼 먹을 정도다. 십 년 전에 러시아의 원고료는 두툼했다. 물가가 낮았기 때문에 한 작가의 일 년 수입으로 집을 살 수 있을 정도였다. 이것으로 러시아 지식인의 생활수준을 과거와 함께 언급할 수 없음을 알 수 있다. 많은 지식인들은 장사로 전업했다. 편집 기자는 여가 시간에 생계를 위해 투 잡으로 살길을 찾고 있는데, 오늘날 러시아의 대세가 되어버렸다.

책 향기에 취하다

홍콩에서 유행하는 보건 서적

1992년 2월, 나는 홍콩 작가 협회의 초청을 받아 강연하러 갔는데, 마침 제10회 홍콩 도서 전시회가 개최되었다. 전시하는 장소가 중환홍콩 대회당(中環香港大會堂)에 설치되었고 몇 십 개 출판사가 전람회에 참가했다. 예를 들어 명창(明窗), 삼련(三聯), 향강(香江), 돈황(敦煌), 번영(繁榮), 신아(新雅), 상무(商務), 중화(中華) 등 유명한 출판사들은 분분히 새 책을 내서 독자를 끌어들였고, 책 종류로는 국내외 저명한 저서, 사전, 문학과 사학, 무협, 과학환상(SF), 연애, 동화책 등이 있었다. 나는 도서전시회에 참관한 뒤, 이 지역에 있는 작가들과 출판 상인들을 모시고 열 몇 개의 서점과 책 파는 노점을 돌아다니며 감상한 결론은 홍콩에선 보건 서적이 유행한다는 사실이다.

유행하는 책에 대해 거들떠 볼 가치가 없다고 말하는 사람도 있다. 어느 유명 작가는 유행성 감기를 예로 들어, 유행하는 책을 낮게 평가하고 유행 책은 아무런 가치가 없다고 여겼다. 이 관점은 전혀 근거가 없다고 말할 수는 없지만, 나는 유행 책을 전면적으로 부정하는 것을 반대한다. 왜냐하면 유행하는 작품이나 기타 저서들은 모두 그럴 만한 가

그림 9. 홍콩 삼련서점

치가 있고, 또한 그러한 책을 연구해보면 우리에게 많은 계시를 줄 수 있기 때문이다

우리가 유행하는 책이 형성된 원인을 분석해보면, 시대의 수요와 관계 있음을 발견할 수 있다.

홍콩에서 보건 서적이 유행하는 원인은 아주 간단하다. 나는 홍콩에서 이 책을 산 독자 열 몇 분을 취재했는데, 그중 직원, 회사 사장, 관광 안내원, 작가, 신문 편집인도 있었다. 그들의 말은 이렇다.

홍콩의 생활 리듬은 아주 빨라서 매일 소설책을 볼 틈이 없습니다. 그러나 사람이 분투하려면 제일 첫 번째는 건강해야 하는데, 평소에 단련할 시간이 없을 때 이러한 보건 책은 아주 실용적이죠. 사무실에서 5분 동안 단련을 가르치고, 또 평소에 무엇을 많이 먹고, 무엇을 적게 먹을지를 가르쳐주며 잠자기 전에 마사지를 어떻게 하는지 가르쳐 줍니다. 그냥 이 책을 펼치면 많은 의학 보건에 관한 지식을 얻을 수 있기 때문에 우리는 이것을 흔쾌히 받아들이죠!

나는 이 말에도 일리가 있다고 본다. 또 예를 들면 김용, 고룡(古龍, 1938~1985) 같은 사람의 신 무협소설은 지금까지 사랑을 받는다. 독자들은 어리면 열 몇 살, 많으면 5, 60세이다. 그들은 모두 대협의 풍채를 연연해하는데, 그것은 무협소설이란 형식에 가독성이 풍부할 뿐 아니라 신 무협소설은 언어, 구조 및 인물형상 방면에서 창조적이고 액션을 묘사하는 외에 인생철학적 도리가 삼투되었기 때문이다. 어떤 사람들은 신 무협소설을 '성인의 동화'로 비유하는데, 동화는 가짜이지만 사람의 감정 기복에 대한 묘사는 현대인들의 사상적 공감을 쉽게 자아낼 수 있다. 많은 독자들은 당대 문학 가운데 허위 현상에 대해 시원치 않게 생각하면서도 무협소설을 읽고 있는데, 아마 이러한 현상과 연관이 있을 것이다.

유행하는 책의 특징을 총괄해보면, 첫 번째는 비교적 실용적이고 두 번째는 소일하고 즐거움을 얻기 위해서다. 어떤 사람은 유행 책을 심심풀이로 읽는 책이라고 하는데, 사실 심심풀이 책은 심심하지 않다. 다시 말해서 당신이 쓴 책을 독자들에게 진지하게 읽으라고 요구한다면, 독자들은 이와 같은 인내심을 갖지 못할 것이고, 이와 같은 흥취도 갖지 못할 것이다. 우수한 유행 책은 훌륭한 사회적 가치가 있을 뿐 아니라, 우아한 예술적 품위도 없지 않다. 내 생각에 우리가 이러한 유행 책을 절대로 경시하거나 차별해선 안 되며, 오히려 작가들과 출판 업계로 하여금 건강하고 진보적인 유행 책을 좀 더 많이 출간하도록 격려해야 한다. 조금 더 유행하는 책이 많다고 해서 뭐가 안 좋다는 건가!

우리는 도서 품평을 얘기할 때 도서 품평을 너무 높아서 오르지 못하는 일로 말해서는 안 된다. 사실 도서 품평은 여러 가지가 있는데 유행 책도 음미할 가치가 있는 책이다. 백거이(白居易, 772~846) 시, 소동파 사, 시내암(施耐庵, 1296~1371), 풍몽룡, 오승은(吳承恩, 1501~1582), 조설근의 소설도 한때 인기를 얻었고, 유행하는 범위가 아주 광범위했지만 지금까지 유행하고 있다. 당신은 이러한 유행 작품들이 높은 예술적 가치가 없다고 말할 수 있겠는가?

책의 구매는 사람들의 자발적인 행동으로, 대중들이 어떤 책을 편애하는지를 보면 이 사회의 정치, 경제 등 다방면의 특징을 알 수 있다. 그렇기 때문에 출판가, 평론가들은 이러한 사회 현상에 주의를 기울여야 한다.

책 향기에 취하다

고대 필화사건의 이모저모

　중국 문화의 발전은 곡절이 많았다. 책의 운명을 말하자면, 분서와 금서의 재난이 발생한 적이 있었다. 훼서(毁書)를 포함한 분서는 중국 문화사업과 문화인에 대한 일대 재난이었다. 고대 봉건사회를 종람해보면, 중국 서적은 확실히 몇 번이나 불행을 만났다.

　첫 번째 분서운동은 진 왕조에서 발생했다. 일찍이 하, 상, 주 삼대에 황실은 서적을 소장하는 관례가 있었는데, 노자(老子)는 바로 주 황실 장서를 주관하는 사관이었다. 춘추전국 시대에 와서 제후가 분쟁하며 천하를 다투느라 황실 장서는 각 제후국으로 흩어졌다. 그러나 중국은 자고로 "나라가 멸망해도 역사는 멸망하지 않는" 전통이 있어서, 승전국은 당연히 패전국으로부터 대량의 서적을 접수했다. 진이 천하를 통일하자, 천하의 서적은 전부 진 왕조로 돌아갔다. 진시황 34년(기원전 213), 승상 이사(李斯, BC 280~BC 208)는 진나라 사적 외에 각 제후국의 사서와 개인 장서를 불태워 버리자고 건의했다. 이 건의는 진시황의 마음에 꼭 들었다(내 개인적으론 이는 진시황 본인의 독재정치 주장이라고 생각한다). 그래서 전대미문의 '분서갱유'라는 정치적 박해가 고대

그림 10. 분서갱유도

지식인의 머리에 닥쳤는데, 중국문화사의 일대 재난이었다.

진시황의 분서 목적은 갱유다. 즉 말 안 듣는 지식인을 진압하고 우민 정책을 써 천하를 통치하는 것이다. 이 고대 서안(書案)은 전제정치 폭군의 면모를 완연하게 드러냈으며, 일정 정도 진 왕조의 멸망을 가속시켰다.

한대의 통치자는 진 왕조 멸망의 교훈을 명심했다. 한 혜제(惠帝)는 협서율(挾書律)을 폐지하고, 한 무제는 헌서(獻書)의 길을 열었다. 이것은 객관적으로 도서 사업에 새로운 활기를 불어 넣었다. 그러나 수 왕조에 이르러 혼미한 폭군 수양제가 다시 진시황의 우둔한 방법을 답습하여 대규모의 참위서(讖緯書)를 모아 불태웠다. 그 목적은 민중의 입을

책 향기에 취하다

막아버려 그의 독재적인 우민정책을 관철하기 위해서였다. 그 결과 당연히 수 왕조는 몰락하게 되었고, 수양제 자신도 칼을 맞고 죽었다.

수 왕조 이후 대규모의 분서운동은 마침내 끝났다. 그러나 책을 태워버린 서안은 여전히 계속해서 나타났다. 북송 간상 채경(蔡京, 1047~1126)은 일찍이 사마광의 《자치통감》을 불태워야 하고, 소식, 황정견(黃庭堅, 1045~1105)의 문집, 범진(范縝, 450~515), 심괄(沈括, 1031~1095)의 학설을 금지해야 한다고 주장했다. 그러나 채경은 설사 권력이 매우 높다한들, 결국 한 손으로 하늘을 가릴 수 없었고 이러한 서적을 하루아침에 훼손시킬 방법이 없었다. 남송 간상 진회(秦檜, 1090~1155)는 시대에 역행하여 세상의 지식인이 조정을 비난할까봐서 훼서(毁書), 분서의 법을 생각해내어 문자옥(文字獄)을 일으켰다. 그는 먼저 상주문을 검열했다. 무릇 자기에게 이롭지 않은 언론은 일률적으로 금해 버렸다. 그가 집정한 15년 동안, 모든 정부 공문서 자료는 단지 그를 치켜세우는 자료만 남겼다. 대신 이광(李光, 1078~1159) 일가는 재난을 당했고, 진회는 도서 만여 권을 한꺼번에 불태워버렸다. 진회의 아들 진희(秦熺, 1117~1161)도 개인 장서를 훼손시키고, 이익과 관록으로 다른 사람을 핍박하여 개인소장 서적을 내놓게 했다. 물론 채경과 진회의 훼서, 분서는 제 발등에 도끼질한 격이었다. 이들은 마침내 악명이 높아져 역사적 치욕의 기둥에 박히게 되었다.

'문자옥'은 명·청 양대에 이르러 더욱 격렬해졌다. 명 태조 주원장(朱元璋, 1328~1398)은 명 왕조를 세운지 얼마 안 되어 지식인에게 반항하였다. 그는 걸식승 노릇을 한 적이 있고 출신이 비천했기에 대신들이 비꼬는 말을 한다고 의심했다. 항주 유학 교수 서일기(徐一夔, 1319~

1398)는 일찍이 하표(賀表)를 썼다. 글 중에는 '광천지하(光天之下)', '천생성인, 위전위칙(天生聖人, 爲典爲則)'이란 말이 들어있었다. 이를 본 주원장은 크게 노했다.

"썩어 빠진 선비가 이처럼 짐을 모욕할 수 있던 말인가!"

왜냐하면 '생(生)'자는 '승(僧)'자와 같은 음이고, '광(光)'자는 중을 가리키며, '칙(則)'자는 도둑 '적(賊)'자와 음이 비슷한데, 그를 칭송하는 상주문을 곡해해 그가 스님, 화적 노릇을 한 일을 공격한 것이라 여겼기 때문이다. 명 왕조 대신은 이리하여 대노했다. 주원장은 또 명령을 하달했다.

> 지금 학자는 오경, 공자의 책이 아니면 읽지 말고, 염락관민(濂洛關閩: 염계(濂溪)의 주돈이(周敦頤), 낙양(洛陽)의 정호(程顥)와 정이(程頤) 형제, 관중(關中)의 장재(張載), 민중(閩中)의 주희(朱熹)의 저술)의 학문이 아니면 얘기하지 말라.

이를 보면 당시 문화 독재정책이 얼마나 무단적이고 우둔했는지 알 수 있다.

청대 강희, 옹정(雍正), 건륭(乾隆) 삼대에도 문자옥이 여러 번 일어났다. 강희 때는 장정롱(莊廷鑨, ?~1655) 필화사건이 일어나 장 씨 전 가족이 살해되었다. 그의 책을 간행한 공예가, 책 파는 상인조차도 모두 살해당했고 이 필화사건에 연루되어 200여 명이 죽었다. 옹정 때는 사사정(查嗣庭, ?~1727) 문자옥이 있었는데, '유민소지(維民所止)'라는 네 글자 때문에 폭군의 노여움을 사서 날조된 죄명으로 사 씨 가족 여

책 향기에 취하다

러 사람을 주살했다. 또 여유량(呂留良, 1629~1683) 문자옥이 있었는데 삼족에까지 위험이 미쳤다. 건륭은 문자옥외에도 몇 번이나 훼서, 금서 운동을 발동하여, 청대 문인들로 하여금 놀라고 겁이 나서 벌벌 떨게 만들었다.

이리하여 분서, 금서의 발명자 가운데 하나는 독재적인 통치자이고, 둘은 간신, 아첨꾼임을 알 수 있다. 그들이 문화유산을 불태워 버린 목적은 세상 사람에게 이야기하지 못하게 하고, 함부로 책을 소각하여 우민정책을 실행하려는 것이다. 그 결과는 완전히 정반대였다. 천고에 오명을 남기고 역사의 죄인이 되고 말았다.

책을 열렬히 사랑하는 지식인으로서 고대 필화사건을 훑어보고 나니 "사람에게 말을 시키면, 하늘은 무너져 내리지 않을 것이다."라는 명언이 절로 생각난다. 세상의 책은 다 태울 수 없고, 세상의 기개 있는 문인도 다 못 죽인다. 조금이라도 진보적인 군주라면 모두 이해하기 쉬운 이러한 도리를 알 수 있을 것이다.

역사상 진보한 군주들은 모두 서적 보호 정책을 택했다. 한 광무(光武) 유수(劉秀, BC 5~57)는 개국할 때 천하의 도서를 모으기 위해 먼저 학자를 방문해 그들의 글을 구했다. 당 태종 이세민은 위징(魏徵, 580~643), 우세남(虞世南, 558~638), 영호덕분(令狐德芬, 583~666)의 건의를 받아들여 천하의 책을 사들인 덕분에 많은 서적을 보유할 수 있었다. 한 광무와 당 태종은 이 때문에 역사가로부터 칭송을 받았다.

도서 사업의 발전은 한 측면으로는 국가통치의 흥망성쇠를 반영할 뿐 아니라, 한 황제와 대신의 품덕과 포부, 그리고 그들의 문화 소양의 높고 낮음을 가늠한다. 내 생각에 이것이 바로 역사의 결론이다.

　　명대 사상가 이지(李贄, 1527~1602)는 자신의 책을 '분서'라 불렀는데, 이는 봉건 사회에 대한 고소다. 물론 서적을 모조리 태울 수는 없다. 왜냐하면 역사는 필경 사람이 쓰는 것이기 때문이다.

책 향기에 취하다

고난을 무릅쓰고 책을 찾아다니다

나는 현대 문학가 가운데 정진탁 선생을 가장 존경한다. 그의 《중국 속문학사》, 《삽도본중국문학사》는 훗날 내가 중국 고전문학, 특히 중국 통속소설을 연구하는데 큰 영향을 끼쳤다. 몇 년 동안 나는 중국 장서 문화에 관한 자료를 읽어보고 나서 누적된 정진탁의 문학연구 성과를 다시금 인식했는데, 그 원인은 바로 그가 위대한 장서가였기 때문이다.

정진탁이 문학을 열애하게 된 계기는 책에서 나온다. 그는 일찍이 중고등학교 다닐 때 좋은 책을 가지고 있는 동학을 볼 때마다 부러움을 금치 못했지만, 당시로선 책을 살 수가 없어 빌려다가 베끼곤 했다. 이후 직업을 갖고 몇 차례 외국에 나가면서부터는 좋은 책을 볼 때마다 갖은 방법을 써서라도 손에 넣게 되었다. 그는 책을 찾기 위해서라면 "주머니엔 한 푼도 없었지만 책이 쌓여 한우충동했다"고 한다. 그는 〈겁중득서기(劫中得書記)〉에서 "내가 20년 동안 모은 책은 근 만종에 달한다." "책을 찾아다닌 이래 가까이론 상해, 멀리로는 파리, 런던, 에든버러에 이르렀다."고 말했다. 그의 나이 서른넷 되던 해에는 이미 장서 2만 권을 소장했다. 후에 상해에서 '1·28' 사변이 발생하여 그가 소장하던 만

그림 11. 정진탁 선생

권의 도서가 불에 타버리는 바람에 정진탁은 극도로 상심했다.

일본이 중국을 침략하여 상해가 고도(孤島)로 변하자, 학자들과 명사들은 분분히 서쪽으로 이주했으나, 정진탁은 이름을 숨기고 고도에 칩거하며 문화유산을 수집하고 보호하는데 노력을 기울였다. 그는 그 과정을 이렇게 말했다.

나는 대재난 이후에 문헌이 쇠락할까봐 걱정되었다. 우리들이 책을 찾아다니지 않는다면 반드시 다른 사람이 이 일을 대신 맡을 것이다. 역사서가 다른 나라에 있고 도서가 해외로 빠져나가면 크나큰 치욕이라서 백세에도 씻을 수가 없을 것이다.

이 때문에 그는 근심 걱정으로 애가 타서 블랙리스트에 올려질 위험을 무릅쓰고 문화 고적을 계속해서 찾아다녔다. 한번은 그가 중국서점에서 폐지로 난로 속에 들어갈 70 묶음이나 되는 고서를 발견하고, 입고 먹을 것을 아껴 모은 6천위안을 주고 사왔다. 그는 "만주국 사람도 책을 구입하고 적들도 책을 구입하며 진군(陳群), 양홍지(梁鴻志)도 책을 구입한다. 그러나 내가 사려는 책들이 그들의 손에 떨어지게 할 수는 없다."라고 말했다. 그는 애국을 위한 도서 구입에 여력을 아끼지 않고 《고금잡극(古今雜劇)》 초교본(抄校本)을 매입했다. 이 책의 가치는 상당히 높은데, 이 책에는 원·명 잡극 340종이 들어있다. 저명한 장서가들의 손을 거친 이 책을 판다는 소식을 들은 정진탁은 흥분하여 밤에 한 숨도 자지 못하곤 했다. 서상이 책값을 높이 책정하자 정진탁은 사방에서 돈을 빌려 끝내 이 책을 구매했는데, 지금은 북경도서관에 소장되어 있다.

"검은 먹구름이 성을 누르자 성이 무너지려는(黑雲壓城城欲摧)"(李賀 〈雁門太守行〉) 상해에서 그는 감히 반동 세력들과 다퉈 도서를 구입하여 신중국이 성립한 뒤 도서를 국가에 헌납했는데, 이러한 정신은 실로 고귀한 것이다.

근대와 현대 장서사에서 애국 장서가들이 몇 분 있었다. 예를 들면 장원제(張元濟, 1867~1959) 선생은 일찍이 그의 희망을 정치적으론 구중국의 개조에 두었고 변법운동이 실패한 뒤에 장원제는 문화수단으로 사회를 개조하고 민중을 환기시켰다. 그는 〈보예당송본서록(寶禮堂宋本書錄)〉 서문에서 "내가 일찍이 말한 적이 있다. 한 나라의 문예가 진보하고 후퇴하느냐의 여부는 그 나라 정치의 흥성과 쇠퇴, 민심의 어짐과

난폭과 서로 상통하는 이치가 담겨 있다. 게다가 서적은 국민들이 지식을 얻는 곳이고 옛사람들이 수천 년 동안 물려준 것이라서 그러한 책들을 강탈당하고 훼손시킨 책임은 우리에게 있다.”고 말했다. 그는 거금을 아끼지 않고 선본진적(善本珍籍)을 수집하여 조국의 문헌을 함분루(涵芬樓)에 헌납했다. 그리고 가업장서루(嘉業藏書樓) 주인 유승간(劉承幹, 1881~1963)도 장서가다. 그가 남경으로 놀러갔을 때 남들은 진귀한 물건을 다투어 구매했지만 유승간은 오히려 장원방(壯元坊) 서점에 달려가 수많은 역사서와 개인문집, 경전을 구입했다. 문화유산을 보호하기 위해 유 씨는 수많은 금서를 소장하였다가 나중에 일부 도서를 절강성도서관에 헌납했다. 또 다른 근대 장서가 막백기(莫伯驥, 1877~1958)도 여러 번 전란을 겪으면서도 방서의 뜻을 바꾸지 않았다. 그의 장서는 많을 때는 오십만 권에 이르렀는데, 사업해서 번 돈을 전부 도서 구입에 사용했으며 아울러 몇 십 부의 독서 저작을 썼다.

근대와 현대 장서사를 살펴보면, 이러한 장서가들의 품격을 어렵지 않게 볼 수 있다. 그들은 장서에 대한 의지가 높았다. 특히 정진탁, 장원제 선생은 민족 문화유산을 보존하기 위해 고난과 위험을 피하지 않았고 압력을 두려워하지 않았다. 이는 근현대 장서가와 고대 장서가의 차이점이라고 할 수 있을 것이다. 그리고 애국 장서가 섭경규(葉景葵, 1874~1949)는 일본 침략자들이 횡행하여 동남 문헌의 고향이 파손당하자, 그는 합중도서관(合衆圖書館) 건립을 발의했다. 그와 장원제는 수많은 진귀한 도서를 기증하고 정진탁, 고정룡(顧廷龍, 1904~1998) 등과 도서관 건립 경비를 조달했다. 섭경규는 도서관을 건립하기 위해 자신의 전 재산을 모두 썼다. 섭경규가 창건한 합중도서관은 1949년 이후에 상해시

책 향기에 취하다

역사문헌도서관으로 개명했고 이후에는 상해도서관으로 합병되었다. 섭경규는 1949년 4월 18일 향년 76세로 사망했는데, 장원제는 일찍이 그의 죽음을 애도하는 추도시를 쓴 바 있다.

萬卷輸將盡, 만 권의 책을 모두 실어왔으니
豪情亦罕聞. 그 늠름한 기상 또한 드물다.
君能城衆志, 그대가 민중의 뜻 모았으니
天未喪斯文. 하늘도 이 글을 버리지 않으리라.

이는 애국 장서가에 대한 생동감 있는 묘사다.

고난을 무릅쓰고 책을 찾아다니다

둘째 마당 | 장서의 즐거움

중국 역사상 장서에 온 힘을 쏟은 수많은 장서가가 있었다. 장서는 고상한 일이면서도 간고한 작업이다. 본장에서는 황실 장서, 개인 장서, 개인 서재와 장서루의 풍경, 그리고 장서, 서목 편집, 교정, 도서 보호 방법에 대해 소개하고자 한다. 장서의 역사를 통해 수많은 사람의 심혈이 투입되었음을 알 수 있을 것이다.

종횡 무진한 황실 장서 이야기

황실 장서는 곧 우리가 말하는 국가도서관이다. 그것은 일찍이 민간 장서에서부터 시작되었다. 황실 장서의 역사는 주대부터 시작된다. 《한서·예문지》에 따르면 "좌사는 말씀을 기록하고 우사는 사건을 기록한다(左史記言, 右史記事)"고 기록되어 있다. 주나라 왕실의 사관은 '사(史)' 혹은 '태시(太史)'라고 불렀다. 그들은 각국의 당대 정사 기록을 담당했을 뿐 아니라 정부 문헌의 보존을 책임졌다. 사관은 당시 지식층에 속했으며 주나라의 천자도 그들에게 종종 지도를 받았다. 《사기》에서 노자는 "주나라 황실의 장서를 지키는 사관이다(周守藏室之史)"라고 말했는데, 이것은 즉 사관이 주나라 도서의 책임자라는 말이다.

노자는 춘추 시대 뛰어난 사상가이며, 도가의 창시자다. 그는 동주(東周) 왕조의 사관을 맡았고, 학문에 해박했기 때문에 공자도 일찍이 그에게 예를 물었다. 노자는 《도덕경》을 저술했다. 하남(河南) 영보현(靈寶縣) 동북 함곡관(函谷關)은 노자가 독서하던 곳으로 전해진다. 노자는 사관을 맡았기 때문에 대량의 문헌을 접하여 읽었고 학식도 풍부했다. 동시에 그는 동주 시대의 장서 사업에 어느 정도 공을 세웠다.

그림 12. 함곡관

진나라 때는 천하에 신의를 잃고 도리에 맞지 않는 일을 일삼았다. 진승(陳勝, ?~BC 208)과 오광(吳廣, ?~BC 208)은 무장 봉기를 일으켰고, 항우(項羽, BC 232~BC 202)와 유방(劉邦, BC 256~BC 195)은 중원을 놓고 권력 싸움을 벌였다. 항우는 학식이 없는 사람인데, 날렵한 솜씨로 함양(咸陽)을 공격하고 아방궁(阿房宮)을 불태워 엄청난 진나라 문헌을 하루아침에 훼손시켰다. 이것이 항우의 실패 원인 가운데 하나다. 이와 반대로 유방이 군사를 거느리고 함양으로 돌진했을 때, 대신 소하(蕭何, ?~BC 193)가 취한 정책은 여러 장수와는 달랐다. 여러 장수는 전리품을 분분히 빼앗았지만 소하는 먼저 진나라 호적, 지리와 법률 등 공문서를 거두어들였다. 이를 통해 소하가 선견지명을 구비하고 있음을 알 수 있는데, 그는 황실 장서에 큰 공을 세웠다.

유방이 서한(西漢) 왕조를 창건하자, 소하는 대신을 맡았다. 그는 거대한 규모의 미앙궁(未央宮) 건설을 주관했다. 그리고 황궁 정전 북면에 세 곳을 장서각으로 지었는데 이름을 석거각(石渠閣), 천록각(天祿閣), 기린각(麒麟閣)이라 불렀다. 이것은 중국 최초의 황실 장서루다. 소하는 중국의 장서사에서 빠질 수 없는 인물이다.

한 무제는 황실 장서를 매우 중시했다. 그는 한편으론 전국의 책을 모으라는 명을 내렸고 다른 한편으론 "문자를 기록한 간책을 모으고, 도서를 베끼는 관직을 두었으며(建藏書之策, 置寫書之官)", 어사대부(지위는 승상 다음이다)의 조수 어사중승(御史中丞)에게 도서를 관리하는 주요 책임자를 맡도록 하였고 궁전 장서의 범위를 크게 확장시키도록 했다. 한 무제 때 유명한 경학자 유향은 천록각에서 황실 도서의 정리와 교감 작업을 주관했다. 그의 아들 유흠의 통계에 따르면, 한 애제(哀帝) 때 서한의 황실 장서는 이미 3, 090권에 달했다. 유흠은 또 〈칠략(七略)〉을 엮었는데, 이는 최초의 황실 장서 목록이다. 유흠은 책을 육예(六藝), 제자, 시부, 병서, 술수와 방기(方技: 의술) 여섯 종류로 크게 나눴는데, 이것 역시 중국 최초의 도서관 서목 제요다.

서한 이후 역대 왕조는 모두 서한을 예로 삼아 황실 전용 도서관을 건립했는데, 이는 도서보존에 적극적인 영향을 일으켰다. 소하와 유향 부자는 황실 장서 사업의 토대를 다진 사람들이다.

한 광무 유수와 몇 대에 걸친 동한 황제들은 모두 책을 수집하는 일을 중시했다. 낙양의 궁전 장서는 장안의 궁전 장서의 세 배나 달했다. 동한 사학자 반고는 한 명제(明帝) 영평(永平) 연간에 책을 관리하는 교

책 향기에 취하다

서랑(校書郞)을 역임했는데, 그는 《한서》를 편찬할 때도 부의(傅毅) 등과 함께 궁전 도서의 정리와 교정을 맡아보았다. 아울러《한서·예문지》를 편찬하여 정사(正史) 중의 '예문지'라는 항목을 처음 만들었다.

동한 말기에는 전란이 끊이지 않았다. 동탁(董卓, ?~192)은 한 헌제(獻帝)를 핍박하여 천거시키는 바람에 낙양의 도서가 대량 산실되어 동한의 황실 장서가 거의 전부 사라졌다. 서진(西晋) 초년에 대신 순욱(荀勖)은 전적 정리를 주관하였고 〈중경신부(中經新簿)〉 목록을 편찬했다. 또 도서의 사부 분류법을 창안하여 책을 갑, 을, 병, 정 네 부류, 즉 경, 사, 자, 집으로 나눴다. 갑부는 유가 경전, 을부는 제자 학설과 기예 방면 서적, 병부는 역사서, 정부는 시문집이다. 서진 황실 장서는 29, 945권에 달했다. 그러나 '팔왕(八王)의 난'을 겪은 뒤 동진에서 조사한 장서는 겨우 3, 014권만 남아 있었는데 손실이 막대함을 알 수 있다.

남북조 대치 시기에 양조 양무제(梁武帝) 소연(蕭衍, 464~549)은 책 읽기를 좋아했다. 그는 궁내의 문덕전(文德殿)에 23, 106권을 소장했는데, 불교 서적도 많았다. 그러나 그의 불효자 양 원제(元帝)는 서위(西魏) 군사들이 강릉(江陵)을 공략하여 항복하기 전에 "일 만권의 책이 오늘까지도 남아 있으니 불 태우라(讀書萬卷, 猶有今日, 故焚之)"고 말하여, 만 권의 고금 서적을 불 속으로 집어넣었다. 북주(北周)에 이르렀을 때 궁전 장서는 겨우 만 권에 불과했다.

수나라가 천하를 통일했을 때 황실 장서는 37만 권에 달하였는데, 이는 수 문제(文帝)의 공로다. 그러나 수 양제가 강도(江都: 揚州)로 놀러 가면서 배에 책을 싣고 갔는데, 도중에 배가 침몰하여 대량의 도서가 강 밑에 수장되었다. 당 왕조가 세워지던 초기에 황실 장서는 겨우 14, 400

종횡 무진한 황실 장서 이야기

부에 89, 000권에 불과했다. 당 태종은 홍문관(弘文館), 사관(史館)과 집현서원(集賢書院)을 창건했는데, 당나라 황실 장서를 모으는 장소가 되었다. 개원(開元) 연간에 당대 황실 장서는 크게 늘어 125, 960권에 달했다.

북송 시대에는 수도 변경(汴京)에 숭문원(崇文院)을 설치했다. 숭문원 내부에는 소문서고(昭文書庫), 집현서고(集賢書庫)와 사관서고(史館書庫)가 있었다. 서고는 또 경, 사, 자, 집 네 곳으로 나눴으며 책을 모아 두는 집현원(集賢院)을 따로 두었다. 용도각(龍圖閣), 선화전(宣和殿), 후원의 태청루(太淸樓) 등에도 도서를 구비해 두었다. 아울러 왕요신(王堯臣), 구양수, 송기(宋祁, 998~1061) 등은 《숭문총목(崇文總目)》을 편찬하며 도서 30, 669권을 수록했고, 후에 규모 또한 끊임없이 확장시켰다. 금의 병사가 남침하자 남송은 임안(臨安)으로 수도를 정했을 때 《숭문총목》에 기재했던 대부분의 도서를 잃었다. 매우 안타까운 일이다.

원대에는 책을 판각하는 일이 성행했는데, 원 순제(順帝)는 일찍이 책을 수집하라는 조칙을 공포했다. 그러나 일부 민간 장서가들은 장서 가운데 금서가 있을까봐 근심했으며, 들리는 말로는 황제가 대신을 파견하여 책을 수집하여 결국은 불태워 버렸다고 한다. 이로써 당시 지식인들의 심리적 상태를 알 수 있다.

명대 때 황실 장서는 매우 대단했다. 명 영종(英宗) 때 내각 대학사 양사기(楊士奇, 1366~1444)는 장서 업무를 주관하며 《문연각서목(文淵閣書目)》을 편찬했는데, 모두 43, 200책을 수록했다. 가정(嘉靖, 명대 세종의 연호) 연간에는 북경에 중국 고대에 가장 완정한 공문서 보관 창고를 세웠는데, 이 황실 도서관은 목재를 사용하지 않고 전부 벽돌로 쌓았으며 지붕도 아치 형식이다. 대들보를 받치는 기둥도 쓰지 않아 통풍이 잘되며 습기를 방지하고 불과 해충에도 강했다. 이로써 고대 건축가의 우수한 기예를 충분히 보여줬다.

청대 통치자는 문자옥을 크게 일으킨 반면에 대대적으로 도서를 편찬하고 인쇄하면서 이른바 '문치(文治)'를 표방했다. 청대 황실 장서는 이전의 어떠한 왕조보다 뛰어났다.

청 강희 황제 때는 통치 기반을 더욱 강화시키기 위해 여러 번 대신들에게 각종 서적, 즉 유서《연감유함(淵鑒類涵)》, 사서(辭書)《패문운부(佩文韻府)》,《고금도서휘편(古今圖書彙編)》(후에《고금도서집성》으로 개명),《전당시》, 그리고 천문, 역법, 서화, 정전(政典), 법규, 문물, 지방지 등 각종 도서의 편찬을 명령했다. 그 가운데 가장 유명한 도서는《사고전서》다.

청 건륭제 때는 사고전서관을 건립하여 모두 7개의 장서관, 즉 북경 궁내의 문연각(文淵閣), 심양(沈陽) 궁내의 문소관(文溯館), 원명원(圓明園) 내의 문원관(文源館), 피서산장(避暑山莊) 내의 문진관(文津館), 양주의 문회각(文滙閣), 진강(鎭江)의 문종각(文宗閣), 항주의 문란각(文瀾閣)이 있었는데, 북쪽 4개의 각은 황제 전용의 장서각이다. 또 청대의 무영전(武英殿)에선 황제 전용 서적을 인쇄하는 작업과 관각본(官刻本)을 대량으로 간행하는 작업을 하여 중국의 장서 사업을 발전시켰다.

중국 고대의 황실 장서는 소수의 사람들만 읽고 사용되도록 제공되었다. 이것은 문화를 소수의 사람들이 장악한 역사 시대와 호응한다. 봉건 시대가 종말을 고한 뒤 중국 근대사에서 서방 국가를 모방한 공공

종횡 무진한 황실 장서 이야기

도서관이 탄생되었다. 이것으로 황실 장서가 종료되었음을 선포했다.

다만 황실 장서는 필경 중국 도서 보존에 영향을 끼쳤으며, 동시에 일부 저명한 학자들과 문학가, 역사가들이 도서 자료를 이용하여 학문을 연구하는데 도움을 주었다. 노자, 소하, 사마천, 반고, 유향, 유흠, 양웅(揚雄, BC 53~BC 18), 마융, 채옹, 위징, 우세남, 구양수, 송기 등은 모두가 궁전 장서를 만들어 내는데 공헌했으며, 아울러 이를 이용해 창작 활동에 종사했다. 그들은 중국의 문화 발전, 특히 도서 사업의 발전에 영원한 공적을 남겼다.

책 향기에 취하다

천고의 풍류적인 장서루

중국의 개인 장서 역사는 황실 장서보다 늦었다. 춘추전국의 교차점에서 사립학교가 흥기하면서 개인 장서도 서서히 출현했다. 그러나 당시 장서가라고 일컬을 만한 사람은 공자, 혜시와 소진(蘇秦, BC 337~BC 284) 세 사람뿐이다.

공자는 《시》, 《서》, 《예》, 《악》, 《역》, 《춘추》 등의 서적을 소장했는데, 당시 도서는 대나무로 만든 간(簡)과 책(策), 나무로 만든 판(版)과 독(牘), 견직물에 썼기 때문에 책을 읽는데 매우 번거로웠다. 따라서 앞에서 말한 공자가 《주역》을 읽을 때의 '위편삼절', 혜시의 '학부오거'라는 고사가 생겼다. 저명한 종횡가 소진도 장서가의 한 사람으로 그의 집안에 장서 열 상자가 있었다고 한다.

한대에는 비록 제지술을 발명했지만 판각 인쇄기술이 탄생하기 전이라 중국의 개인 장서가는 손가락을 꼽을 정도다. 그 신분은 모두 귀족이고 지위 있는 봉건사대부였는데 회남왕 유안, 하간왕 유덕, 한말 대신 채옹 및 부참(富參), 복규(卜圭), 장화(張華, 232~300), 임방(任房), 장봉세(臧逢世), 장찬(張纘), 범울(范蔚) 등이 있었다. 장봉세는 남조 양 왕조 시대 사람으로 《한서》를 베껴 썼으며 그 뒤 학자가 되었다. 장찬은 양 무제의 사위로 집안에 장서 2만 권을 소장했다. 서진의 대신 장화는 30수레의 책을 소장했다 하니 대장서가라고 말할 수 있다. 범울은 7천 권의 책이 있어, 많은 사람들이 불원천리하고 그의 집 전당(錢塘, 지금의 항주)까지 와서 도서를 빌려 봤다고 한다. 당대 개인 장서가 가운데 만 권 이상 소장한 사람이 20여 명 되는데 위술(韋述, ?~757), 소변(蘇弁, ?~805)이 가장 저명하다고 할 수 있다. 한대부터 당대까지는 중국의 개인 장서 기풍이 아직 형성되지 않았다. 송대 이후 개인 도서 소장의 기풍이 점점 번성했다. 명·청 양대에는 중국 고대 개인 장서의 흥성시기로, 장서재와 장서루도 대량 출현했다. 명대의 저명한 장서가로는 섭성(葉盛, 1420~1474), 양순길(楊循吉, 1456~1544), 왕세정, 조기미(趙琦美, 1563~1624), 모진, 송렴(宋濂, 1310~1381), 유기, 항원변(項元汴, 1525~1590), 호응린, 이악충(李鄂翀), 범흠, 전겸익(錢謙益, 1582~1664)이 있다. 그 가운데 모진, 범흠, 전겸익은 명대 장서 사업에 큰 공헌을 했다. 모진의 급고각(汲古閣), 전겸익의 강운루(絳雲樓), 범흠의 천일각(天一閣)은 모두 천하에 이름을 떨쳤다. 명·청 시기의 저명한 학자 황종희는 일찍이 전겸익 소장 강운루 도서를 읽고는 탄식하며 말했다.

"내가 보고 싶어 하던 책 가운데 없는 것이 없다."

이로써 강운루 장서가 풍부함을 알 수 있다. 모진의 장서는 매우 진귀한데, 그의 집에서 판각 인쇄한 진본을 모각본(毛刻本) 혹은 급고각본이라 칭한다. 범흠의 천일각 장서는 7만 권에 이른다. 당시 학자 요원지(姚元之, 1773~1852)는 감상한 후 한 연을 지었다.

人間庋閣足千古, 인간이 오랜 세월 동안 보존한 시렁은 많지만

天下藏書只一家. 천하의 장서는 한 집뿐이다.

청대의 장서루는 훨씬 많아졌다. 황비열(黃丕烈, 1763~1825), 오건(吳騫, 1733~1813) 이외에 가장 언급할 만한 것은 만청의 사대 장서루, 즉 양이증(楊以增)의 해원각(海源閣), 구소기(瞿紹基)의 철금동검루(鐵琴銅劍樓), 육심원(陸心源)의 벽송루(皕宋樓), 정신(丁申)·정병(丁丙)의 팔천권루(八千卷樓)다.

명·청 양대에 개인 장서의 중심지는 강남에 있었다. 만청 사대 장서루는 강소(江蘇)·절강(浙江) 두 성에 세 군데 있었고, 산동 요성(聊城)에 있던 해원각은 중국 북방에서 가장 큰 장서 중심지였는데, 그 옛 주소는 현재 산동성 중점 문물보호 단위에 속하게 되었다.

양이증(1787~1856)의 자는 익지(益之), 호는 치당(致堂) 또는 동초(東樵)다. 그는 청 도광(道光) 2년에 진사에 합격하고 일찍이 귀주(貴州), 호북(湖北), 하남(河南), 섬서(陝西) 등지에서 지방 관리를 맡아 정치적 업적을 꽤 남겼다. 순무(巡撫) 임칙서(林則徐, 1785~1850)의 추천을 받아 섬서 총독, 순무 등의 관직을 맡았고 후에 강남하도(江南河道) 총독으로 부임했다. 당시 강남은 전란을 당해 장서가 민간으로 흩어지자, 양이증은 왕씨예운서사(汪氏藝芸書舍)를 매입하고 또 각종 도서 진본을 사들여 곡식을 운반하는 배를 이용해 책을 산동 요성으로 운반하고 해원각을 세웠다. 해원각은 책방이 12칸이며 송원 정본(精本), 명청 정본 및 전본(殿本), 수초본(手抄本), 첩편(牒片), 서화, 골동품 등을 소장했다. 그는 서적을 강과 바다에 비유하여 장서루 이름을 '해원'이라 했

다. 해원각을 건축한 후에 양이증은 책을 찾아다니며 소장하는 것을 일생의 즐거움으로 삼았다. 그는 책을 사는데 돈을 써서, 잇따라 송판본 《시경》, 정현(鄭玄) 주의 《삼례(三禮)》와 '양한서', 《삼국지(三國志)》를 구매했다. 양이증은 또 '사경사사지재(四經四史之齋)'와 도남산관(陶南山館)을 세우고 각종 진본을 소장했다. 양이증 삼대 모두 책과 인연을 맺어 그의 아들 양소화(楊紹和, 1830~1875), 손자 양보이(楊保彝, 1852~1910)는 모두 청대의 저명한 장서가였다. 양소화는 일생 동안 도서 수집에 전념했는데, 유일본 진적을 보기만 하면 돈을 아끼지 않고 남북 각 지역 장서를 한 각에 모아, 남방 구소기의 철금동검루와 남북에 대치하였으니, 중국 장서사에서는 '남구북양(南瞿北楊)'이라 부른다. 양소화 본인도 경학, 시사에 통달하여 《영서우록(楹書隅錄)》 열권을 지었다. 그의 아들 양보이는 《해원각서목》 6책을 지어 경, 사, 자, 집 사부 총 3, 336종, 208, 300여 권을 수록했는데, 중국문헌사에서 장서의 중심이 되었다. 1820년대 산동 전란 때 토비들이 요성을 점거할 당시 유랑민들은 문맹이라서 뜻밖에도 무수히 많은 해원각 장서를 불태워버렸다. 양보이의 양자 양경부(楊敬夫)는 당시 피난 갈 때 십여 상자의 양장본을 천진으로 가져갔다. 그가 돈을 물 쓰듯이 쓸 수 있었던 것은 장서와 바꾼 돈이 있었기 때문이다. 양이증에서 양경부에 이르기까지 백년이 넘는 세월 속에서 해원각은 청대 지식층 중 두각을 드러내 지식인과 장서가가 동경하는 곳이 되었다. 아쉽게도 앞서 말한 이유로 해원각 장서는 대부분 훼손되고 나머지는 대부분 유실되었다.

해원각과 이름을 같이 하는 철금동검루는 강소성 상숙현(常熟縣)의 고리촌(古里村)에 위치해 있다. 그곳은 청산녹수를 등지고 있으며 비옥

한 강남의 작은 마을을 마주보고 있다. 철금동검루의 주인 구소기(瞿紹基, 1772~1836)의 자는 후배(厚培), 호는 음당(蔭棠)이다. 그의 부친은 그 지방의 부잣집이었다. 구소기는 어릴 때부터 역사서 읽는 것을 좋아했지만, 과거 시험에서 뜻을 이루지 못해 시골에서 은거하면서 사방에서 책을 탐문하고 널리 금석문을 수집했다. 몇 년 걸리지 않아 집에 장서 만 권이 쌓이자 그는 장서루 '돈유재(敦裕齋)'를 세웠다. 그의 아들 구용(瞿鏞, 1800~1864)은 아버지의 뜻을 계승하여 '돈유재'의 이름을 '철금동검루'로 바꿨다. 왜냐하면 구용은 독서를 몹시 좋아하였고 금석, 동경, 도기, 자기, 서화 등을 소장했고 철제 거문고나 구리 검을 소중히 보관하였기에 이로써 장서루 이름을 삼았다. 구용의 두 아들 구병연(瞿秉淵, 1821~1887)과 구병준(瞿秉濬)은 장서를 보호하는데 그 공력을 들였다. 당시 전란이 사방에 일어나 구씨 형제는 희귀한 도서만을 골라 시골 각지에 숨겨놓고 4년간 전전하고 떠돌아다녔어도 도서는 놀랍게도 무사했다. 철금동검루의 4대 주인 구계갑(瞿啓甲, 1873~1940)은 구씨 장서목록을 다시 편찬하여 경부 82종, 사부 265종, 자부 370종, 집부 525종을 수록했다. 그중 송판서 161종, 금본 3종, 원본 105종, 총 장서는 십만 여 권이다. 이는 저명한 장서가 황비열의 장서실 '백송일전(百宋一塵)'과 아름다움을 견줄 만하다. 구계갑은 신해혁명 후에 공동도서관 설립을 열성적으로 제안하고 상숙공공도서관(常熟公共圖書館)을 직접 창설했는데, 이는 중국 장서사에서도 중요한 위치를 차지한다.

팔천권루는 항주에 건립되었는데, 이 장서루의 주인은 정국전(丁國典)이다. 먼 조상인 송대 정기(丁覬)가 장서 팔천 권을 소장했기에 '팔천권루'라 했다. 그의 손자 정병(丁丙, 1832~1899)도 그 이름을 계속해서 사

천고의 풍류적인 장서루

용했다. 정병은 어릴 적부터 책을 무척 사랑하고, 책을 목숨처럼 소중하게 여겼다. 청대 건륭 황제는 항주에 황실 장서루 문란각을 건립했다. 후에 태평군이 광서(廣西)에서 군사를 일으켜 항주를 공격했을 때 문란각의 《사고전서》는 불에 타버리거나 민간으로 유실되었다. 정병과 그의 형제 정신(丁申)은 항주성을 달아나 작은 마을에서 물건을 샀는데, 음식물을 포장한 종이가 뜻밖에도 《사고전서》의 책장임을 우연히 발견하고 문득 놀라고 아까워하였다. 그래서 그들은 한밤중에 위험을 무릅쓰고 서호(西湖) 물가에 있는 문란각으로 서둘러 달려갔다. 남아 있는 만여 권의 장서를 끈으로 팔백 묶음을 묶어 밤을 틈타 마차 위에 싣고 난다음 각종 고생을 겪고 마침내 책을 상해로 운반했다. 후에 정씨 형제는 책을 다시 항주로 옮겨서 현지 관원들을 감동시켰다. 그리고 광서(光緒) 황제는 정씨 형제에게 명령을 내려 문란각 수리의 책임을 맡겼다. 원래 장서 《사고전서》는 심각하게 산실됐기 때문에 정병과 정신 두 사람은 전심전력으로 수집하고 옮겨 써서 대부분을 수선하였다. 이후에도 문진각본을 근거로 하여 계속 옮겨 써서 완전히 복원하였다. 지금은 절강도서관에서 소장하고 있다.

정병은 원래 팔천권루가 있었는데 문란각 장서를 얻은 뒤 또 두 개의 장서루를 세워 '후팔천권', '소팔천권(小八千卷)'이라 부르고, '가혜당(嘉惠堂)'이라 총칭하였다. 후에 또 선본서실을 건립하고 오로지 진귀한 판본만 수장했다. 그리고 《선본서실장서지(善本書室藏書志)》 40권을 편찬하여 그 장서 중 진귀한 부분을 수록했으며, 아울러 《무림장고총편(武林掌故叢編)》, 《무림왕철유저(武林往哲遺著)》 등을 집간(輯刊)했다. 정병의 아들 정입중(丁立中, 1866~1920)은 《팔천권루서목》을 편집했다.

그림 13. 절강도서관

광서 33년(1907)에는 강남도서관을 건립하고 정씨의 책을 토대로 소장하였다. 현재 남경도서관에서 소장하고 있다. 정씨 장서 가운데 명대 진본이 상당히 많고, 강소, 절강 출신의 선인 저작이 많으며, 아울러 고증 저작도 많은데, 학술적 가치가 높다.

정씨 형제의 조부는 "내가 모은 책도 많지 않고 읽을 수도 없지만, 내 자손을 위해 배우기 좋아하는 마음은 있다."고 말했다. 이렇게 책을 좋아하고 배움을 좋아하는 정신은 자손을 격려하기 위한 것임을 알 수 있다. 정씨 형제의 이러한 행적은 정씨 가문의 영예를 빛냈다.

벽송루의 주인 육심원(陸心源, 1834~1894)은 함풍(咸豊) 연간의 거인이며 일찍이 광동(廣東), 복건(福建)의 지방 관리를 맡았다. 그의 공헌은 행정적 업적보다는 장서에 있다. 육심원이 광동에서 관직을 맡았을 때 책을 모으는 각별한 취미가 있었다. 무릇 색다른 책을 보기만

천고의 풍류적인 장서루

하면 반드시 있는 돈을 모두 써서 사왔다. 광동을 떠날 때는 고향으로 백 여 상자의 도서를 가지고 갔다. 사람들은 그래서 "부귀를 하찮게 여기고 책만 중시한 사람"이라고 불렀다.

육심원은 복건에서 맡은 관직을 떠난 뒤 고향으로 돌아가 벽송루, 수선각(守先閣)과 십만권루(十萬卷樓) 등을 지었다. 당시 도서 판매업자들은 육심원이 책을 목숨만큼 사랑한다는 말을 듣고는 쉴 새 없이 육심원 가문을 출입했다고 한다. 그는 틈만 나면 많은 진본, 특히 송·원 각본을 사들였다. 그는 황비열이 송각본 백 여 종을 소장하고 있음을 알고 '벽송루'라고 이름 지었다. 자기가 2백 부가 넘는 송판 장서를 소장하고 있다는 뜻이다. 당시 장서가는 유일본, 진본을 소장했지만 육심원은 그들과 달랐다. 그의 수선각은 명·청 각본을 소장하고 십만권루는 일반 도서를 소장했다. 아울러 태수에게 고향으로 돌아가겠다고 아뢴 것은 일반 서적을 공개하여 빌려보게 하고, 일반 독서인에게 편의를 제공하고 싶었기 때문이다.

벽송루가 국내외로 이름이 나자, 육심원의 불효자 육수번(陸樹藩, 1868~1926)은 금전 때문에 5십만 위안의 값을 부르고, 최후에는 6만 위안의 가격으로 장서 전부를 내다 팔았다. 일본인 이와사키 야노스케(岩崎彌之助, 1851~1908)가 이를 구입해 동경 정가당문고(靜嘉堂文庫)에 소장했다. 이는 육심원이 세상을 떠난 지 13년 만의 일이다. 그는 자신의 아들이 그가 한평생 쏟아 부은 심혈을 돈으로 바꾸리라곤 전혀 생각하지 못했을 것이다. 만청의 4대 장서루 가운데 하나를 일본인이 점유하고 있으니, 이는 중국 장서사에서 큰 손실이며 육수번도 당연히 나쁜 평판을 받았다.

중국 개인 장서가의 역사를 회고하고 고대 장서루의 풍채를 다시 돌아보게 되면, '천고풍류(千古風流)'란 네 자를 생각나게 한다. 인류 생활을 기록한 도서는 우리로 하여금 얼마간의 역사 풍운과 풍류 인물을 보게 하고, 엄숙하고 편안한 장서루에도 산수풍광이 있으며, 빼어난 곳에서 뛰어난 인물이 나고, 장서가 본인도 게으르지 않고 부지런히 책을 탐문하고, 온갖 방법을 강구하여 장서하는 정신은 충분히 천고풍류 인물과 같이 오래도록 중국 문명사에 존재할 것이다.

웅장하구나, 장서루여! 장대하구나. 장서가여!

천고의 풍류적인 장서루

재미있는 서재 이름

'장서루'하면 물론 품격이 높아 보이지만, 장서루를 가진 사람은 결국 소수의 몇몇 장서가뿐이다. 지식인의 입장에서 말하자면, 가장 동경하는 것은 자신의 서재를 하나 갖는 것이다. 책상, 일렬로 배열된 책장, 향기 나는 차 한 잔, 책의 향과 차의 향기가 가득 차 넘쳐흐르는 작은 방, 이것은 초리한 방이지만 정취가 있다.

이것은 물론 지식인이 동경하는 독서의 경지다. 자신의 서재에 이름을 짓는 것은 중국 독서인의 특징 가운데 하나다.

옛 사람이 최초로 책을 읽던 곳은 복희씨(伏羲氏)의 화괘대(畵卦臺), 창힐(倉頡)의 조자대(造字臺)와 주문왕(周文王)의 연역대(演易臺)로 거슬러 올라 갈 수 있다. 화괘, 조자, 연역은 옛 사람들이 책을 읽던 고적이라 전해진다. 그 뒤에도 노자가 책을 쓴 저서처(著書處)가 있고, 공자의 현대가(弦歌臺)와 굴원의 독서동(讀書洞)이 있다. 옛 사람이 대자연을 마주하고 책을 읽을 때 큰 소리로 낭독하면 얼마나 자유스럽고 소탈했는지 짐작케 해준다. 전한의 양웅, 후한의 서치(徐稚, 97~168), 장형, 왕부(王符), 왕찬(王粲, 177~217) 역시 각자 독서하던 곳이 남아 있

책 향기에 취하다

어 옛 풍류의 흔적이 되었다. 서진과 동진 이후 지식인의 서재에는 이름이 생기게 되었다. 동진의 대시인 도잠(陶潛)은 벼슬을 버리고 강서 여산(廬山) 남쪽 산기슭 호조암(虎爪岩) 아래 숨어 살았다. 그에게 세상에 이름난 작품으로 〈귀거래사(歸去來辭)〉, 〈오류선생전(五柳先生傳)〉이 있어서 그의 서재를 '귀거래관', 혹은 '오류관'이라 불렀다. 당대 시인 이백은 '안사의 난'을 피하기 위해 안휘의 숙송현성(宿松縣城)에서 살며 독서했다. 그곳에는 '태백서대(太白書臺)'가 있다. 중당 재상 이필(李泌, 722~789)은 독서를 좋아해서 노년에 형악사(衡岳寺)에 서재를 건축했는데, 그 서재를 '명도산방(明道山房)'이라 이름 지었다. 중당 시인 백거이가 독서하던 곳의 이름은 '백시랑동(白侍郎洞)'이다. 송대 문학가 증공(曾鞏, 1019~1083)의 서재 이름은 '남헌(南軒)', 왕안석(王安石, 1021~1086)의 서재 이름은 '소문재(昭文齋)'다. 남송 시인 육유의 노년 시절 서재를 '노학암(老學庵)'이라 불렀는데, 이것은 "사광이 늙어서도 배우는 것은 마치 밤길에 촛불을 켠 것과 같다(師曠老而學, 猶秉燭夜行)"는 의미에서 따왔다. 비록 나이가 많다 하더라도 배움은 그만 둘 수 없다는 의미다. 명대의 재자 당백호가 책 읽던 곳의 이름은 '도화암(桃花庵)'이다. 명대 문학가 서문장(徐文長, 1521~1593)의 서재 명칭은 '유화서옥(榴花書屋)'이다(후에 '청등서옥(靑藤書屋)'으로 바뀌었다). 청대 문학가 포송령(蒲松齡, 1640~1715)의 서재 이름은 '요재(聊齋)', 원매의 책 읽던 곳은 '소창산방(小倉山房)', 황경인(黃景仁, 1749~1783)의 서재 이름은 '양당헌(兩當軒)', 호적당(胡積堂)의 서재 명칭은 '서향인가(書香人家)', 진보침(陳寶琛, 1848~1935)의 책 읽던 곳의 이름은 '환독루(還讀樓)', 진유영(陳維英, 1811~1869)의 서재 이름은 '태고소(太古巢)'라고 불렀

재미있는 서재 이름

그림 14. 연연당 시절의 풍자개(1937)

다. 노신의 젊은 시절 책 읽던 장소의 이름은 '삼미서옥(三味書屋)'인데, "경서를 읽는 것은 벼, 수수와 같은 좋은 양식을 맛보는 것과 같고, 역사를 읽는 것은 비교적 풍성한 음식을 맛보는 것과 같으며, 제자백가를 읽는 것은 젓갈과 식초를 맛보는 것과 같다"는 의미를 갖는다.

풍자개(豊子凱)에겐 '연연당(緣緣堂)'이 있고, 양수달(楊樹達, 1885~1956)에겐 '적미거(積微居)'가 있으며, 허지산(許地山, 1893~1941)의 서재 이름은 '면벽재(面壁齋)', 왕력(王力, 1900~1986)의 서재 이름은 '용충병조재(龍蟲幷雕齋)', 시칩존(施蟄存, 1905~2002)의 서재 이름은 '북산루(北山樓)', 소연뢰(蘇淵雷, 1908~1995)의 서재 이름은 '발수재(鉢水齋)'라고 부른다.

이로써 옛 사람들과 현대인들의 서재는 끊임없이 변화함을 알 수 있다. 옛 사람들은 책을 읽을 때는 산과 들판이나 암석에 기대서 했으며 혹은 높은 누대에 올라 읊조리거나 동굴에 들어가 조용히 생각했다. 귀족 사대부는 자신의 누각이나 정원을 서재 이름으로 삼았다. 가난한 지식인은 조용하고 사람이 없는 곳을 선택하고, 책을 잡으면 자신을 잊어버리는 경지에 빠졌다. 당대 이전의 지식인은 자신의 독서 장소를 서재 이름으로 짓는 경우가 거의 없었다. 송대 이후 역사서에는 서재 이름이 빈번하게 나타난다. 전란이 많이 발생했기 때문에 많은 학자, 시인, 문학가들은 빈곤하게 되어 일생을 초라하게 보냈다. 그들은 생전에 일정한 서재를 갖지 못했다. 사후에 이름을 세상에 남기자 사람들은 그들을 위해 독서대와 서원을 건립하고 일찍이 독서하던 암석에 명인의 이름을 새겨 넣어 역사의 명승고적이 되었다. 이는 독서인들이 생전에 생각지도 못했던 영광이다.

옛 사람의 서재는 서적을 소장하고 책을 읽고 글을 지으며 산보하고 휴식을 취하던 종합 공간이다. 이곳에서 독서인의 정서를 연마할 뿐 아니라 그들의 재능을 펼치고 근심과 불만을 토로하던 낙원이었다. 그곳엔 장서 외에도 도처에 그들의 필적이 남아있다.

고금 명인의 서재를 종람해보면 흔히 우아하고 고상한 정취를 가지고 있다. 정판교(鄭板橋, 1693~1765)의 서재에는 "방이 고상하면 되지 클 필요가 있겠는가? 꽃향기가 많다고 좋은 건 아니다(室雅何須大, 花香不在多)."라고 쓴 연어(聯語)가 걸려 있었다. 원매는 자기 서재의 제목을 두 구의 시로 표현했다.

朱藤花壓讀書堂, 주황색 등나무 꽃이 독서당을 누르고,

分得桐陰半畝凉. 오동나무 그늘에 가려 서늘하다.

호적당 서재의 주련은 깊이 음미할 만하다.

대대로 내려오는 가문은 적선만 하는데, 가장 좋은 일은 독서뿐이다
(幾百年人家無非積善, 第一等好事只是讀書).

진유영의 서재에는 색다른 흥취가 넘쳐흐른다. 상련은 "세 끼의 미음, 여러 잔의 차, 하나의 향로, 만 권의 책이 있으니, 하필 속세 밖에서 신선과 부처에서 본질을 찾을 필요가 있을까?(三頓飮, 數杯茗, 一爐香, 萬卷書, 何必向塵寰外求眞仙佛?)"이고, 하련은 "새벽이슬이 꽃에 맺히고, 정오 바람에 댓잎 살랑거리고, 산엔 저녁놀 지고, 밤에는 강에 딜빛 어리니 이처럼 문자가 없는 곳에 큰 문장이 깃들어있다(曉露花, 午風竹, 晚山霞, 夜江月, 都于無字句外寓大文章)"이다. 독서의 극락과 글짓기의 오묘함을 이르는 말이다.

나는 이전에 많은 당대 명인의 서재를 방문한 적이 있다. 예를 들면 조경심(趙景深, 1902~1985), 정일매(鄭逸梅, 1895~1992), 당규장(唐圭璋, 1901~1990), 시칩존, 조가벽(趙家璧, 1908~1997), 서중옥(徐中玉, 1915~   ), 유일생(劉逸生, 1917~   ), 진목(秦牧, 1919~1992), 풍역대(馮亦代, 1913~2005), 장배항(章培恒, 1934~   ), 요말사(廖沫沙, 1907~1990), 빙심(冰心, 1900~1999), 진종주(陳從周, 1918~2000) 등의 서재는 각기 특색이 있다. 풍역대 선생의 서재 '청풍루(聽風樓)'에는 책의 향

책 향기에 취하다

이 가득한 방이며, 중국과 서양 서적 소장을 중시했다. 그래서 그런지 그가 쓴 책 이야기는 중국, 외국 이야기가 뒤섞여 있다. 정일매 선생의 서재명은 '지장동병실(紙帳銅瓶室)'인데, 북향의 다락방은 책상을 제외하고는 온통 오래되고 낡은 판본이 쌓여 있어, 손님이 찾아오면 앉을 수 있는 공간이 없다. 서재가 비좁긴 하더라도 나는 매번 방문하면서 그 의문을 풀 수 있었다. 1970년대 말에 나는 조경심 선생님에게 책을 빌려 읽었다. 조 선생의 서재는 크지만, 많은 책을 놓아둘 곳이 없었다. 내가 빌릴 그 책을 다락방 위에 잘 놓아두었다가 그는 나에게 찾아주었다.

지금의 문인들은 모두 자신의 서재에 이름 짓기를 좋아한다. 예를 들면 문우 홍비막(洪丕漠, 1940~2005) 형의 이전의 서재를 '호서급경서옥(滬西汲綆書屋)'이라 불렀으나, 그 뒤 고층건물로 이사하면서 서재 이름을 '백척누두(百尺樓頭)'로 고쳤다. 산문가 조여굉(趙麗宏, 1951~   )의 원래 서재는 걸어서 겨우 네 걸음이어서 '사보재(四步齋)'라 이름하였다. 지금은 새집으로 이사했으나 아직도 전과 다름없이 옛날 서재명을 쓰고 있다. 나는 상해 모 신문에서 특집으로 '독서락'이라는 칼럼을 만들었는데, 그래서 서재명을 '독서락소옥(讀書樂小屋)'으로 지었다.

지식인은 자신의 서재에 대해 이야기하는 것이 마치 정답고 가까운 친구와 이야기하는 듯하다. 현대의 장서가 주가진(朱家溍, 1914~2003)은 서재를 이렇게 이야기했다.

가장 전형적이며 명실상부한 서재 환경은 아름답고 귀한 책이 많고, 선본(善本)이 많아야 한다. 탁자는 정엄(精嚴)하고 서가는 청아해야 한다.

97

재미있는 서재 이름

그가 동경하는 서재는 이러하다.

　세 칸 내지 다섯 칸짜리 북향 방이 있어야 하고 복도에 처마가 있어야 한다. 바깥과 직접 통하는 방의 처마 앞엔 4개의 칸막이, 문밖에 치는 발, 방한용 덧문이 있고, 동쪽과 서쪽 방의 튀어나온 벽은 창을 떼고 얇은 종이를 바른다. 창문 안쪽의 위 부분은 천으로 바르고, 아래쪽엔 유리를 설치한다. 방안은 청록색의 모기장을 치고 난간엔 차양을 친다. 벽과 천장은 벽지를 바르고 바닥에는 책꽂이를 배열하고, 몇 개의 탁자와 의자, 문구를 진열하되 절대로 침실이나 식당으로 사용하지 않도록 한다. 이렇게 책꽂이 위의 많은 책 종이, 먹향과 녹나무 책장, 녹나무 합판이 조화를 이루어 그윽한 향기가 퍼져, 사람으로 하여금 정신을 즐겁게 해준다.

　날이 좋은 봄과 가을날, 창은 밝고 책상은 깨끗하며, 창에 단 망사로 들어온 뜰 앞 화초의 향기와 방안의 책 향기가 한데 모인다. 꽃 속의 벌들이 시끄러운데, 사람들로 하여금 생기가 넘치게 한다. 여름에는 뜰 앞 매미소리가 시끄럽고, 짙은 나무그늘이 땅을 가리고, 처마 앞은 대나무 발이 드리워져 방안은 시원하고 덥지 않다. 이 계절에는 방 안의 녹나무와 오래된 집의 황색 소나무 교각이 짙은 향기를 내뿜어 책의 향기는 두 배로 많아진다. 겨울날엔 햇볕이 방 한가득 비추고 화분에 심은 매화, 수선화의 상쾌한 향기가 책의 향과 조화를 이뤄 향기가 흩어지지 않고 오래 간다. 서재에 난로를 두자 책의 향기와 매화, 수선화 향기는 그것으로 인해 각자 가지고 있던 향기가 갑자기 준다. 한 겨울철에는 할 수 없이 책을 가지러 잠시 머물 때에 유유자적하는 행복을 누리지 못하고, 책을 가지고 돌아와 온실에서 읽는다. 위에서 말한 조건을 갖추면 여러 책들에서 영원히 그리고 은은하게 책의 향이 퍼질 것이다.

주가진 선생이 묘사한 서재의 사계절 모습은 문인의 정취를 모두 갖췄지만, 위에서 말한 조건의 서재를 가진 독서인은 당대에 얼마 되지 않는다. 게다가 선본을 보유하기는커녕 진정한 지식인 일부만이 방 몇 칸을 살 수 있을 뿐이다. 그러므로 산문가 양실추(梁實秋, 1903~1987)는 《아사소품(雅舍小品)》에서 다음과 같이 고견을 발표했다.

서재, 얼마나 우아한 명사인가! 사람들은 쉽게 학자 집안을 연상할 것이다. …… 책에서 향기 난다고 여기는 까닭은 송연묵(松烟墨)으로 담지 위에 흔적을 남기고 바람이 통하지 않는 서재에서 나오는 혼합되고 형용하기 힘든 이상한 냄새 때문이다. 이런 이상한 냄새는 서재가 있어야만 나는 것이고, 사대부 집안이라야 서재가 있다. 고생스러운 학업 조건에서 고학하는 학자는 대개 서재를 가지고 있지 않다. 가난한 독서인에게 서재는 그림의 떡이며 호화스러운 신선 세계다.

이러한 논조는 정확하다. 옛날에는 사대부만이 그럴듯한 서재를 보유했다. 당대의 우리는 물론 주가진 선생처럼 서재에 대한 지나친 욕망을 바랄 수는 없다. 오늘날 우리 지식인은 그럴 듯한 서재를 갖게 될 수 있을까? 양실추 선생이 현대의 서재에 대해 말한 몇 가지를 살펴보자.

1. 서재가 크거나 설비가 좋지 않아도 된다. 자신의 수요에 맞으면 된다.

2. 환경이 수려하고 그윽하며 새소리와 꽃향기만 나면 된다. 소란스럽
   거나 어지럽지 않아야 한다.

3. 빛이 잘 들어야 하고 공기가 통해야 한다.

4. 시중드는 미녀(紅袖添香)가 반드시 필요한 것이 아니다. 향이 없다
   고 해서 "하얀 손을 들어 붉은 소매가 길면(素腕擧, 紅袖長)", 오히
   려 사람으로 하여금 마음속으로 특별한 집중력을 요구하게 만든다.

5. 서재의 크기나 좋고 나쁨은 한 사람의 작품 성과의 많고 적음, 경중
   과는 항상 정비례하지 않는다.

나는 이러한 서재에 대한 논술이 실용적이라고 생각한다. 물론 우리
는 여기에 조건을 달 수 있다. 서재를 좀 더 우아하게 배치한다면 자연
스럽게 책을 읽고 글을 짓고 싶은 욕망을 줄 것이다. 어떤 사람은 서재
의 성취만 즐겨 온종일 그 속에 도취되기만 할 뿐 한 글지도 쓰지 않을
수도 있다. 그렇다하더라도 그들을 원망할 필요는 없다. 우리는 독서인
들마다 모두 대학자가 되어야 한다고 요구할 수는 없다.

책 향기에 취하다

좋은 책은 소중하게 보관하라

지식인들은 책 소장하길 좋아하는데, 좋은 책을 가졌다면 잘 보존할 필요가 있다. 그렇지 않으면, 소장한 책이 세월의 침식을 받게 된다. 이러한 점에서 옛사람들은 좀먹고 곰팡이 피는 것을 방지하기 위한 좋은 방법을 찾아냈다. 구체적 방법으로 책을 햇볕에 쪼이기, 바람을 통하게 하기, 약물 처리 등 세 가지가 있다.

햇볕에 쪼이는 습속은 유래가 오래되었는데, 《목천자전(穆天子傳)》에 처음 보인다.

> 천자가 동쪽을 유람하다 작량에 머물고 우릉에서 책을 쪼이고 말렸다
>
> (天子東游, 次于雀梁, 曝蠹書于羽陵).

다시 말하면 실내의 장서를 가지고 나가 햇볕에 놓아두어 말린다는 말이다.

북송 시기에 승상 문언박(文彦博, 1006~1097)은 비서성(秘書省)의 '책 말리기 연례행사(曝書宴)'에 참가한 적이 있는데, 황실 궁궐에 있는

도서들을 햇볕에 말려 좀벌레(속칭 책벌레書魚子) 등을 없애려는 것이다. 저명한 역사가 사마광 집에는 독서당이 있었는데, 그는 매년 초복과 중양절 전후로 장서들을 실외로 옮겨 햇볕에 쪼였다.

명대에 이르러 책을 햇볕에 쪼이는 일은 도서를 보호하는 제도로 만들어졌다. 《연대필록(燕臺筆錄)》에는 "유월 육일은 본래 적기가 아니다. 그러나 내부 황실 사고에서는 열성실록, 열성어제문집 등을 햇볕에 쪼이는 것이 매년 연례행사가 되었다(六月六日, 本非令節. 但內府皇史, 晒曝列聖實錄, 列聖御制文集諸大函, 則每歲故事焉)"고 기록하였다. 책 말리기는 간단한 듯 보이나 만약 한 사람이 만 권의 책을 가졌다면 상당히 힘이 들 것이다. 그러므로 "장서가 많을수록 책 말리기도 벅차다(藏書越多, 則曝書越堅)." 비록 이와 같을지라도 장서가들은 여전히 이러한 작업을 계속 고수했다. 청대 섭덕휘(葉德輝, 1864~1927)는 〈장서십략(藏書十約)〉에서 "옛사람은 칠석날 책을 말리는데, 그 책은 그다지 좋지는 않다(古人以七夕曝書, 其書亦未盡善)"라고 말했다. 그 이유는 남북의 기후가 같지 않음으로 섭덕휘는 "만약 팔구월 가을하늘은 높고 공기가 맑을 때 제때 거두어들이고 게다가 계절서풍이 적당히 불어준다면 벌레를 없앨 수 있다(不如八九月秋高氣爽時, 正收臉, 且有西風應節, 藉可殺蟲)"라고 여겼다. 후에 어떤 이는 "봄과 가을 두 계절 외에 바람 불고 맑은 날을 골라 항상 볕에 널어주는 것이 좋다(除春秋兩季曝外, 當擇風日晴和之候, 不時晒晾之)"고 생각한다. 오늘날 장서는 과거에 비해 편리하지만, 책을 말리는 방법은 여전히 도서관이나 개인 장서가들 사이에서 유행한다.

통풍은 장서에 곰팡이 피는 것을 방지하는 유효한 방법이다. 옛사람

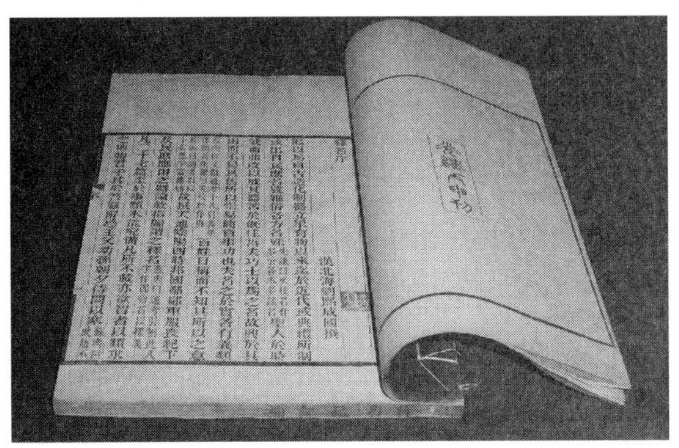

그림 15. 유희 〈석명〉

들은 이에 대해 연구한 바가 있다. 선장본은 책꽂이에 빽빽이 꽂아두지 말고 책의 덮개는 제거하고 책꽂이를 바람이 통하는 곳에 둬야 하며, 서재의 창은 매일 이른 아침에 한 번씩 열어놓아야 한다. 상자 안의 눌려진 책은 날짜를 정해 뚜껑을 열어 놓아야 하며 늘 책을 뒤집어 주어야 한다.

약물처리에 관해 이야기해보자. 고대 학자들은 쥐엄나무 열매의 씨를 사용했다. 불에 볶은 뒤 갈아서 분말 상태로 만들어 서궤나 책꽂이에 한 켜씩 문질러주면 쥐로 인한 손실이나 좀벌레 등을 예방할 수 있었다. 이외에 참숯가루 재를 바닥에 깔아 놓아 흰개미로 인한 손실을 예방했다.

중국에서는 한대 때 이미 '황지(潢紙)'가 발명되었다. 동한 유희(劉熙)의 〈석명(釋名)〉에 따르면 '황지'는 황벽나무 즙을 펄프에 넣어 완성한 종이로, 좀 스는 것을 방지할 수 있었다. 중국에서 발견된 돈황불경은 오늘날까지 잘 보존되어 있는데, 그 원인은 "황벽나무 액으로 물들여 좀 스는 것을 피할 수 있었기(染以黃柏, 取其避蠹)" 때문이다.

좋은 책은 소중하게 보관하라

‘황지’ 이후 또 ‘벽지(碧紙)’와 ‘초지(椒紙)’가 발명되었다. ‘벽지’ 염료 액체의 주요 약용 성분은 검푸른색의 결정체인 ‘인디고’다. ‘초지’의 펄프에는 후추, 산초나무의 침지즙(浸漬汁)이 들어 있다. ‘초즙(椒汁)’ 속에는 알데히드 약물이 함유되어 있기 때문에 호접식의 장정 방식에 상용된다. 섭덕휘는 《서림청화(書林淸話)》에서 “좀 먹거나 벌레 먹는 걱정거리는 영원히 없을 것이다(永無蠹蝕之患)”라고 했다. 명·청 시기에는 광동 불산(佛山) 지역에서 ‘만년홍지(萬年紅紙)’가 발명되었다. 그것으로 선장본의 속표지와 마지막 표지를 장정하면 해충이나 좀 벌레 등을 방지할 수 있었다.

이로써 옛사람들은 책을 찾거나 소장하기도 어려웠으며, 좀 슬거나 벌레 먹는 것을 막기 위한 책 보존 작업도 어려웠음을 알 수 있다. 지식인은 장서를 생명처럼 여겼기 때문에 멀쩡한 책이 갑자기 파손되면 장서가의 마음을 몹시 아프게 한다. 그리하여 각종 방법을 사용하여 책의 생명을 보호하는 것은 바로 장서가의 중요한 조치가 되었다.

우리 집에는 팔천 여 권의 책이 있는데 지금까지는 아무런 손실이 없다. 십년 동안 집을 세 차례 옮겼는데, 작년에는 다시 서재와 거실을 바꿔 평소에 쉬지 않고 책을 꺼내 보거나 뒤졌다. 비록 아무런 약물처리를 하지 않았지만 집이 3층에 있는지라 통풍이 잘 되고 곰팡이나 좀이 슬 걱정이 없으며, 더군다나 오늘날의 제지술이 과학화되었기 때문이다. 장서 조건도 크게 변모하였고, 현대 지식인들은 옛사람보다 장서 조건이 훨씬 좋아졌다.

남다르게 책을 고르는 이야기

책 친구와 자주 이야기를 나누다보면 불평소리가 나오는 건 어쩔 수 없다. 첫째로 좋은 책을 구하기 힘들고, 둘째로 책장이 너무 작아 원망스럽단다.

우리 같은 세대의 장서는 옛사람들처럼 서너 칸의 방을 보유할 순 없다. 내 경우엔 나이 마흔이 다 되도록 겨우 10평 남짓 되는 서재를 가진 셈이다. 많은 책을 두기 위해서 책장을 사다리꼴로 제작했고, 앞뒤 두 줄로 배열하여 책의 등을 모두 볼 수 있다. 책을 잘 꽂아두기 위해 머리를 많이 썼다. 이렇게 2년이 지나자 다시 책장에 대한 걱정이 시작됐다. 매번 나갈 때마다 서적을 찾아서 몇 권씩 들고 돌아오는 바람에 쌓이고 쌓여서 새 책을 둘 곳이 없었다. 한 책 친구가 있는데, 그의 형편은 나보다 좋지 못해 책을 전부 방 모서리에 쌓아두어 책 찾기란 너무 어려웠다. 장서의 고통은 결국 주택이 너무 작은 게 원인이다.

그 날 밤 한가할 때 장서가의 전략서를 읽고는 눈앞이 환해졌다. 원래 장서는 일종의 예술이자 기술이다. 고대의 유명한 장서가라고 해서 거실이 모두 넓지는 않았다. 그들은 각자 장서 기준이 있었는데, 그것은 먼저 책을 고르는 혜안을 가져야 한다는 점이다.

명대 유명한 장서가 기승한(祁承㸁)은 〈반소도에게 주는 편지(與潘昭度書)〉에서 다음과 같이 말했다.

> 책을 찾는 것은 골동품을 찾는 것과 같다. 먼저 감식안을 가져야만 장서가라 부를 수 있다. 그저 내키는 대로 책을 모은다면 상자에 든 것은 십중팔구 위조품이다. 많으면 무엇 하리?

오늘날 우리들의 장서는 물론 고대 장서 전문가와는 다르다. 무엇이 가짜고 진짜인지 구분할 필요가 없다(물론 고대 선장본을 소장하려면 반드시 판본을 고증해야 한다). 그러나 우리는 바구니 안에 야채를 집어넣듯이 보는 책마다 수집할 수는 없다. 책을 좋아하는 사람은 절대로 아무렇게나 장서하지 않고, 자신의 학업 전공 방향과 애호 취미에 걸맞게 도서를 수장해야 하고, 책을 자신을 위해 활용하면, 장서가 커다란 작용을 발휘할 수 있을 것이다.

이 도리를 이해하고 나서 나는 장서를 한번 정리했다. 내 장서는 주로 다섯 부류로 나뉜다. 첫째는 문학 역사류로, 《이십사사》, 《자치통감》, 고대 시인의 문집, 역사 인물 전기와 문학, 역사, 잡문을 포함한다. 두 번째는 소설 산문류다. 고금, 중외의 명저와 무협, 로맨스, 전기소설을 포함한다. 세 번째는 여행 생활류로, 유기, 요리책, 꽃과 새에 관한 소품, 대자연에 관한 기문(奇聞) 등을 포함한다. 네 번째는 보건 심리학에 관한 책으로, 양생, 안마, 관상학, 《주역》과 외국 실용심리학 및 혈액형 연구, 인체언어 등을 포함한다. 다섯 번째는 공구서다. 고금동서에 이르

그림 16. 임어당

기까지 문학, 역사, 철학, 과학, 예술풍속 등 모든 방면의 지식은 대체로 300여 권의 사전에서 답을 찾을 수 있다. 이번에 정리하면서 나는 아끼던 책들을 내보내는 아픔을 참아야만 했다. 예를 들어 나는 원래《고문관지》의 네다섯 판본이 있었는데, 지금은 주석본 한 권과 축자역 한 권만 남겨두었다. 고문 감상 공구서도 서중옥 선생이 주편한《고문감상대사전》만 남겨 두었다.

이로부터 알 수 있듯이 책을 고르는 것은 책을 찾고 보관하는 방법의 일부다. 청대 장서가 황비열과 육심원은 송대에 간행한 서적을 소장하여 세상에 이름이 났는데, 그들은 온갖 방법을 다해 고대 서적을 모아 장서의 가치를 보여주었으며, 객관적으로 역사 문화의 유산을 보호했다.

현대 시인 녹원(綠原, 1922~2009)은 영미문학 명저와 소련 소설, 중국 고전문학 작품 소장을 장서의 종지로 삼았다. 번역가 초영(草嬰, 1923~)은 주로 소련, 러시아 문학 명저를 소장했다. 작가 강덕명은 5·4 신문예 작품 소장을 큰 낙으로 삼았다. 저명한 학자 부선종(傅璇琮, 1933~)은 생소한 책 소장을 즐겼다.

문학가 임어당(林語堂, 1895~1976)의 장서는 극히 풍부했다. 그가 장서한 책 가운데 제일 진귀하게 여긴 책은 《논어(論語)》,《노자》,《장자(莊子)》,《구약》, 플라톤(Plato, BC. 427~BC. 347)의 《대화록》, 셰익스피어(Shakespeare, 1564~1616)의 비극집, 옥스퍼드 판 《영시선집》, 레프 톨스토이의 《전쟁과 평화》,《대영백과전서》,《19세기문학 주조》, 헨리 데이빗 소로우(Thoreau, 1817~1862)의 《월든(Walden)》, 에머슨(Emerson, 1803~1882)의 《산문집》 등이었다. 임어당이 아끼는 장서는 고대, 현대, 중국, 외국, 철학, 역사, 문학, 외국어를 포함하여 그 영역이 매우 넓었다. 그가 고른 책의 목록에서 장서가의 사상과 그의 글 쓰는 방향을 엿 볼 수 있다.

한 사람의 애호는 나이가 들고 시대의 변천에 따라 바뀌기도 한다. 당신이 어떤 순간에 고른 책은 매우 진귀한 것이나, 몇 년 뒤에는 그만큼 소중하지 않다고 느낄 수도 있다. 그러나 어떤 책은 도리어 한평생 소중하게 소장하며 당신을 계속해서 나아가게 격려하고, 정서를 연마하고 반복 학습하게 하는 모범서가 된다. 그 중 일부의 책은 처음 읽었을 때 완전히 이해하지 못하고, 여러 번 반복해 읽어야 그 가치를 이해할 수 있다. 이런 박대하고 정심한 책은 깊이 음미할만 하고, 당연히 많은 장서가의 진귀한 책이 되었다.

책 향기에 취하다

내 경우엔 처음으로 문학에 열정을 갖도록 날 인도한 책은 중국 고전 4대 명저 《수호》, 《삼국연의》, 《서유기》와 《홍루몽》이었고, 이후엔 《당시삼백수(唐詩三百首)》, 《고문관지》, 《사기》와 《자치통감》이었다. 고대 작가 가운데 나는 백거이, 구양수, 소동파, 당백호, 풍몽룡, 서문장, 김성탄(金聖嘆, 1608~1661), 정판교 등 8명의 문인을 숭배하면서, 그들과 관련된 책을 모두 사서 소장하고 있다.

현대작가 가운데 나는 유일생의 《당시소찰(唐詩小札)》, 진목의 《예해습패(藝海拾貝)》, 주수견(周瘦鵑, 1895~1968)의 《행운집(行雲集)》, 임어당의 《생활의 예술(生活的藝術)》, 《소동파전》, 주작인(周作人, 1885~1967)의 산문, 김용, 고룡, 온서안(溫瑞安, 1954~   )의 신무협소설을 편애한다. 유럽, 미국, 러시아 작가 가운데 내가 편애하는 책은 졸라(Zola, 1840~1902), 모파상(Maupassant, 1850~1893), 발자크(Balzac, 1799~1850), 드라이저(Theodore Dreiser, 1871~1945), 아지에리 쿠투이의 소설이다. 예를 들어 졸라의 《Nantas》, 모파상의 《여자의 일생》, 발자크의 《사촌 베트(La cousine Bette)》, 드라이저의 《천재》, 《제니 게르하르트(Jennie Gerhardt)》와 아지에리 쿠투이의 《부치지 않은 편지》는 모두 내가 소장한 책이다. 이 책들은 내 문학 창작에서 결코 얕잡아 볼 수 없는 영향력을 발휘했다.

장서가 겸 작가의 한 사람으로서 나는 공구서가 없어선 안 된다고 생각한다. 《중국인명대사전》, 《중국문학가대사전》, 《중국고금지명대사전》 등은 없어서는 안 된다. 당신의 학술 전공이 어느 영역이라면, 그 영역에 관한 각종 공구서를 많이 소장해야 한다. 물론 당신의 흥미에 관한 문예서, 철학서, 역사서는 또한 가치 있는 책을 골라야 한다. 첫째는 내

남다르게 책을 고르는 이야기

용이 비교적 완전하고, 둘째는 인쇄가 정미하고 착오가 적어야 한다. 이런 독창성 있는 책을 고르고 장서하면, 당신의 책장도 자신에게 진정으로 쓸모 있고 당신의 장서 풍격을 형성해 준다.

책 향기에 취하다

죽을 때까지 책을 손에서 떼지 마라

근대 학자 왕국유(王國維, 1877~1927)는 학식이 해박하여 자신의 키만한 높이의 책을 썼다. 그가 생전에 좋아한 것은 "오로지 책을 친구로 삼았으며" 책은 그에게 "떨어질 수 없을 만큼 가장 좋아하는" 동반자였다. 그의 집에는 만 권의 책을 소장하였는데, 대다수가 진귀한 책이었다. 그는 늘그막에 세상일에 실망감을 느끼고 이화원(頤和園) 곤명호(昆明湖)에 몸을 던져 자살했다. 그는 생전에 유서를 남기면서 그의 자손들에게 당부했다.

"서적들은 진인각(陳寅恪)과 오복(吳宓) 두 선생에게 맡겨 처리하도록 하여라."

그는 세상을 떠나기 전에 만물을 초탈했지만, 유일하게 마음에 걸리는 것이 심혈을 기울여 수집한 만 권의 책이었음을 알 수 있다. 사람이 죽을 때에 이르러서도 여전히 독서광인 경우가 있는데, 왕국유가 하나의 예이다.

앞서 말한 몇 편은 모두 목숨처럼 책을 좋아하는 옛 사람들의 이야기다. 청대 학자 주이준은 사관의 책을 훔쳐 베끼다가 좌천되었다. 그는 이 일에 대해 후회하지 않았고, "칠품 관직을 박탈당했지만, 나는 만 권의 책을 썼다(奪儂七品官, 寫我萬卷書)."라고 조롱하듯 명문(銘文)을 지었다. 또 청대의 재자 원매 역시 두 구의 시를 썼다.

若無買書錢, 책 살 돈이 없으면
夢中猶買歸. 꿈속에서라도 사서 돌아오리라.

이 몇몇 기록에서 학자가 책을 자신의 벗으로 삼거나 생명의 일부로 여겼음을 알 수 있다. "사람은 재물 때문에 목숨을 잃고, 새는 먹이 때문에 죽는다(人爲財死, 鳥爲食亡)."는 옛말이 있다. 이는 독서를 좋아하는 사람의 입장에선 반드시 타당한 말은 아니다. 어떤 사람은 "책을 모으기 위해 황금을 모두 써버렸다." 또 어떤 사람은 장서를 보호하기 위해 생명조차 돌보지 않았다. 정병 형제는 무너진 문란각에서《사고전서》를 가지고 나왔다. 이런 그의 용기는 표창할 만한데, 사실상 보통 사람이 상상할 수 있는 일은 아니다.

왜 어떤 사람들은 생명보다 책을 더 중요하게 생각할까? 나는 이 문제에 대해 오랜 시간 생각하였다. 첫째, 책은 사람들에게 지식을 줄 수 있고 도덕 문화의 가르침을 주며, 사람이 됨의 의미를 의식하게 한다. 고대의 일부 학자들은 평생 책 읽기와 가르침에 게으르지 않았고, 고상한 절조와 완미한 품행을 가진 까닭은 책을 읽음으로써 배운 것을 생활에 응용했기 때문이다. 둘째, 책은 인간의 가장 좋은 벗으로, 당신에게 의혹을 풀어주고 답답함을 달래주며, 사람에게 더 할 수 없이 무궁한 만족을 누리게 한다. 이러한 점에 대해 임어당은 매우 분명하게 말했다.

좋은 책을 읽으면 다른 세계로 들어갈 수 있고, 입담이 좋은 사람을 만날 수 있다. 이야기하는 사람은 그를 앞으로 나아갈 수 있도록 인도하고, 다른 나라나 다른 시대로 데려가며, 혹은 그에게 개인의 회한을 쏟아내거나 그와 함께 그가 여태껏 몰랐던 학문이나 생활 문제를 토론할 수 있다.

나는 이 두 가지에 근거해 책이 인류의 정신생활에 굉장히 중요함을 충분히 설명할 수 있다고 여긴다.

초등학교 때 처음으로 책의 매력에 빠지고, 사람의 정신생활에 대한 영향을 느꼈던 것을 기억한다. 그것은 니콜라이 오스트로프스키(Nikolai Ostrovsky, 1904~1936)의 자전체 소설《강철은 어떻게 단련되었는

그림 17. 《강철은 어떻게 단련되었는가》 중국어 번역본

죽을 때까지 책을 손에서 떼지 마라

가》를 읽었기 때문이다.

빠벨 꼬르차긴은 수많은 괴로움을 겪고 인생이 순탄하지 못했지만 시종일관 생활에 대한 신념이 충만했다. 그 이유는 그에게 《등에》라는 책이 있었기 때문이다. 등에의 불요불굴한 정신은 빠벨 꼬르차긴의 용기를 북돋아주었다. 그 후에 나의 생활에서 소년 시절에 학업을 중단하고, 시험에서 실패하고, 병을 얻어 입원하고 교유 관계가 신중하지 못해 가정의 비극을 불러일으키는 등 각종 심각한 시련을 겪었다. 이처럼 일련의 중대한 타격을 받아 하마터면 내가 살아갈 용기를 잃게 만들 뻔했다. 내가 외롭고 정신이 나락으로 떨어졌을 때 운 좋게도 책은 나의 벗이 돼주었다. 책은 내 마음 속의 근심을 떨치게 했고, 나의 완강하고 굳센 의지를 불러일으켰으며 내 인생 길에서 새로운 방향을 인도하여 주었다.

나는 두 종류의 책이 사람의 마음과 눈을 가장 즐겁게 해준다고 생각한다. 하나는 인생에 대한 깊고 오묘한 이치를 깨닫게 하는 책인데, 내가 읽은 명대 홍응명(洪應明)의 《채근담(菜根譚)》과 같다. 이 책은 말은 간결하나 모든 뜻이 담겨있어서 회상하고 음미하기에 충분하고, 짧은 몇 행의 글자에서 자신의 약점을 찾을 수 있으며, 분명한 이치에 도달하고 심신을 수양하며 천성을 함양하는 효과를 누릴 수 있다. 또 도가와 불가의 명언은 사람으로 하여금 속세를 잊게 하고 심경을 맑게 해주며 견문을 넓혀준다. 따라서 영예와 치욕을 두려워하지 않고, 처세함이 어지럽지 않게 해줄 수 있다.

두 번째 유형의 책은 감동적인 전형 형상을 묘사한 소설이다. 그 얽히고설킨 감동적인 이야기는 당신을 그 입장에서 체험하게 하는데, 자신

책 향기에 취하다

의 비통함과 분함을 이야기 속의 인물 경력과 비교하여, 당신은 곧 번뇌에서 벗어날 수 있게 된다. 위고(Victor Hugo, 1802~1885)의 《레 미제라블》, 다니엘 디포(Daniel Defoe, 1659~1731)의 《로빈슨크루소 표류기》, 알렉상드르 뒤마(Alexandre Duma, 1802~1870)의 《몽테크리스토 백작》을 읽으면, 당신은 주인공의 불행한 처지에서 자신이 겪은 억울함이 얼마나 작은지 느낄 수 있다. 그들의 완강한 생명력 앞에서 당신의 연약함과 불행, 근심은 아무것도 아니다.

책의 명언은 사람들이 삶과 죽음, 사랑과 증오의 다른 가치와 귀착점, 옛 사람의 경험과 패배의 교훈에서 섭취한 정신 역량을 인식하게 한다. 그러므로 책은 인류의 정신적 지주다. 세계 문명사에서 인류가 끊임없이 기적을 만들어내는 까닭은 책의 역량이 물질생활의 한계를 뛰어넘기 때문이다. 그리하여 정신은 물질로 바뀐다. 이에 근거하여 사람들은 독서를 통해 속세의 괴로움에서 완전히 벗어나 자유의 왕국으로 들어갈 수 있음을 알 수 있다.

내가 수많은 명언을 모두 다 읽지는 않았지만, 나는 적어도 내 반평생의 생활 실천을 결합하여, 인류생활에 있어서 책이 얼마나 중요한가를 이해했다. 고대 지식인은 책을 찾고 소장하기 위해 기꺼이 몸을 바치고, 죽을 때까지 책을 잊지 않고 자신의 최고의 벗으로 삼은 이유가 바로 여기에 있다.

한 사람의 일생 중에는 수많은 아름다운 풍경이 있다. 당신이 책을 읽지 않는다면 수많은 아름다운 풍경을 놓치게 된다. 당신이 수많은 좋은 책을 읽는다면, 수많은 아름다운 풍경을 발견하고 창조할 수 있다.

죽을 때까지 책을 잊지 않고 떨어지기 어려워서, 책은 우리들이 늙을

죽을 때까지 책을 손에서 떼지 마라

때까지 살게 하고 늙을 때까지 책을 읽게 한다. 그러면 당신의 마음은 청춘으로 영원히 사라지지 않을 것이다. 이러한 의미에서 본다면, 사실상 왕국유는 자살하지 말았어야 한다. 물론 그가 죽은 뒤에 남긴 저서는 여전히 후세 사람들의 마음속에 살아있다.

좋은 책은 빌려주지 마라

중국 속담에 "자기 집의 몽당비를 소중히 여긴다(敝帚自珍)"는 성어가 있다. 또한 "자신을 고결한 인격자라고 여기며 스스로 만족해한다(孤芳自賞)"라는 성어가 있는데, 이 말로 몇몇 고대 장서가들을 형용해도 적절할 것이다.

중국의 장서가를 두 부류로 나누면 개방형과 폐쇄형이 있다. 전자는 구계갑 같은 사람인데, 그는 공공도서관 설립을 제안했다. 또 육심원 같은 사람은 장서의 일부분을 개방하여 세상의 지식인들에게 제공했다. 이러한 개인 장서가의 숫자는 많지 않다. 많은 장서가들은 진본 같은 좋은 책을 가지고 있으면 절대로 남에게 보여주지 않는다. 일단 보여주면 널리 퍼지기 때문인데, 이는 희한한 일이 아니다. 송대 장서가 기승한이 일평생 책을 찾아 모은 10만권의 책은 구하기 힘든 것인데, 그는 노년에 〈담생당장서약(澹生堂藏書約)〉을 써서 후손들에게 늘 책을 소중히 하라고 요구했다.

명대 장서가 범흠은 천일각을 짓고는 집안의 규칙을 정했으며 장서고의 열쇠를 그 혼자 관리했다. 자손이 천일각의 책을 보고 싶다면 천일각 안에서만 읽게 하고 책을 가지고 나가지 못하게 했다. 그는 세상을 뜨기 전에 장서고의 열쇠를 각 방마다 자손에게 자물쇠 하나씩 관리하게 했다. 일단 서고 문을 열려면, 반드시 각 집의 자손들이 모두 모여야만 열 수 있었다. 범씨 후손들이 범흠의 유훈을 철저히 지킨 덕에 천일각 도서들은 400백 년이 지난 지금까지 잘 보존되어 있다.

어느 한 장서가가 거짓말한 기록을 말해보자. 명대 말, 청대 초의 장서가 전겸익은 장서를 애지중지 보호했다. 그 많은 진본은 그가 몇 년을 탐방하고 돈을 걸고 구매한 것이기 때문이다. 그래서 그는 장서를 아무에게도 빌려준 적이 없었다. 어느 해에 그는 친구를 찾아갔다. 장서가 조용(曹溶, 1613~1685)의 집에서 좋은 책을 많이 읽었는데, 조용이 그에게 물었다.

"자네 집에 《구국지(九國志)》와 《십국기년(十國紀年)》이라는 책이 있나?"

전겸익은 매우 자신감에 넘쳐 있다고 대답했다. 몇 년이 지난 뒤 조용은 전겸익을 방문했다. 그에게 책 두 권을 빌려달라고 하자 전겸익이 말했다.

"사실 그 두 책은 나에겐 없네. 전에 한 말은 거짓말이야."

3년 뒤에 전겸익의 장서루 강운루(絳雲樓)에 화재가 났다. 그는 매우 상심하여 조용에게 면목없어하면서 말했다.

"그 두 권의 책은 사실 나에게 있었네. 책을 잃어 버릴까봐 자네에게 없다고 거짓말했네. 자네에게 정말 미안하이. 화재로 이미 훼손 되었으니, 너무나도 아깝네!"

이러한 기록은 상당히 많다. 이런 장서가들은 진본 한 권을 수집하

책 향기에 취하다

기 위해 거금을 아끼지 않았다. 전겸익은 〈축지산서격고론권(祝枝山書格古論卷)〉을 얻기 위해 당시 사람들에게는 진귀한 보물인 오래된 향로를 주고 그 책과 맞바꿨다. 구계갑에게 한 권의 책이 있었는데, 광서 황제가 상으로 집 한 채를 주고, 엄청난 금액을 더 주고 조건을 걸었지만, 구계갑은 그 책을 교환하려고 하지 않았다. 그들은 책을 보물처럼 여기고 부귀, 황금을 하찮게 여겼다. 장서가들은 이런 풍격이 있었기 때문에 그들은 일단 책을 집에 들이면, 절대 남에게 보여주길 거절하였고, 또한 거짓말을 지어내서 책을 빌리는 사람에게 얼버무렸다.

책은 일종의 지식이다. 지식을 널리 전파하려면 책은 반드시 유통되어야 한다.

청대 장서가 조용은 〈유통고서약(流通古書約)〉에서 좋은 아이디어를 내놓았다. 각 장서가들은 장서 목록을 만들어서, 빠진 책을 표시하고 서로 약정을 맺어서 서로 없는 책을 서로 교환하자는 것이다. 구체적인 방법은 각자 사람에게 베끼게 하고 교정하게 한 다음에 서로 교환하는 것이다. 그렇게 하면 고적을 보존할 수 있고 널리 퍼지게 할 수 있다. 또한 사람들의 진본을 크게 늘릴 수 있다. 이렇게 일거삼득의 도서대출 방법은 모두가 만족스러워 했다. 그러나 몇몇 장서가들은 여기에 참여하지 않고 아직도 "자기 집의 몽당비를 소중히 여기는" 방침을 견지하고 있었다. 이유는 일단 진본, 유일본에 다른 판본이 있으면 원래의 가치를 잃어버리기 때문이다. 이것은 대개 소장 습관의 일종의 특수한 심리다.

나의 장서는 많지 않다. 1992년 가을의 통계에 의하면, 각종 도서가 8,000권이다. 유일본이나 진본 같은 것은 없다. 그러나 종류는 다양하며, 천 권 정도의 유명 작가의 사인본은 소중하다고 할 수 있다. 예를 들어

좋은 책은 빌려주지 마라

파금(巴金, 1904~2005), 빙심, 요말사, 가령(柯靈, 1909~2000), 진목, 주이복(周而復, 1914~2004), 당규장, 주진보(周振甫, 1911~2000), 조가벽, 소보청(蘇步青, 1902~2003), 서중옥, 시칩존, 나죽풍(羅竹風, 1911~1996), 정일매, 진수구(秦瘦鷗, 1908~1993), 조초구(趙超構, 1910~1992), 왕요(王瑤, 1914~1989), 당도(唐弢, 1913~1992) 같은 사람들 가운데 80세 이상 노인의 서명본이 30권, 70세 이상 노인의 서명본이 200여 권, 60세 이상의 서명본이 300여 권이 있다. 그 가운데 정일매, 조초구, 당도, 요말사, 왕요, 진욱록(陳旭麓, 1918~1988), 포창(鮑昌, 1930~1989) 등 작가는 이미 세상을 떠났다. 이러한 서명본은 지금 봐도 상당히 진귀한 것들이다. 이런 책들은 나도 남에게 빌려주기 힘들다. 나중에 나의 집에서 한 자리에 모인 친구들이 온 방에 가득한 책을 보고는 미식을 옆에 내버려두고 책을 손에 쥐고는 온갖 이유를 대면서 책을 빌려달라고 했다. 나는 문을 닫으며 "내 책은 일체 빌려주지 않는다."고 말했다. 그러나 어떤 이는 철면피로 책을 빌려주지 않으면 가지 않겠다는 태도로 옛정에 대해 대담을 펼치는 바람에 나를 난처하게 만들었다. 어떤 때는 체면을 뿌리치기가 어려워 어쩔 수 없이 3일 빌려준다고 승낙했다. 그러나 어떤 책은 결국 빌려준 뒤 "황학이 한번 가면 돌아오지 않는(黃鶴一去不復返)" 격이 되어 지금까지도 밖에서 돌아다니고 있다. 시간이 지나자 나는 기억력이 나빠져서 그 책을 누구에게 빌려줬는지조차 기억하지 못해, 내 마음을 아프게 한다.

올해 나는 무협소설을 철저히 점검했다. 본래 300질 이상의 책이 있어야 하는데, 이번에 조사해보니 놀랍게도 150질 밖에 없었다. 신무협소설 절반 이상은 모두 친구들에게 빌려준 것이다. 게다가 내가 김용 소

책 향기에 취하다

그림 18. 《소오강호》의 작자 김용

설의 제일 순위로 매긴 《소오강호(笑傲江湖)》조차도 누구에게 빌려주었는지 모른다. 아직까지 돌려받지도 못했다. 내가 처음 조경심 선생의 집에 가서 빌렸던 책이 기억난다. 그때 그는 얇은 공책을 내놓고 기록하게 했다. 애석하게도 나는 아직 이런 것이 익숙하지 않아서 아직도 책을 누구에게 빌려줬는지 모른다.

그래서 나도 고대의 인색한 장서가를 모방하기로 했다. 집안의 장서는 일체 빌려주지 않고, 아무리 절친한 친구라도 책을 빌리려면 도서관으로 가도록 했다. 이렇게 몇 개월 동안 지속했더니 또 난처함을 느꼈다. 나는 또 다른 방법을 생각했다. 일부 가치 있는 책들은 아예 차라리 한 번에 두 권을 사서, 한 권은 내가 소중히 보관하고 다른 한 권은 친구들이 빌려서 볼 수 있도록 하였다. 이 방법은 꽤 좋았다. 그러나 유감스럽게도 서재가 너무 작았다. 다시 말해서 독서인들의 경제 상황은 본래 넉넉하지 않다. 한 종류의 책을 두 권 사는 것은 아마도 장기적인 계획이 아닌 것 같다.

장서가는 좋은 책을 갖고 있으면 부자가 진귀한 보화를 갖고 있는 것처럼, 재자가 미인을 얻는 것처럼 꺼내 자랑하지 않으면 만족하지 못하는 듯하다. 하지만 일단 대중에게 공개하게 되면 또 남의 손으로 흘러나갈까봐 두려워한다. 이런 모순된 심정을 여러 호서가분들도 공감하시는지?

책 향기에 취하다

진귀한 수초본(手抄本)

그림 19. 갈홍상

고대의 인쇄 출판 기술은 오늘날만큼 발달하지 않았다. 청빈한 독서인들은 좋은 책을 보면 곧바로 책을 베끼는 것을 낙으로 삼았다. 그래서 고대의 장서 가운데 귀중한 수초본이 탄생했다.

진(晉)나라 때 도교 이론가였던 갈홍(葛洪)은 어릴 때부터 집안이 가난했다. 그는 농사를 지으면서 틈틈이 사방에서 책을 빌렸고 여러 해 동안 이어진 전쟁 때문에 장서를 시작했지만 끝을 맺지 못했다. 그는 이쪽저쪽에서 몇 권씩 빌리기는 했으나 책 한 질을 빠짐없이 모으기란 쉽지 않은 일이었다. 그는 책을 제때에 반납하기 위해 밤새 책을 베꼈다. 그러나 그는 등잔을 구입할 수 없어서 산에 들어가 장작을 패서 장작불을 등잔으로 삼았다. 그는 종이를 아껴 사용했다. 그는 한 장에 빽빽하고 촘촘하게 적었으며 앞장을 다 쓰면 다시 뒷장에 썼다. 수년 동안 노력한 끝에 "오경, 《사기》, 《한서》, 백가의 말, 의학, 잡사 등 310권, 금궤약방 100권, 주후비급방 4권을 베꼈다(抄五經,史,漢,百家之言,方伎,雜事三百一十卷, 金匱藥方一百卷, 肘後備急方四卷)." 이렇게 책을 베끼기 위해 거치는 단계는 매우 방대했다. 그 수초본에는 갈홍의 심혈이 응집되어 있다.

중국 고대의 저명한 장서가들은 무미건조한 책 베끼는 작업을 즐거운 일이라 생각했다. 수초본도 역대 장서의 중요한 일부가 되었다. 천일각, 담생당, 강운루에는 보기 드문 수초본이 많다. 청대 학자 황종희의 장서루 이름을 '속초당(續鈔堂)'이라 지었는데, 그의 일생에 남겨진 장서 가운데 그가 손으로 식섭 베낀 판본이 낳기 때문이다.

책을 베끼기 위해 청대 시인 주이준은 '미폄(美貶)'과 '아잠(雅賺)'이란 이름을 가졌다. 전자는 그가 사관의 장서를 몰래 베끼다가 좌천된 일을 가리키고, 후자는 전겸익의 강운루에 진귀한 장서가 많음을 알고 꾸민 얘기다. 전겸익의 조카들이 장서를 대중에게 공개하지 않자, 주이준이 잔치를 벌려 강소성의 명사들을 초청하면서 조카 전증(錢曾, 1629~1701)도 초청했다. 그 뒤 황금과 날다람쥐 가죽옷(靑鼠裘)을 써서 전증의 하인을 매수했다. 아울러 10명을 불러 장서 밀실에 들어가 책을 베끼게 했는데, 이 일은 당시 선비들의 의론을 일으켰다. 그러나 이 '아잠'은 주이준이 책을 생명처럼 여기고 책을 베끼기 어려움을 설명하기에 충분하다.

책 향기에 취하다

오늘날 인쇄 출판 기술이 발달하여 어느 책을 얻기 위해 베낄 필요가 없어졌다. 그러나 책을 베끼는 작업은 여전히 의미 있는 일이다. 중국의 저명한 학자 호도정(胡道靜, 1913~2003)은 초서(抄書)의 5대 장점을 이렇게 설명했다.

1. 중요한 책을 읽을 때마다 그 책과 관련된 해석, 인신(引伸), 평가를 초록해두었다가 읽은 책 뒤에 붙여놓으면 그 책의 철저한 이해에 도움을 줄 수 있다.
2. 스스로 중요한 가치가 있다고 여기는 문장을 베껴두었다가 분류하고 비교하면, 당신이 관련 논문을 쓰는데 계시해줄 수 있다.
3. 이미 없어진 책을 다른 책에서 정리해 초록해두면 '구침(鉤沉)'으로 삼을 수 있다.
4. 책을 읽고 나서 요점을 정리해두면, 자신의 학식 증진에 유리하다.
5. 다른 판본을 초록해두면 그 책의 정수를 인식할 수 있으며 판본 고증에 유리하다.

이 5대 장점은 학문을 연구하는 사람에겐 확실히 중요한 계발이다.

나 개인적으로 말하자면 초서는 한 가지 즐거움이다. 초등학교 다닐 때부터 좋아하는 어휘와 구절을 베껴놓았다가 여름방학 때 정리하여 사경(寫景), 서정, 인물, 격언 등 네 부류로 나누었다. 학교 수업이 끝나고 작문하다가 좋은 문장을 빌려 참조했더니 자신의 글쓰기에 큰 도움이 되었다. 나는 이러한 초록을 서예를 처음 배을 때 익히는 묘홍법(描紅法)과 같다고 생각한다.

진귀한 수초본(手抄本)

10년 동란 기간 동안 나는 중학교를 졸업하고 진학할 기회를 잃었다. 부르주아 출신이었기에 반란을 일으킬 자격이 없어 작은 방에서 책을 베끼며 지냈다. 나는 그동안 읽었던 몇 백 수의 당시, 송사를 골라 스스로 정리해 《당송시사정선본(唐宋詩詞精選本)》으로 엮었는데, 내가 좋아하는 당송 시사 100수를 넣었다. 이는 16세 때 엮은 내 최초의 고전 시사 선본으로, 대략 3개월의 시간을 들여 초록한 것이다. 나는 좀 의기양양해지거나 불만스런 일이 생기면 100여 권의 《역문(譯文)》 잡지를 빌려와 거기에 실린 시가를 베꼈다. 아울러 푸시킨, 페퇴피(1823~1849), 하이네(Heinrich Heine, 1797~1856) 시집 가운데 각각 5수씩 선별하여 《구미서정시일백수(歐美抒情詩一百首)》를 엮었다. 이 선본은 독창적인 것으로 판본은 내 소유에 속한다. 나는 첫 페이지에 머리 그림과 삽도를 그리고 제목을 도안 문자로 써서 스스로는 무척 근사하다고 자부한다. 이 두 선본은 지금도 보존하고 있다. 며칠 전 원고를 정리하다가 초등학교 5학년에 다니던 딸아이가 이를 발견하고는 놀라 내게 물었다.

"아빠가 베낀 거야?"

나는 의기양양하게 대답했다.

"아빤 당시 큰 공부를 해낸 거야."

그렇지만 애석하게도 딸아이는 아직 어리고 지금은 수많은 오락 활동이 있으니, 마음을 진정시키고 초서의 즐거움을 누리기가 힘들 것이다.

이밖에 나는 또 몇 십 편의 고문을 베꼈다. 내가 《고문관지》를 읽을 때 나의 독학을 도와주던 장배항 선생이 내게 말했다.

"자넨 표점을 배워야 하네. 고문을 베끼면 자넬 크게 향상시켜줄 수 있네. 세 번 읽는 것보다 한번 베끼는 것이 낫네."

책 향기에 취하다

나는 그의 가르침을 받들어 초서하거나 고문을 베꼈는데, 이는 내가 오늘날 글을 쓰거나 중국 고전문학을 연구하는데 큰 도움을 준다.

고금중외를 돌아보면, 성취 있는 학자나 작가는 왕국유, 요설은(姚雪垠, 1910~1999) 등처럼 거의 모두가 '문초공(文抄公)' 역할을 한 적이 있다. 그들은 미문과 중요한 자료를 초록해두었다가 글을 쓰거나 연구하는데 썼다. 사실 베껴 쓰는 과정은 학습하고 이해하는 과정이기도 하다. 초록하는 과정을 통해 우리가 명작의 문법, 어휘 운용과 감정 색채를 이해하는데 도움을 줄 수가 있다. 이러한 수초본은 심혈과 부지런한 학습 정신을 응집시켜준다. 지금 사람들은 수초본을 진귀한 문물자료로 보는데, 어느 학자나 작가를 연구하는데 무시할 수 없는 중요한 자료이기도 하다.

십년 동란 가운데 우리 집은 네 번이나 이사했다. 매번 이삿짐을 정리하면서 수많은 물건을 버렸지만, 내 자신의 수초본만은 지금까지도 보관하고 있다. 서체가 유치하지만 이는 나의 동년의 기억을 연상시켜준다. 내 자신의 두 선본이외에도 1970년대에 한 친구와 함께 수초본 형식으로 문학총간 《산호(珊瑚)》를 엮은 적이 있다. 이 수초본은 아름다운 미문과 자신의 습작을 모아 실었다. 이러한 옛것은 항상 나의 따사로운 기억을 불러일으킨다.

수초본은 그 무엇보다도 진귀한 것이다.

책을 교정하는 장서가

중국의 유명한 장서가 전기를 보면, 그들이 항상 옷을 저당 잡히고 음식을 절약하면서 좋아하는 책을 찾기 위해 온갖 방법을 이용해 장서하는 정신에 감동받았다. 중국 전통 문화를 잘 보전할 수 있었던 것은 장서가의 공로가 크다. 그러나 역사의 진실을 보존하는 기록 외에도 나는 장서가 하나의 학문임을 발견했다. 많은 장서가들은 책을 교정하기도 했다.

중국 근대 장서사에서 보면 유명한 장서가 부증상(傅增湘, 1872~1950)은 책을 자신의 목숨처럼 즐겼을 뿐 아니라, 게다가 책을 교정하는 습관을 가졌다. 그는 일찍이 자기에게 규칙을 세웠다. 매일 30쪽을 교정하되, 낮에 시간이 충분하지 않으면 밤을 새워서라도 반드시 완성해야 했다. 그는 집에 손님이 자주 오는 것을 싫어해서 다른 곳으로 이사했다. 방에 혼자 살면서 마음을 가라앉히고 책을 교정했다. 책 교정은 무슨 쓸모가 있는가? 부증상은 이에 대해 다음과 같이 말했다.

세상에는 뛰어나고 귀중한 책이 셀 수 없을 만큼 많지만, 나 혼자 수집

책 향기에 취하다

하기란 불가능하다. 그러나 나는 책을 한 권 빌릴 때마다 한번 씩 교정하
곤 했는데, 그 효과는 자기가 책을 수집하는 것보다 더 우수하다.

그는 좋은 책을 가지고 있으면서 읽지 않거나 좋은 책을 빌려서 읽지
않으면 아깝다고 여겼다. 그러나 책을 읽는 것은 교정하는 것만 못하다.
여러 가지 판본과 관련된 자료의 고서를 서로 비교해서 그 문장의 서로
다른 점과 같은 점을 교정하고 잘못된 부분을 고치고, 될 수 있는 한 그
책의 원래 상태를 회복시키는 것은 고서를 정리하는데 중요한 일이다.
부증상은 일생동안 많은 책을 교정했고 무더운 여름, 추운 겨울에도 밤
늦게까지 책상 앞에 앉아 교정했다. 일 천권에 달하는 대작 《문원정화
(文苑精華)》는 그가 일흔이 넘어 완성한 책이다. 부증상이 책을 교정한
공적을 칭찬한 시가 있다.

篇篇題跋妙鉤玄, 제발문마다 현묘하게 깊은 뜻 밝혀
過目都留副本存. 훑어보고 모두 사본을 남겨 보존했다.
手校宋元八千卷, 송나라, 원나라 때의 8천권 교정했으니
書魂永不散藏園. 책의 혼이 길이 장원에 흩어지지 않노라.

부증상의 모습을 생동감 있게 묘사한 시라고 말할 수 있다.
근대의 많은 장서가는 모두 교정원이다. 예를 들어 섭경규는 다른 판
본을 얻을 때마다 반드시 이것을 정리하고 상세하게 교정하거나 혹은
들은 것을 기록했다. 혹은 옛날 일을 서술하거나 비평하는 글을 짓거나
체험하거나 깨달은 지식을 서술했다. 이러한 방식으로 판본의 진위를

책을 교정하는 장서가

구별했는데, 평생 그의 손을 거쳐 교정한 책은 무수히 많다. 어느 해에는 《한시외전(韓詩外傳)》을 얻고 무척 기뻐했다. 그러나 그 부인은 병이 위독해졌다. 섭경규는 부인을 보살피면서도 이 책을 교정했다. 교정하기 위해서 온갖 고생을 마다하지 않아 사람들을 감동시켰다.

또 다른 장서가 막백기는 《자치통감교기(資治通鑑校記)》, 《오대사기교증(五代史記校證)》, 《청사고총목제요보증(淸四庫總目提要補證)》, 《교비일찰(校碑日札)》, 《왕형공연보보정(王荊公年譜補正)》, 《입사사색인(卄四史索引)》, 《증문정공문집방증(曾文正公文集旁證)》 등 50부의 책을 지었다. 이로써 그가 판본학과 교정학에 정통했음을 알 수 있다. 그리고 유명한 장서가 장원제도 책 교정을 좋아했다. 24사를 영인하기 위해 널리 자료를 찾았고, 더 훌륭하게 달성하기 위해 애를 썼다. 그래서 가지고 있는 책을 자세히 교정하였고, 교감 필기만 해도 수십 권에 달한다. 그리고 나서 그 책의 요점을 섭취했다. 이것은 얼마나 귀중한 연구정신인지 모른다. 고서 정리에 조금도 빈틈없는 태도는 사람들로 하여금 우러러 보고 탄복하게 만들었다.

장서가들은 대단한 학자이기도 하다. 장서는 책을 찾거나 사거나 소장하는 것일 뿐 아니라 그들의 손을 거치면 책은 또 새롭게 창조되며 정리된 고서들은 또 새로운 가치를 지닌다.

중국 최초로 책을 교정한 사람은 공자다. 그가 《역》을 찬하고 《춘추》를 다듬고 《시》, 《서》의 일부를 빼고 《예》, 《악》을 확정했다. 이 또한 책 교정의 한 가지 방식이라 말할 수 있다. 한대에서 청대까지 옛 사람은 책 교정을 중시했지만 그 당시에는 책의 판본이 많지 않았다. 청말과 근대에 이르러 판본과 자료가 증가하면서 근대 장서가의 책 교정에 편의

책 향기에 취하다

그림 20. 《전명시》

를 제공했다. 그래서 근대의 장서가들은 책을 교정한 저명한 전문가이기도 하다.

책 교정을 통해 목록학 연구에 전력을 다한 양계초(梁啓超, 1873~1929)는 성취가 큰 사람이다. 그는 장서의 판본에 대해 깊이 연구하여 연이어 〈칠략별록과 칠략을 논함(論七略別錄與七略)〉, 〈중국목록학에서 불가 경록의 위치(佛家經錄在中國目錄學上之位置)〉를 썼는데, 이로써 목록학의 조예를 엿볼 수 있다. 부증상은 책 교정을 통해 고적 자료를 모아 《쌍감루총서(雙鑑樓叢書)》, 《주역정의(周易正義)》, 《촉현총서(蜀賢叢書)》 등을 판각 인쇄하여 이런 판본을 더욱 가치 있게 만들었다.

신중국 성립 후에 중국은 고적정리를 중시하여 더 많은 교열본을 출판했다. 고적에 구두점을 찍고 단락을 구분하는 작업을 진행했다. 이러한 작업은 전통문화를 더 성대하고 빛나게 발휘하기 위해 중요한 일이다.

　며칠 전 장배항 교수를 찾아갔는데 교수님은 마침 학생들과 함께《전명시(全明詩)》를 교열하고 있었다. 그것은 매우 방대한 작업이었다. 교열하는 사람은 우선 열심히 몰두해야 하고 조금도 빈틈없이 해야 한다. 그렇다 보니까 책을 교정하는 사람이 되기란 쉽지 않다. 왜냐하면 고적정리는 책을 쓰는 사람보다 유명해지진 않지만, 하는 일이 상대적으로 무미건조하기 때문이다. 나는 새로운 교열본은 살 때마다 언제나 교열하는 사람에 대해 존경심이 저절로 일어난다.

장서를 위한 도서목록

　고대의 구두쇠 말에 의하면, 밤이 깊고 인기척 없는 곳에서 조용히 금고를 열어 자신이 얼마나 저금했는지 세보고 매번 수첩에 돈의 액수를 기록해두어 수첩 위의 숫자가 날이 갈수록 증가되는 것을 보게 되면, 그의 눈은 더욱 빛이 날 것이라고 했다.

　책을 애호하는 자도 눈이 밝아질 때는 그들이 장서를 정리하며 소장한 책을 자신의 장서 목록에 기입할 때일 것이다. 그 기쁨의 감정, 득의한 태도는 아마 구두쇠에 뒤지지 않을 것이다.

　고대의 개인 장서가들은 대부분 도서 목록을 편찬했다. 그 도서 목록은 지금까지 보전되어 매우 귀중하며, 고대 도서를 이해하는데 중요한 자료다.

　송대 정도(井度)는 사천전운사(四川轉運使)를 지냈는데, 그는 자신의 급여 절반을 책 사는데 사용했다. 그는 생전에 입고 먹는 것을 아껴 이십여 년 장서하여 임종할 때에는 오십 상자 이상을 모았다. 그는 장서를 아들 정회지(井晦之)에게 물려주지 않고 그의 부하 조공무(晁公武)에게 건네주면서 다음과 같이 부탁했다.

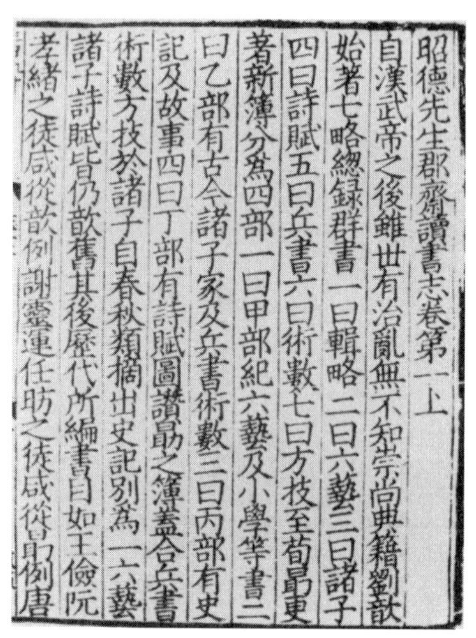

그림 21. 《군재독서지》

　　나는 반평생 고생하며 이 서적을 수집하였으니 목숨처럼 소중히 여겨라. 내 아들은 아직 어린데다가 그들이 금후에 어떤 사람이 될지 모른다. 나는 자네가 옛것을 좋아하고 책을 애호하는 것을 알고 있으니 장서를 내 대신 보관해주길 바라네. 만약 내 자손 가운데 배우길 좋아하고 책을 좋아하는 자가 있다면, 자네는 책을 그들에게 돌려주거라. 만약 이와 같은 자손이 없다면, 이 장서는 자네에게 돌아갈 것이네.

　　조공무는 그 뒤에 장서를 정도의 자손에게 돌려주지 않고 정도의 장서를 《군재독서지(郡齋讀書志)》로 편찬했다. 이 독서지가 바로 장서 목록이라 할 수 있다. 그러나 해제 목록의 선구를 열어 개인 목록 저작의 본보기가 되었다.

《군재독서지》는 경, 사, 자, 집 4부, 모두 45부류로 나누었다. 각 부의 앞에는 총론인 대서가 있고 각 부의 아래에는 소서가 있으며, 각종 책이름 이래에는 해제가 달려있다. 해제 내용은 저자 소개, 책의 내용, 학술 기원과 발전 소개, 책의 가치 평론, 책의 판본 소개, 다른 점과 같은 점, 진위 고증이 들어 있다.

《군재독서지》 이전에도 《한서·예문지》,《수서·경적지(經籍志)》 등과 같은 도서 저작 목록이 있었으나, 이 목록에는 소서만 있고 해제는 없다. 조공무의《군재독서지》는 소서가 있을 뿐 아니라 해제도 있으며 체례도 비교적 완벽한데, 서한 목록학자 유향의 〈별록(別錄)〉을 토대로 삼아 새로운 발전이 있어서 이후 수많은 고대 장서가에게 영향을 주었다. 남송의 진진손(陳振孫)은《직재서록해제(直齋書錄解題)》를 편찬했고 원대 마단림(馬端林, 1254~1323)은《경적지》를 편찬했으며, 청대의 《사고전서총목제요》의 해제 목록은 조공무의 목록학 사상과 방법을 본보기로 삼았다.

조공무의《군재독서지》에서 알 수 있듯이, 장서가들은 도서 목록을 편찬할 때 장서의 서명을 단순히 베낀 것이 아니라, 독서를 통해 장서를 분류, 고증하고 아울러 자신의 견해를 주석으로 달았다. 이는 독서를 소화하는 좋은 방법 중 하나다.

고대 장서가는 자신의 장서를 '모아 목록화하여(彙而目之)', 개인 장서 및 특정 시기의 장서 개황을 자세히 이해하는데 모두 귀중한 자료다. 예를 들어 우무(尤袤, 1127~1202)는《수초당서목(遂初堂書目)》, 명대 양사기는 《문연각서목(文淵閣書目)》, 명대 섭성은 《녹죽당서목(菉竹堂書目)》, 명대 범흠은 《범씨동명서목(范氏東明書目)》, 《사명범씨서목(四明范氏書目)》을 편찬했고, 명대 조용현(趙用賢, 1535~1596) 부자는 《조정우서목(趙定宇書目)》, 《맥망관서목(脈望館書目)》을, 명대 진제(陳第, 1541~1617)는 《세선당서목(世善堂書目)》을, 명대 기승한은 《담생당서목》을 편찬하고 명대 서발(徐㶿)은 《서씨홍우루가장서목(徐氏紅雨樓家藏書目)》을, 명대 황거중 부자는 《천경당서목(千頃堂書目)》을 편찬했다. 청대 장서가 중에는 전증의 《야시원서목(也是園書目)》, 《술고당서목(述古堂書目)》이 있고 왕사정의 《지북서고장서목(池北書庫藏書目)》, 손성연(孫星衍, 1753~1818)의 《평진관감장서적기(平津館鑑藏書籍記)》, 《염석거장서기(廉石居藏書記)》, 《손씨사당서목(孫氏祠堂書目)》, 황비열의 《백송일전서록(百宋一廛書錄)》, 구계갑의 《철금동검루장서목록(鐵琴銅劍樓藏書目錄)》, 정일창(丁日昌, 1823~1882)의 《백란산관장서목록(百蘭山館藏書目錄)》, 《지정재장서기요(指靜齋藏書紀要)》, 《지정재서목(指靜齋書目)》, 정병의 《팔천권루서목(八千卷樓書目)》 등이 있다.

장서 목록의 편찬 방법으로 기발한 생각을 해낼 수도 있다. 청대 서수란(徐樹蘭, 1838~1902)의 《고월장서루서목(古越藏書樓書目)》은 역대 장서를 경, 사, 자, 집 4부로 나누는 분류 체계를 타파했다. 그는 서학의 영향을 받아 중국과 서양의 장서를 하나로 통합하여 크게 학부(學部)와 정부(政部) 두 가지로 나눴으며 학부, 정부 아래에 또 열 몇가지 분류로 구분했다. 예를 들면 학부에는 생물학, 물리학, 광학(光學), 수학(水學), 열학, 지질학, 동식물학 등이 있고 정치에는 '만국총사', '오주총지(五洲總志)', '구미아오사주열국전사(歐美亞澳四洲列國專史)', '동서양

책 향기에 취하다

소설', '서양화법', '조상학(照相學)' 등이 있다. 이 도서 목록의 배열이 합
리적인지는 말하지 않겠으나, 여기에서 근대 과학이 중국 장서사에 끼친
영향을 알 수 있다.

　내가 소년 시절에 장서할 때도 일찍이 도서 목록을 분류했다. 중학교
때 삼백 여 권에 이르자 나는 크게 역사, 문학 두 부류로 나누었고, 역
사를 고대사와 근대사 두 부류로 나누고 문학은 소설, 시사, 산문, 평론
네 부분으로 나누었다. 근래의 장서는 날로 증가하고 있으나 아직 도서
목록을 편찬할 시간을 할애하지 못했다. 내가 장서하기 위해 해제 목록
을 편찬할 반년의 시간을 낼 수 있다면, 도서 목록 편성을 거쳐 장서를
연구한 신저를 써서 책 애호가에게 바치면, 이 또한 즐거운 일이다.

다방면의 독서는 학문의 지름길

나는 많지도 않고 적지도 않은 약간의 책 친구를 두었다. 대략 이삼십 명 정도 될 것이다. 그들의 집에 천 권 넘게 소장한 사람은 근 열 명 정도다. 어느 날 우리는 집회에서 피차 상대방을 장서가라고 치켜세웠다. 내 개인적인 생각으론 이것은 단지 농담일 뿐이고 장서가에 걸맞다고 여기려면 집에 성처럼 쌓아올린 책이 많을 뿐 아니라, 장서 외에 학술 전문 저서도 있어야 한다. 이러한 관점에서 고대 장서가를 인식해야 비로소 어느 정도 수확이 있을 것이다.

장서는 일종의 형식이다. 그 목적의 하나는 도서 자료의 보존이고, 둘째는 개인 취미의 만족이다. 셋째는 학문을 연구하기 위해 견고한 기초를 다지는 것이다.

송대 장서가 부부 조명성(趙明誠, 1081~1129), 이청조(李淸照)는 책을 고르고 수집하는데 힘썼다. 조명성에게 금문 석각을 기록한 〈금석록(金石錄)〉이 있는데, 이청조는 일찍이 교정하여 소흥(紹興) 연간에 조정에 올렸다. 책머리에는 조명성의 자서가 있고 책 끝에는 이청조의 후서(後序)가 달렸는데, 문중에 "얻기는 어려우나 잃기는 쉬운(得難失易)"

그림 22. 이청조와 조명성

금석 고적에 대한 한탄과 아쉬움이 가득 차있다. 송대의 장서가이자 연구가인 섭몽득(葉夢得, 1077~1148)은 장서에 열중했으며 아울러 고적 판본에 대해 깊이 연구했다. 그 저작에는 《석림건강집(石林建康集)》,《석림시화(石林詩話)》,《석림연어(石林燕語)》,《피서록화(避暑錄話)》,《금석류고(金石類考)》 등이 있다. 송대 장서가 왕질(王銍) 저작에는 《조종병제(祖宗兵制)》,《칠국사(七國史)》,《태현경의사(太玄經義辭)》,《국로담원(國老談苑)》,《설계집(雪溪集)》,《묵기(默記)》 등이 있다. 남송의 목록 학

다방면의 도서는 학문의 지름길

자 진진손의 《직재서록해제》는 도서 51, 180권을 수록했는데, 당시 국가 장서 목록보다 단지 8, 000권이 부족할 따름이다. 그 장서 가운데 진본, 선본은 국가 장서에 없는 것도 있다. 그래서 《직재서록해제》는 판본의 고증에 대해 빠진 국가 장서 자료를 많이 보충했다. 이상 몇몇 장서가의 저작으로 얘기하자면, 고대 장서가의 공적을 소홀히 할 수 없다.

다방면의 독서는 학문의 지름길이다. 이는 명·청 양대의 장서가 가운데 한층 더 두드러진다. 명·청의 장서가는 대부분 유명한 학자다. 예를 들면 양사기, 범흠, 왕세정, 호응린, 진제, 기승한, 전겸익, 황종희, 주이준, 오건, 섭창치(葉昌熾, 1849~1931) 등 장서가 가운데 명사, 학자, 문학가, 희극가, 유학 대사, 도서 평론가 등이 있다. 그들의 저술이 많은 까닭은 천부적으로 뛰어났기도 했겠지만, 한 방면으론 다방면의 책을 널리 읽고 독서를 통해 마침내 온 세상에 유명한 학자였기 때문이다.

고대의 시식인이 벼슬길에 드는 데는 대체로 세 살래 길이 있었다. 첫째는 과거 시험 응시이고, 둘째는 조정에 아는 사람이 있으면 관리가 되기 쉬운데, 처갓집 관계, 친척 관계도 모두 관리가 될 수 있는 단계다. 셋째는 타고난 재능, 실학에 의거하여 유명 인사의 추천을 받는 길이다. 양사기가 간 길은 세 번째다. 그는 어릴 때 부친을 잃어, 모친이 빈곤한 생활 속에서 그를 키웠다. 그는 소년 때 책 살 돈이 없어서 책을 빌려 베껴 썼다. 그 뒤에 누군가 《사략(史略)》을 팔려고 하자, 양사기는 무척 기뻤지만 살 돈이 없었다. 양사기의 모친은 집에 하나뿐인 암탉을 팔아 백 냥을 모아 아들에게 주면서 그 책을 사게 했다. 양사기는 성년이 된 후에 교사를 생업으로 삼고자 입고 먹는 것을 아끼고, 책을 사서 문학과 사학을 연구했다. 마침내 사람들의 눈에 들어서 한림원에 추천되어 편

책 향기에 취하다

찬관을 맡았고, 아울러 예부시랑, 화개전(華蓋殿) 대학사(大學士)에 이르렀다. 당시 유명한 학자 왕세정은 일찍이 다음과 같이 말했다.

양사기는 일반 백성의 신분으로 조정에 중용되어 이처럼 특별한 영예를 얻었으니, 실로 매우 보기 드문 사람이다.

양사기도 고대에 독학하여 명사가 된 본보기 가운데 하나다. 그는 독서를 통해 대단히 많은 작품을 썼다. 이로써 다방면의 책을 널리 읽어 볼 수 있었던 것이 그에게 큰 영향을 끼쳤음을 알 수 있는데, 책은 얼굴 없는 선생님이다.

명대 왕세정은 명 문단 '후칠자(後七子)'의 우두머리의 하나로, 그의 문학 주장은 '산문을 읽으려면 진한 문장을 읽어야 하고, 시를 배우려면 반드시 성당시를 배워야 한다(文必秦漢, 詩必盛唐)'이다. 그의 장서는 풍부하여 많은 책을 읽었기에 진한의 문장, 성당시에 대해 투철하게 이해할 수 있었다. 이로써 자신만의 풍격을 형성했는데, 왕세정 문학 재능과 학식도 책을 읽어 양성된 것이다.

명·청 사이의 사상가 황종희의 저술도 매우 많다. 그는 《송원학안(宋元學案)》, 《명유학안(明儒學案)》, 《명이대방록(明夷待訪錄)》, 《남뢰문안(南雷文案)》을 썼다. 사상뿐 아니라 견해도 무척 깊었고 게다가 자료를 상세하고 확실하게 선용했다. 이 모든 공로는 황종희가 부지런하게 지칠 줄 모르고 책을 읽은 결과다. 그는 어렸을 때부터 배우길 좋아해서, 만권의 책을 읽어 천문, 수학, 음률, 경학과 사학, 백가, 불가, 도가 등 각종 저작을 골고루 섭렵했다. 그는 또한 연구에 정통하여 다방면으로 고증

다방면의 독서는 학문의 지름길

했는데, 바로 만 권의 책을 가슴속에 품고 있었기 때문에 붓을 들기만 하면 자유자재로 운용할 수 있었다.

나는 중국 고대 장서가 전기를 읽으면서 장서가의 학식이 비범한 까닭은 그들이 각종 서적을 고심하여 연구한 것과 관계가 있음을 알았다. 왜냐하면 섭렵한 서적이 잡다했기 때문에 그들이 쓴 저작은 심도 있고 풍부하다. 그들은 장서를 충분히 이용하여 옛것을 읽어 오늘을 자세히 살펴보고, 많이 쌓아서 널리 활용했다. 이로써 새로운 명제를 확립하여 중국 고대 학술의 발전에 많은 공헌을 했다.

사람의 학식의 한 가지는 공부다. 다시 말하면 책 만 권을 독파해야 한다. 둘째는 지식이다. 즉 학습을 통해 사회, 역사를 체계적으로 인식하는 것이다. 양자를 소홀히 해선 안 된다. 그러나 생각해 보면 공부는 기초이고, 다방면의 책을 널리 읽어야 비로소 사람의 견해를 비약시킬 수 있다. 왜 고대의 장서가는 모두 진귀한 학술 명작을 남겨 뒀을까. 왜냐하면 그들은 독서를 통해 공부하려 했고, 기초를 견고하게 다졌기에 장서가는 학자가 되었다.

동서고금의 제일 가는 대작가들은 그들이 당시 힘써 독서한 것과 관련이 있다. 독서에만 몰두했기에 생활은 매우 빈곤했다. 이러한 조건도 그들이 명작을 창작하는데 기초를 양성했다. 현대인의 입장에서 말하자면, 책을 읽지 않고 단번에 유명해지고 싶어 하는 것은 대체로 실제에 적합하지는 않다. 어떤 작가는 자기 경험을 발휘하여 좋은 작품을 쓸 수도 있다. 그러나 그가 독서에 깊이 파고들지 않으면, 글 쓰는 솜씨가 쇠퇴할 것이다. 세상의 책을 독파하면 사람의 경력에 좋은 기회를 만들어 줄 수 있기 때문이다. 책은 고대와 옛사람의 수많은 경험을 융합해준

책 한 권에 치하다

다. 이도 우리가 책을 읽으면 읽을수록 새로워지고 과거를 돌이켜보고
현재를 이해하여, 우리가 학문을 연구하고 창작하고 편찬하는데 신천지
를 제공한다.

　많이 쌓아서 널리 활용하는 방법은 고대 장서가가 학술 전문 저서를
쓰는데 하나의 선명한 특색이다.

도서관의 이모저모

시대의 발전에 따라 개인 장서루와 황실 장서루는 마침내 공공도서관으로 변모했다. 도서관 역시 인류가 지식과 지혜를 섭취하는 보고로 변모했으며, 지식인의 낙원이 되었다.

중국에서 제일 큰 도서관은 북경도서관으로, 청대 말년에 지어졌으며 원래 이름은 북사도서관(北師圖書館)이었다. 1912년에 정식으로 외부에 개방했고, 1928년에는 국립 북평도서관(北平圖書館)으로 개명하였고 후에 북해도서관(北海圖書館)과 합병했으며, 1949년 12월에서야 정식으로 북경도서관이라 개명했다.

1989년 통계에 따르면, 북경도서관은 1, 500만 권의 서적을 소장했으며, 매년 약 60만권의 새로운 서적이 증가하고 있다고 한다. 3, 000 좌석을 수용할 수 있으며, 현재 아시아에서 제일 큰 도서관이 되었다. 이 도서관은 많은 송·원·명·청의 진본과 선본을 소장하고 있다. 이 도서관은 웅장하고 운치가 있으며 넓고, 중국 도서관 업계의 많은 인재들을 보유하고 있다.

북경에는 또 중국판본도서관과 중국현대문학관이 있다. 전자는

그림 23. 북경도서관

1950년에, 후자는 1985년에 건설되었으며 모두 전문 도서관이다. 이곳에서는 중국 판본과 현대 문학의 진귀한 자료들을 수집한다. 또 북경대학도서관은 중국 대학 가운데 장서가 제일 많은 도서관이며, 세계의 대학 도서관 중에 중요한 자리를 차지한다.

상해도서관은 1952년에 지어졌고, 그 전신은 명복도서관(明復圖書館), 홍영도서관(鴻英圖書館), 신문도서관, 합중도서관(合衆圖書館) 등 네 곳의 도서관이 합병하여 만들어졌으며, 1990년까지 800만 여권의 책을 소장했고, 독자의 요구에 맞추기 위해 80, 000평방미터의 새로운 건물을 증축했다.

또한 중국에는 역사가 유구한 몇몇 도서관이 있다. 남경도서관은

650만 권, 사천성도서관은 420만 권, 산동성도서관은 340만 권, 천진도서관은 280만 권, 절강도서관은 250만 권, 광동성 중산도서관(中山圖書館)은 245만 권을 소장하고 있다. 이 도서관들은 대부분 19세기 초에 지어졌으며, 후에 몇 차례의 합병을 통해 개명하여 비로소 오늘날의 규모를 갖게 되었다.

1989년 유네스코의 통계에 따르면, 장서의 수량으로 순위를 매겼을 때 앞 순위에 드는 8개 도서관은 1) 3,000만 권을 소장한 모스크바 국립레닌도서관, 2) 2,200만 권을 소장한 워싱턴 미국국회도서관, 3) 1,500만 권을 소장한 런던 대영도서관, 4) 1,500만 권을 소장한 북경도서관, 5) 1,200만 권을 소장한 레닌그라드도서관 6) 1,100만 권을 소장한 미국 하버드대학도서관, 7) 1,100만 권을 소장한 파리 프랑스국립도서관, 8) 800만 권을 소장한 동경 일본국회도서관이다. 이 도서관들은 그 나라의 문화 성취, 아울러 당대 세계 무대에서 중요한 역할을 반영했다.

필자는 1993년 6월에 운 좋게도 세계에서 가장 큰 도서관인 모스크바국립도서관을 참관했다. 넓고 조용한 도서관 안에는 독서를 좋아하는 많은 러시아 독자들이 있었다. 이곳은 세계 각국의 도서(주로 구소련 각 민족 인쇄출판물)를 진열할 뿐 아니라, 수초본 보관 서고도 있는데, 거기엔 유명 작가들의 친필도 있었다. 그 밖에 나는 모스크바대학도서관을 참관했다. 그곳은 700만 권을 소장하고 있는 동시에, 많은 명사들의 자료 문서를 보유하고 있다.

세계에는 또 650만 권을 소장한 독일국가도서관, 400만 권을 소장한 이집트 알렉산드리아도서관, 50만 권을 소장한 연합국도서관과 같은 저명한 도서관이 있다. 아울러 이탈리아 메디치의 로렌조도서관, 바티칸 교황청도서관도 둘러볼 가치가 있는 유명한 도서관이다.

이외에도 재미있고 별난 도서관이 있다. 홍콩에 있는 유행도서관(時裝圖書館)에서는 세계의 최신 유행 잡지와 자료를 소장하고 대여하는데, 세계의 패션 디자이너들이 꼭 가봐야 할 명소가 되었다. 인도네시아에는 배우자 찾기 도서관(尋偶圖書館)이 있다. 그 나라의 수도 자카르타에 위치해 있으며, 미혼남녀 청년들에게만 제공된다. 미국에는 또 소형[마이크로]도서관이 있는데, 현대 과학 기술을 이용하여 도서 정보를 제공한다. 이밖에도 현재 많은 국가에는 시청각도서관이 있어, 독자는 찾아 읽고 싶은 내용에 관한 방송을 요구에 따라 들을 수 있다. 이렇게 재미있는 도서관은 과학 기술의 발전에 따라 끊임없이 탄생하고 있다.

도서관은 역사상 많은 위인들이 그리워한 장소였는데, 레닌(Vladimir Ilich Lenin, 1870~1924), 모택동(毛澤東, 1893~1976)은 도서관에 대해 특별한 감정을 가졌다. 많은 유명 작가나 학자 또한 이에 대해 깊이 있고 치밀한 견해를 발표한 바 있다.

러시아 작가 게르첸(Alexander Herzen, 1812~1870)은 "도서관은 사상을 공개하는 식탁이다. …… 몇몇 사람들은 자기의 사상과 발명 창조를 축적하며, 또 다른 일부 사람들은 각자의 요구에 따라 그것들을 채택한다."고 말했다.

그렇다, 도서관은 편안하고 호화로운 별장이 아니라 무궁무진한 보고이며, 사람들을 자아 완성으로 인도하는 대학이다.

도서관을 열렬히 사랑하는 사람은 현대 의식을 가진 문명인이다.

셋째 마당 | 책 감상의 경지

책 감상은 산뜻한 독서의 일종 형식이다. 책을 감상해야 책읽기 즐거움의 내포를 충분히 누릴 수 있다. 이에 한서(閑書)와 금서(禁書)를 읽고 천성에 따라 독서하는 경계를 갖게 된다. 본장에서는 장서인(藏書印), 장서표(藏書票) 및 세계 각국의 신기한 도서를 소개하고자 한다.

책 향기 그윽한 도서 품평

중국 문인들은 우아한 취미를 많이 가졌다. 그 가운데 독서는 문인의 우아한 취미에 속한다. 공자로부터 역대 문인 학자들은 독서와 도서 품평에 관한 수많은 고견을 발표했다. 후에 어떤 사람은 '시화(詩話)', '사화(詞話)' 같은 수필을 써서 독서 방법과 예술의 감상에 대해 언급했다. 명·청 양대에 이르러 어떤 사람은 이에 만족하지 못하고 전문적으로 독서를 논한 저작을 탄생시켰다. 명대 장서가 기승한은 〈담생당독서훈(澹生堂讀書訓)〉을 써서 자신이 수십 년 동안 독서한 경험을 풀어놓았고, 부지런히 공부한 고인의 사적을 기록했으며 도서 품평의 방법을 담론했다. 이를 읽노라면 매우 친절하고 감동적이다. 정진탁 선생은 이를 읽은 뒤에 "이를 얻어 보고 너무나 기뻐서 여러 번 읽었는데, 마치 옛 사람과 대화라도 나누는 듯 이야기가 흥미진진하여 귀가 솔깃해진다(得之大喜, 快讀數過, 若與故人對話, 娓娓可聽)"〈겁중득서기〉고 말했다. 명대 진계유(陳繼儒, 1558~1639)는 〈독서십육관(讀書十六觀)〉을 지어 옛사람의 독서 고사, 독서 심득 등 16가지를 수록했는데, 진계유 자신의 독서 명언도 들어있다. '십육관'이란 말은 불경에서 나왔다. 극락세계로 들어가는 문을 가리키는데, 진계유는 이로써 독서하면 극락세계로 들어갈 수 있다고 설명했다. 후에 도본준(屠本畯)은 〈연독서십육관(演讀書十六觀)〉을 편찬했고, 오개(吳愷)는 〈독서십육관보(讀書十六觀補)〉를 썼는데, 모두가 진계유의 뒤를 이어 도서 품평의 취미를 논한 글이다. 숭정 말년에 오응기(吳應箕, 1594~1645)는 〈독서지관록(讀書止觀錄)〉을 썼는데, 이 책은 세 권으로 나눠 〈독서십육관〉을 토대로 수많은 내용을 첨가시켰다. 후인은 이 책을 논하여 "이 세상 독서인의 교량이 되기에 족하다(足爲天下讀書者之津梁)"(진유숭(陳維崧)의 말)고 말했다.

청대에도 도서 품평을 논한 전문 저작 두 부가 나왔다. 하나는 《고금도서집성(古今圖書集成)·독서부(讀書部)》인데, 여기에는 《포박자(抱朴子)·조학편(助學篇)》, 《안씨가훈(顔氏家訓)·면학편》, 《주자훈학재규(朱子訓學齋規)》, 《독서사약(讀書社約)》 등의 독서 관련 문장과 혜강(嵇康), 왕발(王勃), 왕연령(王延齡), 유종원(柳宗元, 773~819) 등 문학가의 독서에 관한 시, 부, 서, 논을 수록했다. 다른 하나는 청대 오함분(伍涵芬)의 〈독서낙취(讀書樂趣)〉다. 이 책에는 독서 방법과 독서로 얻는 각종 이득을 수록했는데, 글을 흥취 있게 써서 읽을수록 얻는 도움이 적지 않다.

1950년대부터 1990년대에 이르기까지 전문적으로 독서를 논한 저작은 사람들의 이목을 일신시켜주었다. 한 부류는 《근백년래제유독서(近百年來諸儒讀書)》(전목(錢穆) 편), 《책의 꿈: 명가품서산문정선(書的夢: 名家品書散文精選)》(양강건(梁剛建) 편), 《나와 나의 책(我和我的書)》(상해 《서림(書林)》 편)처럼 명인의 독서담을 모아놓은 책이고, 또 한 부류는 정진탁의 《서체서화(西諦書話)》, 주작인의 《지당서화(知堂書話)》, 당

도의 《회암서화(晦庵書話)》, 섭령봉(葉靈鳳, 1905~1975)의 《독서수필》,
풍역대의 《청풍루서화(聽風樓書話)》, 조취인(曹聚仁, 1900~1972)의 《서
림신화(書林新話)》, 손리(孫犁, 1913~2002)의 《서림추초(書林秋草)》, 황
상(黃裳, 1919~　)의 《유하설서(楡下說書)》, 동정산(董鼎山, 1922~　)의
《서창만기(西窓漫記)》 등처럼 지식인의 도서 품평 단문이다.

이러한 두 부류의 독서 소품 가운데 전자는 명인의 독서 명언을 인용
하여 전인의 독서 가작을 모았다. 후자는 작자가 책을 읽으면서 얻은 고
견을 담론하고 있는데, 모두 독서의 의경을 중시하여 말했다. 등불 아래
서 차를 마시듯이 완미하노라면 상당히 재미있을 것이다. 독서의 흥미
를 높여줄 뿐 아니라 독서 방법도 찾을 수 있으니, 실로 독서인들이 책
상에 두어야 할 좋은 친구인 셈이다.

나는 일찍이 《일백명인담독서(一百名人談讀書)》를 펴낸 적이 있다. 이
책에는 빙심, 왕요, 요말사, 조가벽, 시칩존, 서중옥, 가령, 정일매, 진수
구, 장공양(蔣孔陽, 1923~1999), 장배항, 진종주, 당도, 주이복, 소보청,
가식방(賈植芳, 1915~2008), 진학소(陳學昭, 1906~1991), 당규장, 진목,
담기양(譚其驤), 유일생, 왕서언(王西彦, 1914~1999) 등 백여 명의 학자,
교수의 도서 품평 단문을 수록했다. 그들은 하나같이 "즐거움이 책속에
있다(樂在書中)"고 말하지만, 각자의 고견을 가지고 있으며 각자 오묘한
말이 계속 이어진다. 나는 이들의 글을 3년 동안 모아서 책으로 엮었는
데, 독서인에게 좋은 일을 했다고 자부한다.

도서 품평은 재미있는 일이고 자재롭다. 마치 진실한 친구를 마주하
고 그가 흥미진진하게 얘기하는 말을 듣는 듯하다. 이때 인생의 어떠한
구속이나 경계도 존재하지 않는다. 책은 인류의 가장 좋은 친구이자 스

그림 24. 《일백명인담독서》

승이기도 하다. 도서를 품평하다가 입신의 경지에 이르렀을 때 당신은 반성할 수 있고 심중에서 억제할 수 없는 희열이 용솟음칠 것이다. 좋은 책을 얻으면 그 재미를 만끽하고 신선이라도 된 양 경쾌해질 것이다. 이는 대개 독서인이 동경하는 극락의 경지다.

나는 주이복 선생이 한 말을 기억한다.

책은 가장 진실 되고 가장 충실한 당신의 친구다. 당신이 득의양양할 때도 당신을 치켜세우지 않는다. 당신이 나락에 빠졌을 때도 당신을 배반하지 않을 것이다.

나는 이 말이 맞다고 생각한다. 인생이란 여의치 못할 때도 있다. 독

책 향기 그윽한 도서 품평

서와 도서 품평은 당신을 역경에서 빠져나오게 하고 곤경에서 벗어나게
해준다. 사람들은 왜 그렇게 도서를 열애하는가? 그 원인이 바로 여기에
있다.

실리를 위하지 않는 심심풀이 책을 읽는 것이란

고인에게 "모든 것이 보잘것없으나 오로지 독서가 제일 높다(萬般皆下品, 唯有讀書高)"고 하는 독서의 요점이 있다. 독서는 얼마나 쓸모가 있는가? 그 견해는 하나가 아니다.

송대 진종(眞宗) 조항(趙恒, 968~1022)이 쓴 〈독서를 권유하는 시(勸讀詩)〉는 일부 독서인의 심리상태를 표현했다.

富家不用買良田, 부자가 되고자 좋은 밭 살 필요 없지,

書中自有千鍾粟. 책 속에 천 석의 곡식이 있으니.

安居不用架高堂, 안거하고자 높은 집 지을 필요 없지,

書中自有黃金屋. 책 속에 황금 집 있으니.

娶妻莫恨無良媒, 결혼하고자 좋은 중매인 없다 미워하지 마라,

書中有女顔如玉. 책 속에 옥 같은 미인 있으니.

出門莫恨無人隨, 문밖을 나갈 때 따를 사람이 없다 미워하지 마라,

書中車馬多於簇. 책 속에 수레와 말이 모여 있으니.

男兒欲遂平生志, 남아가 평생 뜻을 이루려면

五經勤向窓前讀. 창 앞에서 오경을 부지런히 읽어야 하느니.

이 시는 대화를 나누듯 설명하면서 독서의 무한한 묘미를 설명한다. 책을 다 읽고 나면 높은 빌딩과 황금, 미녀를 얻을 수 있고 또 관직을 얻을 수 있다. 결국 독서는 출세 수단이며, 공적인 이익을 위해서다.

중국 2천여 년 동안의 봉건 제도를 훑어보면, 독서하여 확실히 재상이 되고 부를 쌓아 한 나라에 견줄 만했고, 미인을 얻을 수 있으며 명성과 이익 둘 다 얻을 수도 있었다. 그러나 이런 독서 방법은 고생스럽고 버겁다. 어떤 사람은 독서하여 벼슬을 구하고 가문을 빛내 위세를 떨친 적이 있지만, 사실 우리가 이야기하는 '책을 읽는 즐거움'과는 심리상태가 다르다.

우리는 옛날 사람에게 가혹한 요구를 하면 안 된다. 우리가 스스로 독서를 해야 하겠지만, 독서를 권유하는 시 때문에 동요할 필요는 없다. 왜냐하면 청대 진관(陳瓘)이 말한 명언이 있기 때문이다.

마음은 항상 비우고 밝게 하며, 열정적이어서는 안 된다. 너무 열정적이면 혼미해진다. 특히 명예와 이익을 바라는 마음은 열정적이면 안 되며, 저술하려는 마음도 열정적이면 안 된다. 항상 맑고 밝아야하며, 만물의 높은 경지를 뛰어 넘어야 한다. 그런 연후에야 책을 읽을 수가 있고, 글을 쓸 수 있다.

나는 이것이 바로 우리가 동경하는 독서의 경지라고 생각한다.
실리를 위하지 않는 독서는 즐겁고 한가하며 편안하다. 이런 독서 방

책 향기에 취하다

법은 독서인이 추구하는 이상이다. 그들은 독서를 자기 생활의 유기적인 일부로 간주한다. 좋아하는 책, 근사한 책, 재밌는 책을 한가할 때 손 가는대로 넘겨보는데, 굳이 옷깃을 단정히 하고 앉아 읽을 필요가 없으며, 오직 신경과 긴장을 완화할 수 있다면, 이런 종류의 책들은 우리가 숭배하는 심심풀이용 책이다.

한서(閑書)의 종류는 사람에 따라 다르다. 어떤 사람은 산수 소품을 읽기 좋아하고, 어떤 사람은 당시나 송사를 읽기 좋아하며, 어떤 사람은 무협지에 심취해서 날이 밝을 때까지 읽고, 어떤 사람은 남녀의 애정을 묘사한 작품을 보면서 눈물을 흘려 옷깃을 적시기도 한다. 실리를 위해 책을 읽지 않기 때문에 마음가는대로 책을 들고 보노라면 책에서 손을 떼지 못하지만 오히려 독서에 대한 고통은 없다. 이런 독서는 일종의 휴식이며 몸과 마음을 닦고 수양하는 좋은 방법이다.

사실 심심풀이 책은 말 그대로의 심심풀이 책이 아니다. 저명한 문학 평론가인 화동사대(華東師大) 교수 서중옥 선생은 나와 한서를 읽는 수확에 대해 몇 번 토론한 적이 있다. 그는 "한서를 읽으면 뜻밖에도 자네는 유용하다고 여길 것이다. 심지어는 자네가 오랫동안 해결하고 싶었지만 아직 실마리를 찾지 못한 문제를 접촉하게 한다." '문리삼투(文理滲透)', '가장자리 학과', '교차 학과'는 이미 사람들이 그 중요성을 인식했기 때문이다."라고 말했다. 내가 생각하기에 독서는 모든 것을 융합하고 관통할 수 있게 한다. "신경 써서 꽃을 심었지만 꽃은 피어나지 않고, 무심코 심은 버드나무가 그늘을 이루는" 효과에 이를 수 있다. 다시 말하자면 한서를 읽는 것은 각종 책을 보는 것과 같아서 잡학은 안목을 넓혀주고 지식의 범위를 확장시키는데 도움을 주니, 그 소득을 낮게 평가

실리를 위하지 않는 심심풀이 책을 읽는 것이란

그림 25. 〈고룡소설 예술담〉

할 순 없다.

나는 한서를 읽을 때 독서의 목적을 이루기 위해 읽는 것이 아니기 때문에 독서 과정을 중시한다. 독서 과정은 일종의 심신 쾌락을 얻을 수 있는 경험이다. 여유를 갖고 책을 읽을 때에도 유익한 계시를 깨달게 된다. 내가 1980년대 중반에 읽은 김용, 고룡의 무협소설은 내가 병을 치료하면서 휴식을 취할 때 읽었던 책이다. 막 읽기 시작하면서 책을 놓을 수 없었고, 책을 읽는 재미도 무궁했다. 이는 나로 하여금 《고룡소설 예술담(古龍小說藝術談)》, 《김용 필하적 108장(金庸筆下的108將)》이라는 무협소설 연구 평론집 두 권을 쓰게 된 동기가 되었다.

책 향기에 취하다

나는 꽃과 새, 산수를 좋아한다. 한가할 때 옛날 사람의 새를 주제로
한 시나, 꽃과 산수를 주제로 묘사한 시를 읽으면서 쓴 카드가 날이 갈
수록 쌓여 《영조시화(詠鳥詩話)》,《군방시화(群芳詩話)》,《지령인걸(地靈
人傑)》 등 세 권의 작은 책을 써냈다.

내가 쓴 소책자들은 출판사의 요청을 받아 출간한 게 아니라, 내가 한
서를 읽을 때 느낌이 오면 먼저 자료들을 수집하고 나중에 주제를 확정
한 것이다. 자기가 좋아하는 책을 읽고 자기가 쓰고 싶은 책을 쓰기 때
문에 책을 읽고 쓰는 과정은 언제나 쾌락으로 충만하다. 이와 반대로
출판사의 원고 청탁을 받은 적이 있었다. 위 상황과 비교해 볼 때 자료
찾기도 어렵고 쓰기도 고통스럽다.

내가 이렇게 말한다고 해서 꼭 실리적인 독서를 전부 부정하진 않는
다. 청소년이 지식 성장 단계에서 지정 도서를 읽는 것도 꼭 필요하다.
어떤 사람들은 자기 발전을 위해 전공 서적을 읽으며 시험에 대비하는
것을 크게 비난할 필요 없다. 그렇게 하여 성공했다고 볼 수 있겠으나
그렇다고 독서의 즐거움이 있는 것은 아니다. 진정한 학문은 공허하고
차분한 마음으로 책의 경지를 받아들여야 한다. 실리적, 물질적인 것을
잊어버리고 마음을 책과 융합시키면 진정한 지식을 깨달을 수 있고, 독
서의 진정한 맛을 길게 누릴 수 있다.

독서도 그렇고 저서는 더욱더 그렇다. 고대 학자들은 명예를 위해 독
서했고, 이익을 위해 문장을 썼다. 그들의 좋은 시와 문장은 과거시험장
에서만 나오지 않았다. 당대 시인 백거이, 원진, 한유, 유종원, 두목, 그
들은 모두 과거합격자 명단에 이름을 올렸다. 그러나 그들의 시집에 실
린 아름다운 작품은 시험문제가 아니었다. 이들이 명령을 받들어 지은

실리를 위하지 않는 심심풀이 책을 읽는 것이란

시들은 생명력이 꼭 많은 것이 아님을 알 수 있다. 반대로 생명력이 있고 시대적 시련을 이겨낸 시문은 유여곡절 생활 중에 읊은 것이거나, 한가로운 정서가 충만한 소요유에서 나온 작품이다.

이로부터 알 수 있듯이 소일거리로서의 독서와 글쓰기는 공리적인 독서와 글씨기와는 목적이 다르다. 얻을 수 있는 것도 서로 동일하게 논할 수가 없다.

이 글은 다만 책은 읽는 마음 상태에 따라서 심심풀이로 책을 읽는 재미를 논한 것이다. 한가롭게 읽는 독서는 우리가 동경하는 경지이기 때문이다.

서문과 발문을 음미해보면 진심이 드러난다

나는 새로운 책을 집어들 때마다 서문과 후기를 먼저 읽는 것이 습관이 되었다.

난 원고를 완성할 때마다 반드시 후기를 쓴다. 졸저의 서문으로는 풍영자(馮英子, 1915~2009), 유일생, 진수구, 서중옥, 장배항, 진종주, 정일매, 고역생(顧易生, 1924~　　), 장성욱(蔣星煜, 1920~　　), 풍기용(馮其庸, 1924~　　), 나죽풍 등 20명의 명인이 날 위해 써주었다. 이러한 서문과 발문은 음미할 만한 가치가 있으며, 작가와 작품을 이해하는데 중요한 부분이라고 생각한다.

자신의 작품에 서문과 발문을 쓰는 유래는 오래되었으며 중국 문인들이 애호하던 일 가운데 하나다. 동진의 서예가 왕희지(王羲之)는 〈난정집서(蘭亭集序)〉를 지었는데 이 글은 걸작이다. 산수의 아름다움을 쓰고 특히 작가의 활달한 성격이 눈에 뜨이며 그 문자는 평범함 속에 황량한 맛이 들어 있어 그 서예와 문장을 견줄 수 있다. 당대 고문의 대가 한유의 〈송고한상인서(送高閑上人序)〉, 〈송요도사서(送廖道士序)〉는 중국 서문과 발문 역사상 많지 않은 소품문이라 할 수 있다. 이 두 문장에선 모두 불도에 대한 작가의 반대 입장을 표명한다. 그러나 문장의 변화를 헤아릴 수 없는데 칭찬 속에 비난이 들어있고 비난 속에 칭찬이 들어있어, 큰 것을 잡기 위해 일부러 놓아준 격이며, 완곡한 비평 속에 문풍의 유머가 뚜렷하게 드러난다. 북송의 대문호 소식은 자신의 《남행전집(南行前集)》에 서문을 지었다. 서문의 글자 수는 백자에 불과하지만 글이 생동적이며 견해가 참신한데, 이것은 소식의 예술 사상을 이해하는데 한 몫 하는 중요한 자료다.

육유, 양만리(楊萬里, 1127~1206), 주희(朱熹, 1130~1200), 고계(高啓, 1336~1373), 당인(唐寅, 1470~1523), 원굉도(袁宏道, 1568~1610), 풍몽룡, 장대(張岱, 1597~1679), 전겸익, 김성탄, 포송령, 공상임(孔尙任, 1648~1718) 등은 모두 정교하고 아름다운 서문과 발문을 후대에 남겼다. 어떤 이는 비평하고 방점을 찍고, 어떤 이는 인생을 묘사하고 어떤 이는 시사에 감개하며 어떤 이는 국정을 풍자하고 조롱하는데, 이렇게 글속에 진심을 담기에 백자로는 턱없이 부족하다. 포송령은 자신이 고심하여 구상한 《요재지이》에 서문을 썼다. 통달하고 유창한 명·청 소품문의 특징을 반대하며 다량의 전고를 사용했으며 묘사가 황홀하여 예사롭지 않다. 공교롭게도 작가 자신의 자부심이 강하나 슬프고 처량한 심경과 부합하여 쓰여졌다. 이 서문은 '고염지문(古艶之文)'으로 논평되었다.

현대문학사에서 중국 문학 대가들도 서문과 발문을 극도로 중시했으며, 서문과 발문 쓰기의 고수다. 노신의 저서로는 《역문서발집(譯文序跋集)》과 《고적서발집(古籍序跋集)》 두 권이 있는데, 이 서문은 외국문학과 중국문학을 연구하는데 있어서 중요한 자료다. 호적(胡適, 1891~

책 한 권에 침잠하다

그림 26. 《중국 현대문학 서발 총서》

1962), 주작인, 임어당, 곽말약(郭沫若, 1892~1978), 진인각, 고힐강, 파금, 주자청, 유평백(兪平伯, 1900~1990), 노사(老舍, 1899~1966), 가령, 손리, 진목, 당도, 황상은 모두 아름다운 글과 함께 독특한 견해의 서문과 발문을 남겼다.

가령 선생은 《중국 현대문학 서발 총서(中國現代文學序跋叢書)》를 주편하였고 상해서점에서는 《서발 서평집(序跋書評集)》을 집성했는데, 이 서문과 발문은 책을 읽고 연구하는데 중요한 문헌이다.

서문과 발문은 일반적으로 세 개의 방면으로 내용이 나뉜다. 첫 번째는 독서 감상을 주요 자료로 집성했다. 예를 들면 청대 말기 4대 장서가

서문과 발문을 음미해보면 진심이 드러난다

의 하나인 육심원은 책을 장서하고 교정하며 책을 쓰다가 여생을 마감했다. 그는 자신의 장서를 교정하면서 일백여 편의 발문을 썼는데, 판본목록학의 연구에 중요한 학술적 가치가 있다. 두 번째는 서문과 발문은 감정의 산물로, 작가의 스타일과 문체의 특성을 이해할 수 있게 한다. 예를 들면 주작인의 《지당서발(知堂序跋)》은 그와 타인의 저작에 쓴 서문과 발문을 모은 것으로, 이 책의 행간에는 저자의 독특한 감정이 녹아있고, 저자의 복잡한 심리 상태가 반영되어 있다. 세 번째로 작가의 생애를 기록한다. 호적, 임어당, 파금의 서문과 발문에는 대부분 자신의 경험을 기록했다. 따라서 이는 문학 대사들의 직접적인 연구 자료로 여겨진다.

서문과 발문에서 진심을 가장 잘 엿볼 수 있다. 이것은 서문과 발문이 문체 중 가장 자유로우며 표현과 묘사의 범위가 넓기 때문이다. 작가가 좋은 책, 좋은 글을 읽으면 거기에 서문을 짓고 싶은 충동이 생긴다. 이런 감정이 북받쳐 오르면 필연 문장 속에 작가 자신의 성정을 쓰고 더욱이 품고 있는 생각을 곧바로 토로할 수 있다. 또한 작가의 독특한 예술적 풍격을 엿볼 수 있다.

호적의 서문과 발문에는 노련하고도 소박하며 진실한 속사정이 쓰여 있다. 주작인의 서문과 발문은 유유자적하고 뛰어나며 자연스럽고 유창하게 쓰여 있다. 임어당의 서문과 발문은 해학과 풍자가 쓰여 있고 동시에 문체와 내용도 우수하다. 가령의 서문과 발문에는 정교한 원숙미가 있고 책의 오묘함이 넘쳐흐른다. 황상의 서문과 발문에는 고증이 상세하여 사람을 황홀한 경지로 이끈다.

이러한 서문과 발문의 오묘한 문장을 음미하면, 사람들은 책에 감탄하게 되는데, 실제로 독서의 큰 즐거움이다.

좋은 책에는 아름다운 서문과 발문이 없어서는 안 된다. 서문과 발문은 책의 인론(引論)이자 보증(補證)이고, 작가와 작품을 연구하는 중요한 부분이며, 책의 오묘한 세계로 이끌어주는 나침반이기도 하다.

서문과 발문을 음미해보면 진심이 드러난다

즐거운 독서의 깨달음

책 감상에 대해 이야기하자니, 우선 생각나는 사람은 오류선생 도연명이다.

전원생활을 추구한 도연명은 독서를 그 인생의 큰 즐거움으로 삼았다. 그는 〈오류선생전(五柳先生傳)〉에서 "그는 한가롭고 조용히 살면서 말이 적었으며, 영리를 탐하지 않았고, 책 읽기를 좋아했으나 그 뜻을 궁구하지는 않았고, 매양 자기 뜻과 부합한 글이 있으면 기뻐하여 밥 먹는 것도 잊었다. …… 그는 늘 문장을 지어 스스로 즐겨 자못 자기 뜻을 나타냈고, 얻고 잃음에 구애됨 없이 살다 생을 마쳤다."고 말했다. 도연명은 또 다른 두 편의 시문에서 독서에 대해 이야기했다.

〈아들 엄 등에게 주는 글(與子儼等疏)〉

少學琴書, 어렸을 때 금과 책을 배웠고,

偶愛閒靜, 가끔은 한가하고 고요한 생활을 좋아했는데,

開卷有得, 독서하며 얻을 게 있으면

便欣然忘食. 기뻐서 밥 먹는 것도 잊었느니라.

<이사(移居)>

奇文共欣賞, 재미있는 글 있으면 같이 감상하고,

疑義相與析. 의문점 있으면 서로 토론한다.

이런 글을 통해 알 수 있듯이 도연명은 책을 감상하는 경지에 이르렀다고 할 수 있다.

책을 감상하는 경지란 무엇인가? 그것은 바로 임무가 없고, 공리 실용주의 사상에 구애받지 않으며 책을 읽는 것이다. 마음껏 즐기면서 책을 읽고 홀가분하게 읽으며, 마음 편안하게 읽고 기쁘게 읽는 것이다. 도연명이 독창한 "책 읽기를 좋아했으나 그 뜻을 궁구하지는 않는다(好讀書不求甚解)"는 정신은 후대 사람들에게 명언이 되었다.

그리하여 어떤 사람은 "그 뜻을 궁구하지 않는 방법"을 독서의 지극한 보배로 삼았다. 어떤 사람이 그에게 독서하면 어떤 이득이 있냐고 물어볼 때, 그는 크게 웃으며 "나는 그 뜻을 궁구하지는 않는다."거나 "나는 도연명과 친구다."라고 대답했다.

나는 이 의견이 사실은 도연명의 독서 명언을 왜곡했다고 생각한다. "책 읽기를 좋아했으나 그 뜻을 궁구하지는 않는다."는 도연명의 말에는 두 가지 의미가 들어있다. 첫째, 암흑 통치에 직면했을 때 독서는 무용하고, 집이 가난하고 권력이 없는 사람들은 아무리 학문이 있더라도 두각을 나타낼 방도가 없는데, 나 도연명이 하필 책에서 해답을 구할 것인가? 이것은 도연명이 불평을 드러낸 말이지만 유머러스한 불평이다. 둘째, 도연명은 또 "매양 자기 뜻과 부합한 글이 있으면 기뻐하여 밥 먹는 것도 잊었다."고 말했다. 이를 통해서 도연명이 책에서 얻은 게 있었고

그림 27. 도연명

깨달음이 있었음을 알 수 있다. 그러므로 진정으로 "그 뜻을 궁구하지는 않는다"는 뜻이 아니다.

원대 학자 이치(李治)는 이 말에 대해 부연 설명했다.

그 뜻을 궁구하지는 않는다는 뜻은 '득의망언'의 의미로, 노서생, 부유들처럼 책 구절마다 자질구레하게 따지지 않는다는 의미다(蓋不求甚解者, 謂得意忘言, 不若老生腐儒爲章句細碎耳).

당대 잡문가 등탁(鄧拓, 1912~1966)도 〈비결 아닌 비결(不要秘訣的

책 향기에 취하다

秘訣))에서 이 말에 대해 자신의 의견을 내놓았다.

> 그 뜻을 궁구하지는 않는다는 말은 진짜로 책 내용을 이해하지 않는
> 것이 아니라, 이해하기 어려운 부분을 먼저 놔두고 거기서 너무 지나치게
> 지체하지 않는 것이다. 아마도 책을 다 읽고 나면 이해하기 어려웠던 부
> 분을 알게 될 것이다. 그래도 이해되지 않으면 나중에 다시 해석할 수밖
> 에 없다.

나는 위의 말이 도연명의 "책 읽기를 좋아했으나 그 뜻을 궁구하지는
않는다."는 가장 좋은 주석이라고 생각한다.

우리가 도연명의 독서 태도를 이렇게 이해한다면, 도연명의 이 독서 방
법을 '깨달음 독서법(會意讀書法)'이라고 해도 무방하다.

독서는 즐거운 일이지만 책 내용을 이해하거나 학문을 연구하는 것은
힘들고 어려운 일이다. 고서에 몰두하고 밤낮으로 열심히 공부하자면
물론 심혈을 바쳐야 할 필요가 있다. 그런데 책을 읽는 과정에서 사람들
은 여러 가지 독서 방법을 운용해야 된다. 노신이 말한 것처럼 어떤 책
은 범독(泛讀)해야 하고, 어떤 책은 정독해야 한다. 책마다 다 정독하고,
그 책에 나오는 문제마다 명백하게 이해하기란 불가능한 일이며, 현명하
지 못한 독서 방법이다. 왜냐하면 어떤 책은 다만 소일거리로 삼아 대충
읽으면 되고, 어떤 책은 여러 번 깊이 음미할 가치가 있기 때문이다. 모
든 일을 분명하게 알고자 하면, 결국 책을 엉망으로 읽게 되어, 이치가
비평한 그 부유가 될 것이다.

깨달음 독서법은 독서의 한 방법이거니와 즐거운 독서 방법이기도 하

다. 당연히 이 독서 방법을 '책을 감상하는 법'이라고 해도 무방하다.

사실 책을 감상하는 것도 쉽지 않다. 사실 감상한다는 것은 깊이 새겨본다는 의미다. 그것은 바로 도연명이 말한 "깨달음이 있을 때마다" 한 번 깨닫고 멈추는 것이 아니라, 끊임없이 깨달아야 책에 대한 이해를 한 단계 더 높일 수 있다는 말이다. 책 내용을 깨닫는 것은 책을 감상하는 기품이다. 문장을 전체적으로 이해하고 음미하며 책을 읽는 것은 물론 훌륭한 독서법이다.

독서를 좋아하는 사람들에게 나는 그들이 책을 감상하는 것을 찬성한다. 감상은 책에 대한 친하고 정다운 태도이고, 또 책과 감정의 표현이기도 하다. 책을 즐거운 동반자로 삼아야 책과 친밀한 관계를 형성할 수 있다. 그러므로 우리는 항상 책을 읽어야 한다.

경건한 마음으로 읊조린 영서시(詠書詩)

중국 고대의 지식인 가운데 시를 읊지 못하는 사람은 거의 없었다. 그들은 시를 읊음으로써 자신의 기호나 생활의 정취, 희로애락을 표현했다. 당대에 이르러서는 세상의 모든 것이 시의 주제가 되었다. 역사, 사물, 산수, 변경, 애정, 연회 등 종류가 무척 많고 장르도 색달랐다. 아름다움과 신비함을 다투는 시가 가운데 '장서기사시(藏書記事詩)'는 음미해볼 만하다.

'장서기사시'를 언급할 때 사람들이 맨 먼저 떠올리는 것은 사람의 입에 널리 오르내리는 〈사계절 독서의 즐거움(四時讀書樂)〉이다. 작자는 송·원 연간의 학자 옹삼(雍森)이다. 이 시의 정서가 우미하고 시구가 생동감 있어 오늘날까지 전해 내려왔으며, 줄곧 학문하는 이의 즐거움이 되고 있다. 그 시는 다음과 같다.

봄

山水照檻水繞廊, 산물은 기둥을 비추고 물굽이 집을 싸고도는데
舞雩歸詠春風香. 무우에서 글 짓고 돌아오니 봄바람 향기롭다.

好鳥枝頭亦朋友, 즐거운 새들이 가지 끝에 앉아 있으니 내 친구고

落花水面有文章. 꽃이 수면에 떨어지니 물결 인다.

蹉跎莫遣韶光老, 세월 간다고 한탄하지 마라,

人生惟有讀書好. 인생에서 독서만이 좋은 것을.

讀書之樂樂如何, 독서의 즐거움 어떠한가

綠滿窓前草不除. 녹음이 창 앞에 가득한데 풀을 뽑지 않는다.

여름

新竹壓檐桑四圍, 새 대나무가 처마를 누르고 뽕나무가 사방을 에워싸니

小齋幽敞明朱曦. 작고 그윽한 집이 엄숙하게 나타나 붉고 찬란하구나.

晝長吟罷蟬鳴樹, 긴 낮에 다 읊고 나자 매미는 나무에서 울고

夜深燼落螢入幃. 밤 깊어 촛불은 다 타고 반딧불이 장막으로 든다.

北窓高臥羲皇侶, 북창에 높이 누우니 태평성대 못지않고

只因素稔讀書趣. 본디 독서의 취미만 늘어간다.

讀書之樂樂無窮, 독서의 즐거움이란 끝이 없으니

瑤琴一曲來薰風. 거문고 끌어안고 한 곡 연주하니 훈풍이 분다.

가을

昨夜庭前葉有聲, 어젯밤 뜰 앞에 낙엽소리 나더니

籬豆花開蟋蟀鳴. 울타리엔 콩꽃이 피고 귀뚜라미 운다.

不覺商意滿林薄, 세상사 아지 못하는 가운데 강산은 소슬하고

蕭然萬籟涵虛淸. 번거로움 다 지나가고 무너져 모두 깨끗하다.

近床賴有短檠在, 책상 가까이 조그만 등걸이 있어

책 향기에 취하다

及此讀書功更倍. 예서 글 읽기는 더 좋구나.

讀書之樂樂陶陶, 독서의 즐거움 더욱 흥이 나

起弄明月霜天高. 일어나 밝은 달 희롱하니 서리 내린 하늘 높구나.

겨울

木落水盡天崖枯, 낙엽 지고 물 마르니 하늘 끝까지 마르고

回然吾亦見眞吾. 돌아보니 나의 참 모습 보는 듯.

坐對韋編燈動壁, 앉아서 책을 보니 등불은 벽에서 출렁이고

高歌夜半雪壓廬. 밤중에 소리 높여 노래 부르니 눈은 지붕을 누른다.

地爐茶鼎烹活火, 땅의 화로에서 찻 주전자는 펄펄 끓고

一清足稱讀書者. 한결같이 맑아 독서가라 할만하다.

讀書之樂何處尋, 독서의 즐거움 어디에서 찾겠는가?

數點梅花天地心. 두어 잎, 매화꽃에서 천지의 마음 알겠다.

이 시를 읽어보면 독서의 다양한 묘미를 깨닫게 되고, 사람들에게 독서에 대한 흥미를 불러일으킨다.

중국 고대에는 의미심장한 '장서기사시(藏書記事詩)'가 많이 있다. 가장 묘미가 있는 시로는 청대 전수지(錢樹芝)의 7언 절구를 꼽을 수 있다.

湖上群山山上樓, 산으로 둘러싸인 호수, 산 위의 누각

校書人共住樓頭. 학자들이 모두 누각 끝에 사노라.

寫官樓下雁行陣, 글을 쓰는 누각 아래론 기러기 열 지어 날고

門外借書人系舟. 문밖엔 책 빌리는 사람들이 배를 댄다.

경건한 마음으로 읊조린 영서시(詠書詩)

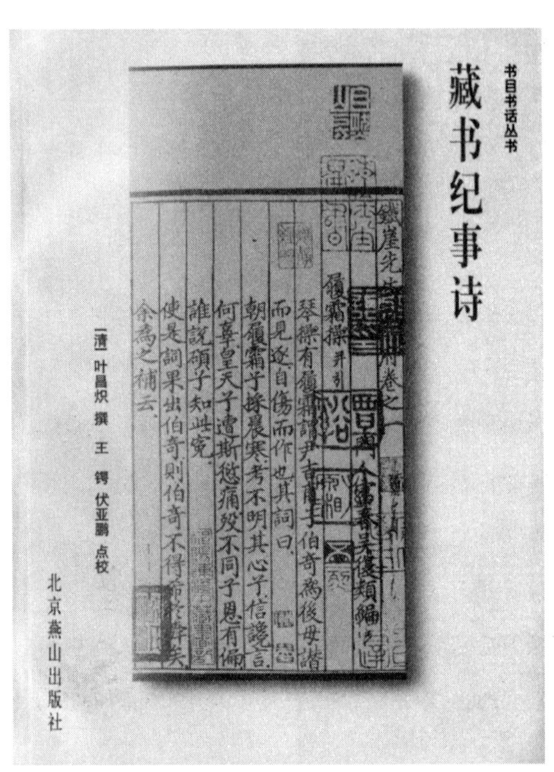

그림 28. 《장서기사시》

이렇게 독서하고 책을 논하며 책을 빌리는 성황을 이루는 풍경은 사람들에게 큰 즐거움을 선사한다.

청대 섭창치가 엮은 《장서기사시(藏書紀事詩)》에서 수록한 시는 모두 개인 장서의 역사적 사실을 소재로 하였다. 그리고 장서가의 소전을 덧붙였는데, 이는 오대 말에서 청대까지 739명의 개인 장서가의 장서 기록을 정리한 것으로, "서림의 장고요, 장서가의 시사(書林之掌故, 藏家

책 한 권에 미치다

之詩史)"라 일컬었다. 아울러 장서 활동과 관련된 도서 공모, 간행, 교정, 베껴 쓰기, 빌리기, 독서, 목록, 판본에 관한 방대한 자료를 제공한다. 그러나 내가 이 책을 읽어본 결과, 이 장서기사시는 전고를 너무 많이 써서 〈사계절 독서의 즐거움〉처럼 생동감이나 재미는 없다.

역대 문인들은 대부분 학문의 명언을 남겼다. 그들이 지은 시 속에 독서와 관련된 내용을 읊기도 하였는데, 그 언어가 생동감 있고 담긴 의미가 깊다. 당대 두보의 "책을 만 권 읽으면 글 쓰는 것이 신들린 것 같다(讀書破萬卷, 下筆如有神)"라든지, 요합(姚合, 775~855)의 "책을 많이 읽을수록 글쓰기가 진중해지고, 잠이 적어질수록 베개는 새 것이 된다(書多筆漸重, 睡少枕長新)"는 말들, 송대 소식의 "다 쓴 붓이 산더미처럼 쌓였으나 아깝지 않으니, 만 권의 책을 읽으면 신들린 듯 글을 쓰게 된다(退比如山未足珍, 讀書萬卷始通神)", 왕수(汪洙)의 "학문은 근면에서 얻어지니, 반딧불을 창에 걸고 만권의 책을 본다(學問勤中得, 螢窗萬卷書)", 주희의 "순서대로 점진적으로 나아가 숙독하며 깊이 생각하라(循序而漸進, 熟讀而精思)", 명대 풍몽룡의 "천하의 일을 알려면 옛 선현의 책을 읽어야 한다(要知天下事, 須讀古人書)", 동기창(董其昌, 1555~1636)의 "책을 만 권 읽고, 만 리 길을 간다(讀萬卷書, 行萬里路)", 청대 서홍균(徐洪鈞)의 "독서는 정신으로 이해하는 걸 귀하게 여겨야지, 자구에 얽매임을 일삼아서는 안 된다(讀書貴神解, 無事守章句)"(《書懷》). 이러한 독서의 의의와 방법, 그 과정의 즐거움을 노래한 이 시구들은 오늘날에 이르기까지 학문하는 이들의 입에 오르내리며 그들의 좌우명으로 삼는다.

영서시(詠書詩)의 묘미는 첫째 아름다운 독서 정서에 있고, 둘째 학문

경건한 마음으로 읊조린 영서시(詠書詩)

의 철학으로 충만함에 있다. 〈사계절 독서의 즐거움〉 등의 시는 위에 언급한 두 가지 방면의 우수성을 고루 갖추었기에 오늘날까지 전해질 수 있었다.

책 향기에 취하다

눈 오는 밤에 문을 닫고 금서를 읽다

나는 어릴 때부터 독서에 빠졌다.

초등학교 3학년 때로 기억된다. 어머니께서 내게 2마오(毛)를 주시며, 일요일 아침영화를 보러 가라고 하셨는데, 나는 영화관으로 달려가지 않고 책을 파는 작은 노점에 가서 두 시간 동안 연환화(連環畵) 20권을 봤다(당시 책 한 권 빌리는데 겨우 1펀(分)이었다). 어머니께서 왜 영화 보러가지 않고 책을 보러 갔느냐고 물으셔서 나는 말했다.

"책 20권의 내용이 영화 한 편보다 더 풍부해요."

나중에 중학교에 들어가서도 과외시간에 온갖 방법을 동원하여 책을 많이 읽었다. 물론 금서가 무엇인지 몰랐다.

내가 중학교를 졸업하던 그 해에 마침 십년 재난 시기를 만났다. 한밤 중에 집에 소장한 300권의 중외, 고금의 명작을 '금서'라 하며 다 몰수해갔다. 다른 물건을 잃어버리면 상관없지만, 5년 동안 내 용돈으로 산 책이라서 마음이 아팠다. 읽을 책이 없는 것이 내겐 큰 고통이었다. 마침 그때 나는 상해의 한 출판사 편집장을 만났다. 그는 혼자 상해에서 살고 있었고, 집안에는 책만 가득하고 다른 진열품은 전혀 없었다. 침대

177

도 없이 책 위에 나무 판을 놓고 이불을 깔고 책 사이에서 잠들었는데, 책을 보기엔 너무 편했다. 나는 그가 정말 부러웠다. 그는 내 표정을 읽어냈는지 나에게 매주 10권의 책을 빌릴 수 있게 허락했다.

창밖에는 빨간 창에 모택동 어록이나 표어를 온통 붙여 놓았지만, 나는 조용히 작은 방에 숨어서 책을 읽었다. 그 해 겨울은 유난히 추웠다. 북풍이 세차게 울부짖고 뼈가 시릴 정도로 추웠다. 내가 때마침 밤에 책을 읽고 있는데 갑자기 한 노인이 찾아왔다. 그는 어머니와 인사말을 주고받다가 웃으면서 내게 말했다.

"너 정말 눈 내리는 밤에 문을 닫고 금서를 읽는 구나."

그래서 나는 이것이 독서인이 선망하는 경지임을 알게 되었다.

후에 나는 고대에 금서를 읽는 행위는 목숨 거는 일임을 알게 되었다. 중국 봉건 사회에서 일찍이 금서의 정치 운동이 여러 번 발생했었다.

진시황의 분서갱유 뒤에 지식인은 이미 책과 가까이 하면 재앙이 온다는 사실을 알았다. 금서를 분서와 비교하면, 통치 계급은 소위 '문명'의 태도를 보여주었다. 그러나 그들은 통치를 위해서 여전히 일부 도서에 대해서는 엄격히 통제했다. 안평추(安平秋, 1941~), 장배항이 편집한 《중국금서대관(中國禁書大觀)》의 기록에 따르면, 진한부터 청대까지 금서는 300여 종이다. 서진시대 첫 번째 금서는 도참과 위서, 천문서다. 전진(前秦)의 금서는 《노자》였다. 남북조에서 수대 때까지도 도참과 위서를 금지했다. 성당의 금서는 음양 술수 책이다. 북송은 소식, 황정견 문집을, 남송은 야사를 금했다. 원대에는 두 번이나 '위도경(僞道經)'을 훼손했다. 명대는 이지의 저작과 일부 소설을 금지했는데, 《수호전》도 포함되었다. 청대에는 금서의 수도 170 종이 넘었는데, 역사책 《숭정기락

책 한기에 치치다

그림 29. 만청 혁명가 추용

(崇禎紀略)》,《태창실록(泰昌實錄)》,《양주십일기(揚州十一記)》,《영력기
사(永歷紀事)》, 시문집 《금악부(今樂府)》,《열조시집(列朝詩集)》,《유민
시(遺民詩)》,《여만촌선생문집(呂晩村先生文集)》,《왕계중집(王季重集)》,
희극소설집 《경안금전(驚案今傳)》,《금병매(金甁梅)》,《서상기》,《모란정
(牡丹亭)》,《영열전(英烈傳)》,《삼소인연(三笑姻緣)》,《쌍주봉(雙珠鳳)》,
《홍루몽》 등이 포함된다. 요컨대 청대 통치자들은 책을 호랑이만큼 무
서워했는데, 명대 황제가 정권을 잡는 과정을 묘사한 책을 허락하지 않
았고, 명말 유민을 묘사한 시문을 허락하지 않았으며, 남녀 연애를 묘사
한 소설도 허락되지 않았다. 이렇게 엄격한 전제문화주의 정책은 바로
통치자 내심이 허약하고, 인심을 얻지 못했음을 반영한다. 그들은 지식
인을 박해할 뿐 아니라, 원래보다 더 엄격하게 책 쓰는 사람들을 진압했
다. 추용(鄒容, 1885~1905)은 〈혁명군(革命軍)〉을 썼기 때문에 청나라

눈 오는 밤에 문을 닫고 금서를 읽다

감옥에 들어갔다. 그러나 머지않아 청 왕조는 멸망했다.

통치자는 금서 명령을 선포할 수 있지만, 인민의 사상활동과 문화교류를 금지시킬 수는 없다. 설령 "검은 구름이 성을 누르자 성이 무너지려는" 고압 정책에 처해 있더라도 지식인들은 여전히 금서를 몰래 교환했다. '눈 오는 밤에 문을 닫고 금서를 읽는' 것은 바로 소리 없이 통치계급에 항의하는 지식인의 생동적인 표현이다.

인류의 심리 특징을 연구해보면 금지한 책일수록 더 많은 사람들이 그 책을 더 읽고 싶어 하는 법이다. 이러한 상반 심리 때문에 금서는 더 세상에 널리 퍼졌다. 한권의 책이 금서가 되면 반대로 명성이 백배가 되어서 더 많은 독자를 갖게 된다. 봉건 왕조가 전복될 때마다 금서는 어두운 세상에서 벗어나 다시 햇빛을 봤다. 이렇게 보면 책의 수명은 확실히 통치계급보다 더 길었다.

우리는 오늘 금서에 대해 토론했는데, 글자로 쓰인 모든 책이 독자들 간에 유통되어도 좋다는 뜻은 아니다. 다소 야한 내용이나 황당하고 반동의 책은 청소년들이 읽기엔 적당하지 않다. 아이들에게 적절하지 않고, 소년들에게 적절하지 않다. 이것은 어느 정도 일리가 있다. 예를 들면 싱가폴 같은 발달된 문명국가에서는 정부 차원에서 야한 책 판매를 금지하는데, 이러한 조치는 일정 정도 사회 안정에 유리하다. 그러니까 전면적으로 금서를 알게 하고, 건강하고 유익한 책을 장려하는 것은 여전히 제창할 가치가 있다. 재미있는 선전을 통해 사람들의 독서 감상능력을 향상시키는 일에 우리는 마땅히 노력해야 한다.

인생에서 적막할 때가 독서하기에 좋다

상해시에는 가정예의학교(家政禮儀學校)가 있다. 그 전신은 구삼학사(九三學社) 가정예의 학습반으로, 처음 개설한 1기에 나를 초빙하여 수강생들에게 강의를 하도록 맡겼다. 나는 백 명이 넘는 소녀, 젊은 부인, 연세가 환갑에 가까운 노부인들을 상대했다. 강의 제목은 〈현대여성의 오락과 취미〉였으며, 개설한 7기 동안 수강생들이 매우 많았다.

현대 여성은 오락 생활에 대해 꽤 흥미를 가지고 있다. 오락 생활에는 정태적인 것과 동태적인 것이 있으며, 정태적인 오락으로는 독서가 가장 좋다고 생각한다. 그 이유는 독서엔 무수히 많은 장점을 지니고 있기 때문이다. 수업이 끝난 뒤 한 여자아이가 "옛사람들은 어째서 인생에서 적막할 때가 독서하기에 좋다고 말했나요?"라고 물었다. 난 좋은 질문이라고 생각하였다.

인생의 기나긴 여정 속에서 모든 사람들의 일생에는 언제나 순조로운 일만 있는 것이 아니다. 인생에서 언젠가는 풍파와 곡절, 번뇌와 마음먹은 대로 되지 않는 일을 마주하기 마련이다. 그러므로 인생에서 뜻대로 되지 않는 일이 70~80% 정도다. 역경의 시기에 처해있을 때 가장 좋은 방법은 침묵하며 변화를 묵묵히 기다리는 것이라고 생각한다. 이는 현명한 처세 방법이라 할 수 있다. 그러나 인생의 적막함을 논하는 것은 쉬울지 모르나, 특히 젊은이들은 적막함을 견뎌내기가 어렵다. 이런 시기에 좋은 책을 몇 권 읽으면서 책의 명언을 음미하는 것도 바람직한 생활 태도다.

인생에서 적막할 때 책을 읽기에 좋다는 말은 순조롭지 않은 일을 맞닥뜨렸을 때나 운이 나쁜 상황인 경우, 뒤로 물러나 적막함 속에서 책을 벗으로 삼으면 사태의 악화를 저지할 수도 있다는 의미다. 일단 마음이 안정되면 일을 냉정하게 처리할 수 있으며, 돌발 사건을 태연하게 처리할 수 있다. 적막할 때 책을 읽는 것은 심리 조절의 일환이다. 예부터 지금까지 위인들 가운데 역경에 처하지 않고 좌절을 수차례 겪지 않은 이 어디 있겠는가? 독서는 자신의 초조함을 가라앉혀 주고 이를 통해 생활에 대한 자신감을 불어 넣어줄 수 있다.

독서할 때엔 적막함이 필요하다. 나는 이 말이 맞다고 생각한다. 마음을 가라앉히고 무언가 공부하려 하거나 학문을 연구하려면 반드시 적막함을 참아내야 한다. 어떤 이는 얕은 지식을 배우고선 우쭐거리면서 경솔하게 자기를 과시하고, 자신이 최고라고 생각하여 많은 사람들 앞에서 으스대기도 하는데, 이는 기껏해야 잔꾀를 뽐내는 것에 불과하다. 진정한 학자들은 일생 중 적막함을 이겨낸 경험이 있다는 사실을 알아야 한다. 오경재의 《유림외사》, 조설근의 《홍루몽》, 오승은의 《서유기》, 포송령의 《요재지이》는 모두 외로움 속에서 지어낸 작품이다. 적막함은 독서의 기회를 만들어 주며, 인재가 되어가는 준비 단계가 된다. 적막한 순간이 없다면 찬란한 시간도 없다. 옛사람들은 '후적박발(厚積薄發)'이

채 하기에 치치니

그림 30. 《유림외사》 국내번역본

라고 하였다. '후적'은 적막함이고, '박발'은 찬란함이다.

적막할 때 독서하는 일은 스스로 즐거움을 찾는 유익한 활동이다. 이 의미에서 봤을 때, 독서는 인생 중 가장 재미있고 의미 있는 오락 활동이라 할 수 있다. 적막할 때 읽는 독서는 가독성이 높은 문학 작품과 흥미 있는 문학 작품을 골라서 여유로운 독서법을 가져야 한다. 허둥대거나 서두르는 독서는 삼가야 한다. 남송 학자 육구연(陸九淵, 1139~1193)은 "독서할 때는 서둘러서는 안 되며, 천천히 읊으며 공부하면 흥미가 길어진다(讀書切戒在慌忙, 涵詠工夫興味長)"고 말한 바 있다. 이렇게 독서하면 적막함을 해소해 주고, 독서의 즐거움 속에서 추구할 목표를 찾을 수 있을 것이다.

적막할 때 독서를 해도 좋고 일이 잘 풀릴 때에도 독서를 해야 한다. 책은 본래 인생의 거울이기 때문이다. 책은 흥분한 마음을 가라앉혀주고 냉정하게 돌이켜 보게 해준다. 위인의 업적을 보고 자만해서는 안 되며, 전혀 자만할 만하지 않다는 사실을 깨닫게 된다.

나는 수강생들에게 독서를 오락 활동의 일종으로 추천하며, 광범위한 독자들에게도 독서를 추천한다. 책 자체에 교육적 역할과 오락적 역할을 담고 있기 때문이다. 옛사람들은 오락 속에 교육이 깃들어 있다고 말했다. 이는 책 자체가 지닌 두 가지 역할의 결합을 인정한 것이다.

인생에서 적막할 때가 독서하기에 좋다

비좁은 공간의 정취

내 장서의 역사는 초등학교 5학년 때부터 시작되는데 수집한 책은 대부분 상해의 헌책방에서 사왔다. 책을 가지고 집에 돌아와 맨 먼저 하는 일은 책 속표지에 내 이름과 산 날짜를 기록하고, 어느 서점에서 샀는지 상세히 밝히는 것이다. 중학교에 진학해서 '정문장서(政文藏書)'라는 인장을 새겼는데, 이 예서(隸書) 인장은 지금까지 보관하고 있다.

중국 고대 학자들은 장서에 인장을 찍는 관습이 있었다. 책장 표지 위에 '아무개 장서'라는 인장이 찍혀 있으면, 내 집안에 재산이 하나 더 늘어나는 것과 같다. 나는 복주로의 서점에서 '아무개 장서'라고 찍힌 헌책을 많이 산 적이 있다. 생각건대 주인은 불행히도 자신이 아끼는 도서를 잃어버렸을 것이다.

그러나 서양 사람은 인장을 사용하지 않고 대신 장서표(藏書票)를 발명했다. 전하는 바에 의하면 장서표의 발명은 500년 전의 독일에서였다. 장서표엔 그림이 있었고 또한 소장자 이름을 새겼다. 장서표의 서명이 디킨스(Charles John Huffam Dickens, 1812~1870)와 같은 명인의 것이라면, 그 장서도 명성이 갑자기 올라갈 것이다. 이로부터 서양의 장서

그림 31. 섭령봉 장서표

표는 중국의 장서인과 마찬가지로 소장 가치가 충분함을 알 수 있다.

중국 장서표는 1930년대 초에 탄생했는데, 서양 판화가 중국에 들어온 동시기에 탄생되었다. 1933년 전후 상해의 출판가 겸 미술가였던 섭령봉은 서양 장서표 예술을 소개하는 글을 지었고, 아울러 '영봉장서(靈鳳藏書)'라는 중국 장서표도 제작했다. 광주(廣州)에서 판화가 이화(李樺, 1907~1995)는 일본 목각 장서표의 영향을 받아들여 장서표 판화도 제작했다. 오래지 않아 장서표는 점점 더 중국 학자들의 호감을 받아 조신지(曹辛之, 1917~1995), 이평범(李平凡, 1922~　), 욱붕(郁鵬), 양동(梁棟), 양가양(楊可揚, 1914~2010) 등의 미술가들은 장서표를 제

비좁은 공간의 정취

작하거나 장서표 관련 논문을 썼다. 1984년에는 중국에서 처음으로 장서표연구회를 설립했다.

장서표에는 많은 미칭이 따라붙는데, 어떤 이는 그것을 '작은 미의 문화사절단'이라고 하고 어떤 이는 '판화의 진주'라고도 한다. 작은 장서표는 독립된 예술 영역이다. 예술가는 비좁은 공간에서 풍부한 내용과 다른 풍격을 표현할 수 있다. 내용으로 말하자면, 작자나 장서가의 사상 수양, 취미나 정취를 표현할 수 있다. 나는 시인 장극가(臧克家, 1905~2004) 선생 집에서 양동이 고안한 '화(火)' 장서표를 보았다. 화(火)자는 장극가 선생이 애호하던 글자다. 그는 "불은 인간의 마음을 따뜻하게 해 주고 불을 마주하면 온갖 생각이 든다."고 말했다. 임묵함(林默涵, 1913~2008)의 장서표는 수면 위로 떠오른 연꽃인데, 색은 예쁘지만 요사스럽지 않고 진흙을 뚫고 나왔지만 오염되지 않았다. 이것도 장서가가 동경하는 하나의 경지다. 나는 근 백장에 달하는 장서표를 감상했는데, 거기엔 민간 풍속의 검보(臉譜)도 있고, 판화 색채의 띠도 있고, 추상화 기법의 옛날 인물도 있고, 사생화 같은 청산녹수도 있다. 기법 방면에서 판화를 위주로 하는 것 외에도 어떤 이는 장서표를 수채화, 만화의 수법으로 제작했다. 장서표는 사실적이고 사의(寫意)적이며 상징적이고 서정적인 도안도 있으며, 어떤 것은 먹의 색깔과 채색이 짙고 어떤 것은 청아하고 수수하면서 고풍스러우며, 어떤 것은 장식 도안이라서 고요한 마음으로 독서하는데 알맞고, 어떤 것은 단선적이고 과장적이며 재미가 있어 사람들로 하여금 온갖 생각을 하게 만든다. 어쨌든 작은 장서표에는 책을 좋아하는 사람들에게 수많은 생각을 깊이 음미해보게 한다.

내가 장서표를 좋아하는 이유는 정밀하고 아름답고 품위가 있으며,

재미가 있고 영롱하기 때문이다. 그것은 성냥갑 라벨과 우표보다 장서가의 개성을 더 보여줄 수 있으며, 장서가의 이름을 화면에 넣으면 사람에게 만족감과 위로감를 줄 수 있다. 나는 세 개의 장서표를 가지고 있는데 하나는 양가양 선생이 제작한 것이고, 하나는 임평지(林平之) 선생이, 다른 하나는 이가신(李家新) 선생이 제작한 것이다. 아담한 화면 위에 평안하고 고요한 학자풍이 넘쳐흐르는데, 그 위엔 '정문장서'라는 네 글자가 있다. 내용이 재미있어 물리지 않는 책에 끼워두면 자연히 독서의 즐거움을 느끼게 된다.

요즘 중국 장서표는 이미 세계화되어 잇따라 독일, 미국, 일본 등지에서 전시되었고 아울러 영국, 스웨덴, 체코, 슬로바키아, 네덜란드, 구소련, 유고슬라비아, 오스트리아, 헝가리, 불가리아, 프랑스, 스페인 등 각국의 장서표와도 예술적 교류를 하여 세계 각국 학자의 호감을 사게 되었다. 그들은 중국 장서표에 동방 민족의 풍격이 있다는 것에 견해를 같이한다. 제목 선정, 구도, 채색과 조형 방면에서 중국인 특유한 총명함을 보여주고, 솜씨가 뛰어나고 새롭고 소박하면서 무게 있고 순수하고 충실하며, 미묘함을 과시한다. 이는 중국 장서표 예술이 갖는 독특한 풍격이다.

훌륭하고 좋은 것이 많아서 이루 다 헤아려 볼 수 없는 장서표를 보고 있으면, 나는 마치 '소인국의 소인국 언어'를 듣는 듯하다. 장서표는 수 천, 수 만의 집에 들어와 있어서 우리 독서가들의 생활에 흥취를 더해준다.

본서 머리그림은 정밀하고 아름다운 장서표를 선용했는데, 이 작은 책에 예술의 미적 감각을 더해준 제작자들에게 감사드린다.

187

비좁은 공간의 정취

각기 다른 장서인의 풍격

장서표는 수입품이지만, 장서인은 중국 사람의 독창적인 것이다. 두 가지 모두 서적 소유자라는 기능은 같다.

중국 장서인의 역사는 장서인의 전신인 '새인(璽印)'으로 거슬러 올라갈 수 있다. 고대 문헌 기록에 근거하면, 옛날 황제(黃帝), 요(堯) 임금, 순(舜) 임금 시대부터 새인이 있었지만, 증명할 수 있는 실물은 없다. 현재 출토된 문물 가운데 상대(商代)의 새인이 남아있다. 진나라는 6국을 통일한 뒤 '새(璽)'라는 황제 전용 인장을 사용했는데, 옥으로 새겨 후세 사람들은 '옥새(玉璽)'라고 불렀다. 공적이거나 개인적으로 사용하는 도장은 모두 '인(印)'이라 불렀다. 한대에 이르러서야 처음으로 관리의 도장은 '장(章)'과 '인장(印章)' 두 가지로 불렸다. 선진과 진, 한의 인장은 대부분 공적이거나 사적인 편지, 물건을 보낼 때 인장을 봉니(封泥) 위에 찍어서 다른 사람들이 뜯어보는 것을 방지했고 아울러 증표로 사용했다. 종이, 비단을 서화의 재료로 사용한 뒤에 인장은 서화의 제지(題識)에 사용했는데, 이는 중국의 독특한 예술품 가운데 하나다.

장서인이 바로 이 부류에 속한다. 당 태종은 '정관(貞觀)'이라는 연주인(連珠印)이 있었고, 당 현종은 '개원(開元)'이라는 연주인이 있었으며, 중당 재상 이필은 '단거실(端居室)'으로 도서와 서화를 수집할 때 쓰는 인장으로 삼았다. 남당(南唐) 후주(後主) 이욱(李煜, 937~978)은 '건업문방(建業文房)' 인장이 있었으며, 송 태조에겐 '비각도서(祕閣圖書)' 도장이 있었다. 인장예술이 전파됨에 따라 마침내 개인 장서인이 궁전에서 민간으로 흘러 들어갔다. 장서인은 당대 때 시작해서 송·원대 때 세상에 널리 퍼졌고 명·청 시대에는 적지 않은 문인들 모두가 자신의 장서인을 가졌다.

중국 장서인은 '아무개 장서'에 한정되지 않았다. 장서가의 이름, 별호, 재관(齋館) 뿐 아니라 잠언, 경구, 성어, 시사도 새길 수 있고 도장에 새긴 내용도 풍부했다. 원대 공문승(孔文升, 1265~1351)의 장서인에는 "남이 나를 저버릴지언정 난 남을 저버릴 수 없고, 부귀보다는 책이 더 중요하다(寧人負我, 毋我負人. 寧存書種, 無苟富貴)"라는 문구를 새겼다. 명대 홍종(洪鍾, 1443~1523)은 "재능은 많으면 많을수록 견고해지고, 사업은 부지런하면 부지런할수록 정교해진다(才以博而堅, 業由勤而精)"라는 교자(敎子) 장서인을 갖고 있었다. 청대 양계진(楊繼振)은 도서 십만 권을 소장했는데, 매 권마다 장방형 모양의 도장이 찍혔다. 그리고 도장에 새긴 글은 "옛날 조문민(원대 서예가 조맹부)이 말했다. 책을 모으고 소장하는 일은 진실로 쉬운 일이 아니다. 책을 잘 보는 사람은 정신이 맑고 생각이 바르다. 책상을 깨끗이 닦고 향을 피워라. 책을 말지 말고 접지 마라. 손으로 글자를 침 묻히지 말고, 책에 침을 뱉지 마라. 책을 베개로 베지 말고 책안에 다른 물건을 꽂지 마라(昔趙文敏有云: 聚書藏書, 良非易事, 善觀書者, 澄神端慮, 淨几焚香, 勿卷腦, 勿

각기 다른 장서인의 풍격

折角, 勿以爪侵字, 勿以唾揭幅, 勿以作枕, 勿以夾刺)"였다. 이 구절은 책을 사랑하는 사람의 마음에서 우러나온 말이라고 할 수 있다.

장서인은 단순한 소장의 표기가 아니라 감상이나 교정 같은 역할도 있어서 감상인(鑑賞印)이라고도 불린다. 또한 심상기(心賞記) 및 심정(審訂), 경안(經眼), 과목(過目) 등의 명칭으로도 불린다. 어떤 장서인엔 연대나 추상적인 그림도 새겼다. 장서인이 찍힌 고서는 일반적으로 소장 가치가 있다. 만약 명인의 장서인이라면 그 서적은 분명 그들의 감상을 거쳤음을 표명하기 때문에 가치도 남다르다.

나는 서명본 소장을 좋아하여 10년 동안 학자, 작가의 서명본 천여 권을 수집했다. 적지 않은 명인들이 나한테 서명본을 보내주면서 도장까지 찍어주었다. 요말사, 진수구, 풍영자, 왕증기(汪曾祺, 1920~1997), 하위(何爲, 1922~2011) 등의 책에는 모두 도장이 찍혔고 그것들의 풍격은 다 제각각이다. 이런 서명본은 더욱 생동감 있고 정취 있다.

일찍이 1930년대에 장서인은 독립적인 예술품으로 독서계에 풍미했다. 저명한 미술가 풍자개는 도장 예술에 대하여 세련된 평가를 내렸다.

한 치도 되지 않는 작은 공간에서 디자인하여 자기의 창의력을 발휘하며 가장 이상적이고 완미한 세계를 만들었다. 이는 서양 사람이 상상할 수 없는 그윽한 경지다.

여러 인물, 동물, 신선, 화초 등 도안을 장서인으로 새기면 자연스런 운취가 있다. 나 본인은 만화 초상 장서인을 가지고 있어 무척 영광으로 생각한다.

그림 32. 장서인

　나는 몇몇 명인의 장서인을 감상해 볼 기회가 있었다. 장서인마다 그 사람만의 풍격과 정취가 있었다. 예를 들어 극작가 '아영(阿英, 1900~1977)'의 장서인에는 '아영(阿英)'이란 전서가 새겨져 있다. 유반농(劉半農, 1891~1934)의 장서인에는 더 간단하게 행서로 '유(劉)'라고 새겨져 있다. 정진탁은 양장본 새 책에는 서명만 하고 선장본에는 '장락 정씨 장서인((長樂鄭氏藏書之印)'이란 도장을 찍었다. 마우경(馬隅卿, 1893~1935)의 장서인은 '은마씨 우경이 소중히 여기는 책(鄞馬氏隅卿所珍愛書)'이다. 또 어떤 사람은 '독서', '교서(校書)', '경안(經眼)' 등의 어휘를 새김으로써 독서의 의도를 표시했다. 어떤 사람들은 연도와 월을 새긴다.

각기 다른 장서인의 풍격

예를 들면 '신유년 이후 얻은 책(節子辛酉以後所得書)'이라는 표시로 이 책을 소장한 연대를 고증할 수 있다.

당신이 좋아하는 책을 샀을 때 책을 열어보기 전에 백옥과 같이 하얀 종이 위에 자기 인장을 꺼내어 연지 같은 인주를 찍어 살며시 찍어보라. 한 쪽의 주홍색 인장이 이 책을 더욱 빛깔 나게 해준다, 정말 즐겁지 아니한가.

책 향기에 취하다

각양각색의 기괴한 책

　책은 일종의 문화 상품이다. 그것의 사상 내포와 문화 가치는 특정한 시대성과 역사성을 가지고 있는데, 그 형식도 사회와 시대의 변화에 따라 각종 형태로 나타난다. 여기에서는 독서 애호가에게 세계 각국의 형형색색의 도서를 소개하고자 한다.

　세계에서 가장 오래된 책은 지사초(紙莎草) 종이로 된 서적인데, 기원전 약 3, 000년에 이집트에서 생겨났다. 지사초는 나일강 삼각주의 사초과(莎草科) 식물로, 갈대와 유사하다. 그 줄기의 고갱이를 잘라 얇은 조각으로 만들어 누른 뒤 그 조각을 한데 연결하여 지사초 종이를 만들었다. 채소 잎에 담배 찌꺼기를 넣어 먹물을 만들고, 갈대 줄기를 필기구로 삼아 종이에 썼다. 기원전 약 8세기 경에 지초 서적의 제작 방식은 중동의 바빌로니아를 거쳐 고대 그리스와 로마로 전해 들어갔다. 고대 그리스인은 지초 서적을 《바비(Babi)》라고 칭했고, 최후에는 《성경》으로 발전했다.

　제지술 발명 이전에 중국인들은 청동기에 문자를 새겼는데, 중국에만 있었던 것이 아니다. 불가리아 사람들도 이미 청동으로 청동 바탕의 책을 제조했고, 책에는 불가리아와 세계의 저명한 학자의 격언와 경구가 기록되어 있다. 브라질 사람은 스테인레스 강판으로 강철 바탕의 책을 만들었다. 전체는 1, 000쪽이고 무게는 1, 500kg인데, 브라질의 역사를 기록했다.

고대 중동 지역에는 진흙판 책이 있었는데, 설형문자를 진흙판 위에 새겨 먼저 햇볕에 말리고 다시 불에 말린 뒤 순서대로 목제골조 위에 두고 사용했다. 시리아 사람의 일부 진흙판 책은 1, 500개의 조각 점토판으로 이루어졌다.

이라크 경내의 성터 유적지에서 이라크 사람은 열판을 구울 수 있는 벽돌 형식의 책을 발명하였는데, 읽기도 하고 직접 사용하기도 했다. 전하는 말에 의하면, 이집트 사람이 사초지 제공을 정지하자, 베르가마(Bergama) 사람이 양가죽 책을 발명했다고 한다. 비교적 이른 양가죽 책은 기원전 6세기 이후에 나온 총 21권, 약 35만 자로 된 《페르시아 옛 경전(Avesta)》이다. 영국 런던도서관에도 2, 000년 전의 '양가죽 책'을 소장하고 있다. 앞에서 얘기한 진흙판 책의 제작과 사용은 기원전 1세기까지 지속되다가 양가죽 책이 이를 대신했다.

20세기 과학이 고도로 발전한 서구 사회에서 미국인은 말도 하고 노래도 하는 책을 발명했는데, 책을 펼치면 방송기가 켜진다. 또한 입체적인 책을 펼치면 건축물 모형 등이 똑바로 세워지는 책도 있는데, 이 형식은 많은 아동 도서에 쓰이고 있다. 북미의 Grosset & Dunlap 출판사는 향기 나는 책을 출판했는데, 과일 내용이 쓰였으면 책을 펴자마자 과일 향을 맡을 수 있고, 목동 생활을 반영한 소설이면, 가죽, 풀과 땀 냄새가 발산한다. 전쟁 내용이면, 화약 냄새나 피비린내가 진동한다. 또한

책 향기에 취하다

손목시계형 사전, 도난 방지형 도서도 있고, 숨바꼭질하는 책 등이 너무나 많고 재미있고 실용적이어서 특히 아이들에게 환영을 받는다.

세상에서 가장 작은 도서는 일본 돗판(凸版) 주식회사에서 출판한 것으로, 길이는 약 1. 4mm, 매 쪽마다 50자씩, 모두 20쪽이다. 이 책을 읽으려면 반드시 확대경의 도움을 받아야 한다. 물론 이 책은 중국의 초소형 조각 책과 비교했을 때 더 크게 보인다. 중국의 초소형 조각 명인

각양각색의 기괴한 책

은 한 가닥의 머리카락에 약간의 당시(唐詩)를 새겨 넣었다. 세상에서 가장 큰 책은 프랑스의 타울라우스(Toulouse) 시(市)가 인쇄하여 만들었다. 책의 치수는 3m×4m이고, 30쪽이며 매 쪽 무게가 200Kg이고, 책 전체 중량은 8톤이다. 이런 책을 보려면 기계의 도움을 받아야 한다. 세상에서 가장 빨리 나오는 책은 전자 소설인데, 전체 소설은 겨우 이틀 반 만에 조판 인쇄를 완성해 세 시간 뒤에 출판할 수 있다. 3일 안에 자기의 대작을 독자에게 보일 수 있으니, 정말 작가를 감동시킨다.

인류의 문화사에서 도서의 역할은 날로 사람들의 중시를 받고 있다. 과학 기술 생산력을 촉진시키는 절정에 따라 인류의 도서도 많은 변화가 발생할 것이다. 책은 어떠한 모습으로 변화할까? 우리 모두 추측해 보자.

좋은 책도 포장을 잘해야 한다

　책은 정신 산물이자 물질 형식이다. 독자에게 책이 좋아서 책을 놓지 못하게 하려면 내용이 훌륭할 뿐 아니라 형식미도 추구해야 한다.

　서적 장정은 간단명료하게 말하면 책의 포장이다. 이것은 개성이 풍부한 예술이다. 책의 장정에는 예술가의 심미적 정취가 드러날 뿐 아니라, 진보한 시대 문화와 과학기술의 일부 특징이 충분히 드러날 수 있다. 서적 장정은 예술가의 자유로운 창조일 뿐 아니라 성공적인 창조다. 아울러 장식하는 대상인 구체적인 책에 미학 원리상 자유롭게 정통하여 예술 구상을 운용하고 형상, 도안, 색채 등 예술 기법과 예술 조형을 통해 책의 주제 정신을 뽑아내어 암시하고 강조한다. 전체 책과 예술적으로 혼연 일체를 이루어야 한다. 장정하는 일은 표지, 책가위, 속표지와 지면의 디자인을 포괄하며, 삽화의 배열 및 판(책의 크기) 선택, 표지 재료, 제본 방식의 선택이 있다.

　중국 서적 장정 예술의 발전은 유구한 역사를 지니고 있다. 긴 역사 가운데 중국 장정 형식은 갖가지 형태로 발전했다.

　옛 사람은 죽간이나 목간에 글씨를 쓰고, 삼노끈이나 견사끈을 이용해 대발을 엮는 것처럼 차례로 간(簡)을 엮어 연결하는데 이를 '책(策)'이라 부르거나 '간책(簡策)'이라고도 한다. 이것은 중국에서 가장 이른 서적 형식이다. 때로는 책의 첫머리에서 본문을 보호하기 위해 두 개의 빈 간을 넣어 엮었는데, 이를 '췌간(贅簡)'이라 한다. 이것이 책가위의 기원이다. 간을 엮어서 책으로 만든 뒤 보존하기에 편리하도록 말아 올려 천 덮개로 채워 넣었다. 이 천 덮개는 '질(帙)'이라 부른다. 그래서 후세에 책 한 부를 한 책(冊) 혹은 한 질(帙)로 부르게 되었다.

　이어서 백서(帛書)와 종이책이 출현했다. 최초의 종이책은 좁고 긴 종이 위에 썼다. 그것은 백서와 마찬가지로 간책을 모방하여 끝에서부터 앞으로 말아서 적당히 맸다. 이와 같은 옛날의 장정 방법을 권자장(卷子裝)이라 불렀다. 당 의종(懿宗) 함통(咸通) 9년(868) 3월 11일 조판 인쇄한 번역서 《금강경(金剛經)》은 권자장으로 장정한 것인데, 중국이나 세계에서 가장 오래된 인본이다. 정교한 권자장은 축(軸), 첨(簽), 표대(縹帶)도 신경썼다. 그래서 권축장(卷軸裝)이라고도 불린다. 《수서·경적지》에서는 수양제 즉위 후에 비각(秘閣)에 소장한 책 가운데 상등품은 홍유리축(紅琉璃軸), 중등품은 감유리축(紺琉璃軸), 하등품은 칠축(漆軸)이라 말했다. 《대당육전(大唐六典)》에서는 당 황실 장서 가운데 경고(經庫)의 책은 금으로 장식한 백아축(白牙軸), 황색 띠에 붉은 표지였고, 사고(史庫)의 책은 전청아축(鈿靑牙軸), 청백색 띠에 초록빛 표지였고, 자고(子庫)의 책은 자줏빛으로 새긴 단축(檀軸), 자줏빛 띠에 푸른 표지였고, 집고(集庫)의 책은 녹아축(綠牙軸), 주홍빛 띠에 흰색 표지다. 또 금, 산호, 대모(玳瑁), 단향목 등으로 축을 만들었다. 그래서 한 권, 한 축은 시문, 서화 작품을 짓는 수량 단위로 사용한다. 서적 장정

책 향기에 취하다

의 정장, 간장(簡裝)의 구분은 바로 이로부터 시작되었다.

권자장은 수·당 때 성행하였고 만당에는 경절장(經折裝)이 유행했다. 경절장은 불경에서 처음 사용되었다. 좁고 긴 권자장 불경은 일정한 행수에 따라 좌우로 계속 접어서 사각형으로 만든다. 아울러 위아래에 각각 두꺼운 종이를 붙여서 책 덮개를 만들었는데 후세 책의 앞표지, 뒤 표지와 같다. 이렇게 해서 권자장을 말고 펼칠 때의 번거로움, 읽을 때의 불편한 문제를 해결했다.

또 권자장과 경절장 사이의 선풍장(旋風裝)은 좁고 긴 종이 중간에 있는 문자 부분을 접어 고기비늘같이 글자가 없는 끝부분을 한 장씩 좌측 방향으로 붙여나가는 장정 형태다. 이와 같이 권축처럼 보존하고 펼친 후에 책장을 순서대로 읽을 수 있다. 북경고궁박물관에서 소장하고 있는 당사본《간류보결절운(刊謬補缺切韻)》은 바로 선풍장 서적이다.

선장본은 사람들의 전아한 심미적 감정을 자연스럽게 자아낼 수 있다. 선장본에 대해 언급하자면, 종종 고서를 연상할 수 있다. 앞에서 말한 것처럼 중국에서 가장 오래된 책은 선장본이 아니다. 선장본의 장정 방식은 필사본에 처음으로 이용되었으며, 당말·오대에 출현했다. 송대에 이르러 조판 인쇄가 성행하여, 원고는 판을 단위로 찍어 단엽으로 만들었고, 그 이후에 장정하여 책으로 만들었다. 먼저 판심(版心)을 안으로 향하게 한 호접장(胡蝶裝)은 후에 책 페이지를 바로 접어 판심을 바깥쪽으로 하고 책 페이지 보다 넓고 두터운 종이로 책의 등(書背)을 포장하여 책등을 만들었는데, 이를 '포배장(包背裝)'이라 불렀다. 포배장은 한 장 한 장 붙여서 연결한 호접장보다 책 페이지를 넘기기 편리했다. 다만 그것들은 흩어지기 쉬웠고, 내구성이 없었다.

좋은 책도 포장을 잘해야 한다

그러므로 명대 중엽 이후에는 선장본이 유행했다. 책장의 본문은 글자를 새기거나 혹은 활자를 조판하여 인쇄했다. 글자체로는 안진경(顔眞卿, 709~785), 유공권(柳公權, 778~865), 구양순(歐陽詢, 557~641), 조맹부(趙孟頫, 1254~1322)가 있었고 활자로는 노송체(老宋體)를 많이 사용하고 먹에선 향기 나고 종이는 부드럽고 장정은 담수, 비단실을 썼고 책표지의 사용재료를 강구하고 색채는 우아하여 속되지 않았다. 판면의 디자인을 보기 좋고 푸근하게 설계했다. 전문, 범례, 목차, 수상(繡像), 본문, 삽화, 부록, 발문 등을 순서대로 정연하게 배열했을 뿐 아니라 또 오늘날 서적 판권 페이지와 유사한 항목도 있다. 선장본은 중국 서적 장정 예술의 민족 풍격, 역사 문명의 심오한 근원을 드러내어, 책을 펴고 글을 읽으면 학자풍의 기질이 스며든다.

시대 문명의 진보에 따라 사람들의 서적 수량, 질량에 대한 요구가 점점 높아졌다. 현대 과학기술과 미학사상의 발전으로 서적 장정 예술은 끊임없이 한층 발전하고 있다.

1930, 40년대 중국 출판계는 현대 서적 장정 예술의 창작 대열에 우뚝 섰으며, 서적 장정 사업은 나날이 사람들에게 중시 받았다. 이 대열에는 전문가도 있고 아마추어도 있었다. 저명한 작가 노신은 자신의 서적에 겉표지 디자인을 한 적이 있는데, 아마추어 대표라고 말할 수 있다. 전문 서적 장정의 미술가, 예를 들면 전군도(錢君匋, 1906~1998)는 노신, 모순(茅盾, 1896~1981), 풍자개, 섭성도(葉聖陶, 1894~1988), 파금 등 명가의 많은 저작에 장정 디자인을 하고 표지를 제작했는데, 소박하고 우아하며 눈길을 끄는 것으로 정평이 나 홀로 이채를 띠었다. 1963년에는 장정 예술에 관한 학술 문장을 수록한 《군도서적장정예술선(君匋書

그림 34. 진홍수의 《수호엽자》

籍裝幀藝術選)》,《서의집(書衣集)》을 출판했다. 그는 《회암서화》의 겉표지를 디자인하여 국가 서적 장정 우수상을 받은 바 있다. 1930, 40년대 많은 화가들은 서적 장정에 실력 발휘하는 것을 즐거움으로 삼았다. 예로 들면 만화가 요빙형(廖冰兄, 1915~2006)의 표지 그림은 환영을 상당히 받았다.

중화인민공화국 건립 이후 우수한 서적 장정 예술가가 더 많이 배출되었다. 예를 들어 임의(任意) 교수의 서적 장정 작품은 국제 금상과 국내 대상을 여러 번 받아 영예를 누렸다. 그들의 작품에는 시대적 분위기

좋은 책도 포장을 잘해야 한다

가 넘쳐흐르는데, 중화민족 문화의 깊은 매력을 보여주고 새로운 감각을 창출하여 지혜가 충만한 책의 세계로 빠져들게 했다.

정교하고 아름다운 삽화도 서적 포장의 중요한 수단의 하나다. 우리들은 항상 "그림과 글이 풍부하고 다채로움(圖文幷茂)"으로 서적을 보급하기 위한 호소로 삼는데, 정말 좋은 문장에 좋은 그림을 넣으면, 서적에 광채를 더해줄 수 있다. 중국 역대로 저명한 화가는 모두 서적 삽화를 매우 중시했다. 명대 명화가 진홍수(陳洪綬, 老連, 1598~1652)의 《수호엽자(水滸葉子)》, 《박고엽자(博古葉子)》, 《구가(九歌)》, 《서상기》 등의 수상(繡像) 삽화는 그의 대표작일 뿐 아니라, 중국 고대 회화사에서도 우수한 작품이다. 심혈을 기울여 서적에 정교한 삽화를 그린 현대 화가들은 셀 수 없이 많은데, 작품의 풍격이 드러나고 훌륭한 삽화가 헤아릴 수없이 많다. 그밖에 정교하고 아름다운 머리 그림은 페이지의 공백을 우아하고 활기가 넘쳐흐르게 한다. 요컨대 서적 장정 예술은 끊임없이 발전하고 있다.

서적 포장은 도서 출판에서 소홀히 해서는 안 되는 중요한 일환이다. 훌륭한 장정 디자인은 사람들에게 훌륭한 인상을 깊게 남겨 도서의 선전과 보급에 편리를 제공할 수 있다. 많은 명작들과 베스트셀러는 모두 이 수단을 성공적으로 운용했다.

19세기 말, 유럽의 일부 예술가는 도서 장정 예술을 중시하기 시작했다. 영국의 서적 예술가 윌리엄즈 모리스는 50종이 넘는 정미한 서적의 출판을 주관하면서, 새로운 글자체를 도입하여 도서 인쇄를 혁신시켰다. 그가 제창한 공예 미술 운동은 서적의 형식을 새롭게 개척했다.

그밖에 영국 장정예술가 윌리암슨(Williamson)은 《출판디자인 방법》

을 출판했다. 책을 더 정교하고 아름답게 만들기 위해 영국은 매년 한 번씩 '가장 아름다운 책'을 심사하여 표창하는 활동을 개최한다. 영국과 비교하면 프랑스 서적의 장정 예술은 낭만적 분위기를 갖추고 있다. 프랑스는 세계에서 삽화와 삽화예술가를 가장 많이 보유한 국가다. 그들의 서적 표지는 민족 특색을 추구하여 삽화의 풍격이 다양하다. 독일, 미국과 스위스의 서적 장정 방면에도 각기 특색이 있다. 스위스는 오늘날 세계 서적 예술의 중심지가 되었다. 그들은 책의 장정을 매우 중시하며, 책가위, 표지, 헛장, 속표지, 삽화 등의 방면을 끊임없이 창조하고, 예술화를 추구하여 서적이 점점 더 아름다워지고 있다.

서적을 아름답게 만드는 일은 독자의 요구일 뿐만 아니라 작가의 염원이기도 하다. 한 작가가 심혈을 기울여도 책 한 권을 출판하기란 쉽지 않다. 물론 책의 포장은 내용과 조화를 이루어야 한다. 이 방면에서 나 본인도 희열과 유감을 느낀 적이 있다. 내 생각에 책의 포장은 어느 정도 출판사의 출판 질량을 반영한다. 좋은 책은 포장을 잘해야 한다. 우리들의 장정 예술가는 좋은 책을 금상첨화하여, 장정 예술의 꽃을 점점 더 화려하고 아름답게 피어나게 해야 한다.

좋은 책도 포장을 잘해야 한다

넷째 마당 | 독서 방법

독서에 방법이 있는가? 물론 있긴 하지만 사람마다 다르다. 독서 애호가마다 자신의 고유한 독서 방법이 있을 것이다. 본 장에서는 고금 명인의 독서 방법을 소개할 텐데, 여러분에게 계발이 될지도 모른다. 그러나 독자는 이 방법에 구속될 필요는 없다. 독자의 방법이 더 오묘할지도 모른다.

한 없이 넓은 책의 서목을 찾아서

　　내가 초등학교에서 공부하던 시절이었다. 어문 교사는 우리 학생에게 목록을 나눠주셨다. 그중 《왜 그럴까, 십만 가지 질문(十萬個爲什麼)》, 《당시삼백수》 등이 들어 있었다. 그 뒤 중학교에서 공부할 때 학교 간행물 문학 동아리에 참가했다. 한번은 문학 동아리의 멘토 선생님이 오셔서 우리를 지도하셨다. 나는 선생님께 부탁해 우리가 반드시 읽어야할 도서목록을 적어달라고 부탁했다. 눈 깜짝할 사이에 20년이 후딱 지나갔다. 나는 지금도 문학 애호가의 수업 초청을 받는데, 그들은 항상 수업 시간에 내게 질문한다. 그리고 나에게 문학 독학을 위한 도서목록을 써달라고 요청한다.

　　중국은 역사가 유구한 국가다. 몇 천 년 동안 수없이 많은 문학, 역사, 과학의 학술 전문저서를 남겼다. 한 사람이 일생에서 모든 책을 완독한다는 것은 절대 불가능한 일이다. 학문이 해박하고 학문 방법을 알고 있는 학자, 전문가들이 자신의 독서 심득을 결합하여 독자를 위해 서목을 작성하는 일은 틀림없이 제창할 가치가 있다.

　　돈황 유서(遺書) 가운데 《잡초(雜鈔)》 1권이 발견되었다. 이 책에는

책 한 권에 힐링하다

〈당말재자독서목(唐末才子讀書目)〉이 들어 있는데, 그 중 중요한 경학과 사학 명저, 예를 들어 《상서》, 《모시(毛詩)》, 《주역》, 《예기(禮記)》, 《주례(周禮)》, 《공양(公羊)》, 《곡량(穀梁)》, 《좌전(左傳)》, 《사기》, 《전한서(前漢書)》, 《동관한기(東觀漢記)》, 《삼국지》, 《노자》, 《이소(離騷)》, 《이아(爾雅)》, 《장자》, 《논어》, 《소명문선(昭明文選)》, 《천자문(千字文)》, 《개몽요훈(開蒙要訓)》 등이 포함된다. 이로부터 이러한 책들이 당대에 이미 지식인의 필독 서목이었음을 알 수 있다. 청대 장지동(張之洞, 1837~1909)이 쓴 《서목답문(書目答問)》에서는 도서 2, 200권을 열거했다. 노신은 이 책을 칭찬하면서 "나는 옛것을 읽으려면 잠시 장지동의 《서목답문》에서 탐색해야 한다."고 말했다.

중국 근대사에서 유명한 학자가 적잖이 출현했다. 그들은 강의할 때 학생들을 위해 서목을 작성했는데, 책의 리스트는 길지 않고 간결하다. 예를 들어 호적은 《청화주간(淸華週刊)》 기자의 청탁을 받고 서목을 작성했는데, 주로 《서목답문》, 《중국인명대사전》, 《노자》, 《사서(四書)》, 《중국철학사대강》, 《소명문선》, 《법화경》, 《전당시》, 《송시초(宋詩鈔)》, 《송원희곡사》, 《수호》, 《서유기》, 《유림외사》와 《홍루몽》이 들어있다. 같은 해 양계초도 《청화주간》을 위해 리스트를 작성했다. 그가 열거한 도서목록은 160종에 달하며 크게 다섯 종류로 나눴다. 첫 번째, 수양 응용과 사상사의 관계학 도서류, 두 번째, 정치사와 문헌학 도서류, 세 번째, 운문 도서류, 네 번째, 소학서와 문법 도서류, 다섯 번째, 생각나는 대로 훑어보는 도서류다. 열거한 서목이 너무 많아서 양계초는 그 뒤에 근 30여 종을 열거한 〈최저한도의 필독서목(最低限度之必讀書目)〉을 작성했다. 그는 "이상의 책은 광산학을 공부하든 공정학을 공부하든 모두

한 없이 넓은 책의 서목을 찾아서

읽을 만한 가치가 있다.”고 여겼다. 왕벽강(汪辟疆, 1887~1966)도 고금
의 필독 서목 30종, 역대 학술 필기 12종, 문사 공구서 13종, 대학 중문
과 학생들이 골라서 읽어야 할 20종을 열거했다. 그리고 《논어》, 《맹자》,
《전국책》을 고등학교 때 완독해야 한다고 지적했다. 《설문해자》, 《모시정
의》, 《예기정의》, 《순자》, 《장자》, 《한서》, 《초사》, 《문선》, 《자치통감》 그리
고 두보시집을 '원두서(源頭書)'라고 불렀다.

　왕벽강의 책 리스트는 정곡을 찌르고 있는데, 후에 이를 계기로 전공
이 다른 학자들도 수많은 리스트를 작성했다. 예를 들면 서경수(徐敬
修)가 펴낸 《국학연구상식서목》, 오우(吳虞, 1874~1939)가 펴낸 《중국
문학선독서목》, 부증상이 펴낸 《중학적용지문장서목(中學適用之文章
書目)》, 장태염(章太炎, 1869~1936)이 펴낸 《중학도문서목(中學圖文書
目)》, 심은채(沈恩采)가 펴낸 《국문자수서목(國文自修書目)》, 계선림(季
羨林, 1911~2009)이 펴낸 《중외문학서목답문》, 풍소미(馮笑眉)가 펴낸
《일개현대부녀적독서목(一個現代婦女適讀書目)》, 채상사(蔡尙思, 1905
~2008)가 펴낸 《중국사상사료간목(中國思想史料簡目)》, 《최능대표중국
문화적사십종서(最能代表中國文化的四十種書)》 등이 있다.

　노신 선생이 읽은 책은 매우 잡다하다. 그는 당시 일부 학자가 작성
한 서목이 적절치 않다고 생각했다. 그러나 노신 선생 자신도 책 리스트
세 장을 작성했다. 노신은 허수상(許壽裳, 1881~1948)의 아들 허세영
(許世瑛, 1910~1972)을 위해 중국문학 학습의 서목을 적었다. 모두 12
종인데, 순서에 따라 《당시기사》, 《당재자전》, 《전상고삼대진한삼국육조
문(全上古三代秦漢三國六朝文)》, 《전한삼국진남북조시(前漢三國晉南
北朝詩)》, 《역대명인연보》, 《소실산방필총(少室山房筆叢)》, 《사고전서간

책 향기에 취하다

명목록》, 《세설신어》, 《당척언(唐摭言)》, 《포박자외편》, 《논형》, 《금세설(今
世說)》이다. 1933년 노신이 조정화(曹靖華, 1897~1987)에게 답신한 편
지에 문학 연구서, 예를 들면 사무량(謝无量, 1884~1964)의 《중국대문
학사》, 정진탁의 《삽도본중국문학사》, 육간여(陸侃如, 1903~1978)와 풍
원군(馮沅君, 1900~1974)의 《중국시사》, 왕국유의 《송원희극고》, 노신의
《중국소설사략》, 그리고 일본 학자 염곡온(鹽谷溫, 1878~1962)의 《중국
문학강화》를 열거했다. 노신의 세 번째 장의 리스트는 '문예이론에 관한
서목'으로, 서무용을 위해 작성한 책 리스트인데, 일문판 《세계사교정》,
《유물변증법강화》, 《사적유물론》, 《십구세기문학주조》, 《현실(現實): 마르
크스주의논문집(馬克思主義論文集)》 등이 있다.

우리는 노신을 기타 근대 학자가 작성한 책의 리스트와 비교해보면,
그 책 리스트가 작자 본인의 학술사상과 관련 있음을 쉽게 발견할 수
있다. 어떤 사람은 국학에 편중하고, 어떤 사람은 광범위하게 경학, 사
학, 문학을 모두 좋아한다. 노신이 작성한 세 장의 책 리스트에서 그의
사상적 변화를 엿볼 수 있다. 그는 후기에 마르크스·레닌주의 연구를
중시하였고, 변증법과 유물론을 추앙하여 독자에게 소련·러시아와 일
본의 외래문화 사상을 추천했다. 우리가 각종 책의 리스트를 선택하면
작자의 애호를 이해할 수 있다. 물론 그들의 학술 연구와 사상 경향도
포함해서 말이다.

나는 독학 과정에서 이러한 서목을 읽고 많은 도움을 받았다. 내가
《중국인명대사전》을 산 것은 호적 선생의 영향을 받아서였다. 《자치통
감》을 산 것은 왕벽강의 책 리스트를 읽었기 때문이었다. 노신의 추천
서목을 읽고 《당시기사》, 《당재자전》, 《당척언》을 샀는데, 문학과 역사의

한 없이 넓은 책의 서목을 찾아서

그림 35. 《중국을 움직인 30권의 책》

독학에 많은 도움을 주었다. 나는 1970년대 말에 복단대학 중문과 교수 장배항 선생에게 배웠던 시절을 지금까지 기억하고 있다. 장 선생은 내게 서목 한 장을 주었다. 서목에는 《사기》, 《한서》, 《자치통감》, 《서목답문》, 《논어》, 《장자》, 《노자》, 《맹자》, 아울러 이백과 두보의 시, 소식과 신기질(辛棄疾, 1140~1207)의 사, 또 약간의 고전문학 명편이 있었다. 장 선생의 지도를 받으며 《고문관지》를 통독했으며 동시에 고문으로 《고문관지》에 관한 독서 필기 백여 편을 썼다. 또 장 선생은 매 편마다 내 고문의 잘못된 부분을 바르게 고쳐주고 교정하여 주었다. 이것은 내가 지금까지 창작을 하는데 기초를 닦게 해주었다.

책 향기에 취하다

근래에 오면서 몇 권의 추천 서목이 출판되었다. 그 가운데 《중국을 움직인 30권의 책(影響中國歷史的三十本書)》이 포함되는데, 나는 이 책의 리스트가 문학, 사학, 철학 방면에서 비교적 전반적으로 언급되었다고 생각한다. 이를 기록하면 《상서》, 《주역》, 《시경》, 《손자》, 《노자》(《장자》 첨부), 《춘추》(《좌전》 첨부), 《논어》(《맹자》 첨부), 《효경》, 《한비자》, 《예기》, 《황제내경(黃帝內經)》(이상 11종, 근원편), 《사기》, 《논형》, 《태평경》, 《담경(壇經)》, 《당시삼백수》, 《자치통감》, 《사서집주》, 《명이대방록》, 《홍루몽》(이상 9종, 창변편(創變篇)), 《해국도지(海國圖志)》, 《신학위경고(新學僞經考)》, 《성세위언(盛世危言)》, 《천연론(天演論)》, 《건국방략(建國方略)》, 《상시집(嘗試集)》, 《아Q정전》, 《독수문존(獨秀文存)》, 《사회학대강》, 《신민주주의론》(이상 10종, 유신편)이다. 이 30종의 책은 한번 읽을 만한 가치가 있다. 다시 정선하자면 《논어》, 《장자》, 《사기》, 《당시삼백수》와 《자치통감》은 필독 서목이다. 동시에 《중국근대사》, 《중국소설사략》, 문학과 역사, 철학과 유관한 공구서를 읽으면 대체로 독학하는 사람들에게 견고한 기초를 다져줄 것이다.

명인이 추천하는 서목은 역시 실제의 필요에 근거하여 배우고 탄력적으로 적용해야 하며, 자기 학업의 주전공 방향에 근거하여 필독 서목을 작성한 것이다. 맹목적으로 모방하지 말고 차근차근 점진하면 독서의 비결을 서서히 깨달을 것이며, 하나를 보고 열을 알아야 거기에서 얻는 이익이 무궁할 것이다.

한 없이 넓은 책의 서목을 찾아서

판본의 진위를 가리다

내가 장배항 선생에게 배울 당시 내게 옛날 역사를 강의하는 것 외에도 고적의 중점을 공부하라고 지시했고, 또 항상 내게 독서 방법을 설명했다. 한번은 내게 "자네는 여러 종류의 판본을 많이 봐야만 비교할 수 있고, 때로는 대단히 많은 새로운 역사 연구 자료를 발견할 수 있으며, 잘못된 역사 연구 자료를 교정할 수 있네."라고 말했다. 이 말은 아직도 기억이 새롭다.

판본은 도서, 경전을 베끼고 인쇄한 서적이나 다른 방식으로 형성된 다른 책을 가리킨다. 판본 연구는 벌써 중국 출판학의 특색 있는 학과가 되었다. 주로 도서의 각종 판본이 제작 과정에서 형성된 특징(각판 혹은 쓰인 연대, 풍격, 원류 체계, 글자체, 인쇄 형식, 종이와 먹, 제본 등), 아울러 유전 과정에서 형성된 기록(소장자 도장, 써넣은 글, 비점과 교정 등)을 주로 연구하여 그 차이를 분별하고, 그 진위와 우열을 감별한다. 이렇게 판본학은 또 교감학과 서로 보완하고 "학술 문장을 판별하고, 원류를 조사하고 비추어 보는" 목록학과 재결합하여 중국 고대 문화의 학문 연구에 편의를 제공했다.

그림 36. 북제 교서도

책은 '본(本)'이라 칭하는데, 이 말은 유향의 〈별록〉에서 처음으로 나왔다.

한 사람은 책을 읽으며 위에서부터 아래까지 비교해 오류를 찾는데, 이를 '교(校)'라고 한다. 한 사람은 책을 잡고, 한 사람은 책을 읽어 마치 원수 보듯 하는데, 이를 '수(讎)'라고 한다(一人讀書, 校其上下. 得謬誤, 曰校. 一人持本, 一人讀書, 若怨家相對, 曰讎).

간독(簡牘) 시대에 나무를 사용해 제작한 서적을 '판(版)'이라 부른다. 조판 인쇄술 발명 후, 서적을 인쇄하는데 사용한 목판도 '판'이라 불렀다. 점차 판본으로 통합해 부르는데, 조판 인쇄본을 가리키거나 그 외에 사초본 등을 가리켰다.

중국의 도서 판본에는 명칭이 대단히 많은데, 주로 이런 것들이 있다.

판본의 진위를 가리다

사본(寫本)

이것은 초본(抄本), 각본(刻本)과 상대적인 판본 유형이다. 당대 이전에 손으로 써 전사(轉寫)한 책을 총칭하여 사본이라 했다. 당대 이후에는 각본이 점차 성행했고, 당대와 송대는 손으로 써 전사한 서적을 여전히 사본이라 일컬었다. 유명 학자의 손으로 손수 써 전사한 것을 일반적으로 초본(抄本)이라 칭하지 않고 사본이라 불렀다. 불교와 도교를 믿는 사람이 경전을 베낀 것도 보통 초본이라 칭하지 않고 사본이라 불러, 경건함과 정성스러움을 나타냈다. 원대부터 모종의 원본에 의거하여 다시 전사한 것을 일반적으로 초본이라 불렀다. 심지어 자기 손으로 자기 책을 쓴 저작도 고본(稿本)이라 일컬었지, 사본이나 초본이라 부르지 않았다.

각본(刻本)

각본은 간본(刊本), 참본(槧本), 전본(鐫本)이라고도 일컫고 조판 인쇄한 책을 가리킨다. 당대에서 청대에 이르기까지 조판 인쇄는 천여 년간 유행했다. 출판 시대의 차이에 따라 송각본, 요각본, 금각본, 원각본, 명각본, 청각본이 있다. 자금 출자와 판각 주관자의 다름에 따라 관각본, 사각본, 방각본(坊刻本) 등이 있다. 구체적으로 말하자면 내부본(內府本), 감본(監本), 경창본(經廠本), 번부본(藩府本), 전본(殿本), 국본(局本), 사가본(私家本), 자각본(自刻本) 등이 있다. 지역별 차이에 따라 절각본(浙刻本), 민각본(閩刻本), 촉각본(蜀刻本) 등이 있는데, 구체적으로 말하면 항주본, 월주본(越州本), 무주본(婺州本), 담주본(潭州本), 공주본(贛州本), 지주본(池州本), 건양본, 마사본(麻沙本) 등이 있다. 인쇄의 선후에 따라 초각본, 복각본, 영각본(影刻本), 초인본, 후인본, 중수본,

책 향기에 취하다

체수본(遞修本) 등의 명칭이 있다. 판각 형태의 차이에 따라 대자본(大字本), 소자본(小字本), 서파본(書帕本), 건상본(巾箱本), 수진본(袖珍本) 등이 있다. 판각 기술의 차이에 따라 묵인본(墨印本), 주인본(朱印本), 남인본(藍印本), 투인본(套印本) 등의 명칭으로 나뉜다.

활자본(活字本)

즉 활자로 조판한 책을 가리킨다. 송대 인종 경력(經歷) 연간에 필승(畢昇, 약 970~1051)이 진흙활자를 발명했다. 바로 점토를 사용하여 글자를 새기고 불에 구워 단단해진 다음 조판하여 인쇄했다. 원대부터 목활자를 사용하기 시작하여 명·청 시기에 성행했다. 청대 건륭 연간에 《사고전서》를 편찬하기 위해 온 세상의 유서를 광범위하게 찾았다. 각 성에서는 정본(呈本), 채진본(采進本), 《영락대전》 집일본 등을 올려 끊임없이 수도에 모이자, 황제는 조령을 내려 무영전(武英殿)에서 먼저 판목에 새겨 간행하게 했는데, 나무 활자 25만 개를 제작했다. 그 뒤《사고전서》관에서는 책을 인쇄할 때 나무 활자로 조판하고 인쇄했는데, 인쇄한 서적이 140종 정도 된다. 이런 책은 인쇄 형식과 판식(版式)이 똑같다. 또 건륭 황제의 명을 받들어 '활자판'을 '취진판(聚珍版)'으로 고쳐 부르게 해《무영전취진본총서(武英殿聚珍本叢書)》로 통칭했다. 원대와 명대 때 구리, 주석, 납 등 금속 활자판도 출현했는데, 구리 활자판이 많았다. 청대 옹정(雍正) 연간에 조판 인쇄한《고금도서집성》(1만 권)은 최대 규모의 구리 활자로 인쇄하고 제작한 공정이었다.

근대에 이르러 판본의 범위는 확대되었다. 위에서 말한 것 이외에도 연인본(鉛印本), 교인본(膠印本), 석인본(石印本), 탁인본(拓印本), 검인

판본의 진위를 가리다

본(鈐印本), 유인본(油印本) 등이 모두 이 안에 포함된다.

판본을 언급한다면, 여기에는 선본서(善本書)를 얘기할 필요가 있다. 선본은 중국 고서가 전해오는 판본에 대한 아름다운 이름이다. 선본의 개념은 원래 규정된 것이 없고 보통 오랜 세월이 지나서 세상에 알려진 드문 진본(珍本)을 가리킨다. 청대 말 장지동은 선본의 세 가지 표준을 제기했다. 족본(足本)은 삭제되거나 결여되지 않은 것이고, 정본(精本)은 세밀하게 교정하고 정교하게 주석을 단 판본이며, 구본(舊本)은 옛날에 판각하고 오래된 초본이다. 이 족본, 정본, 구본이란 말은 학생들에게 독서의 길잡이를 가리키는 것이지, 결코 과학적인 정의가 아니다. 현존하는 고적에 대해 오늘날 사람들은 보통 역사 문물성, 학술 자료성, 예술 대표성 등 세 방면으로 고찰하여, 그 중 한두 가지 특징을 갖추고 희소하게 전해진 것이면 곧 선본으로 간주한다. 상해고적출판사는 왕중민(王重民, 1903~1975)이 편찬하고 유수업(劉修業, 1910~1993)과 양전순(楊殿珣, 1910~1997)이 정리한《중국선본서목제요》를 출판했는데, 대체로 이와 같은 표준을 적용했다. 이 책 목록은 중국 고적 선본서 4,200여 종을 수록했다. 그 안에는 송·원·명 등 각 조대의 각본, 청대의 정각본, 그리고 구초본(舊抄本), 교본(校本), 정초본(精抄本)이나 고본(稿本) 등 여러 종이 들어 있다. 서목은 경, 사, 자, 집 네 부분으로 나눠 분권했고 '서명 색인', '찬간각인명색인(撰刊刻人名索引)', '각공 인명색인', '각서포호(刻書鋪號) 색인'을 붙였다. 이외에 청말, 민초 사람 유암(留菴, 원명은 孫毓修, 1871~1922)의《중국조판원류고(中國雕版源流考)》, 섭덕휘의《서림청화》, 전기박(錢基博, 1887~1957)의《판본통의(版本通義)》, 그리고 현대 사람 모춘상(毛春翔, 1898~1973)의《고적판본상식(古籍版

本常識)》, 진국경(陳國慶)의 《고적판본상식》, 위은유(魏隱儒)의 《중국고적인쇄사》, 위은유와 왕금우(王金雨)의 《고적판본감정총담(古籍版本鑑定叢談)》, 시정용(施廷鏞, 1893~1983)의 《중국고서판본개요》 등의 저작은 심오한 내용을 알기 쉽게 표현하여 각기 심득과 탁견이 들어 있다. 이러한 책은 판본학 연구자 뿐 아니라, 중국 고대문화 전당에 깊이 들어가고 싶은 일반 독자에게도 자못 도움을 줄 것이다.

서적 판본 감정은 학문의 한 분과다. 일반적으로 말해서 원서가 갖는 기록과 특징, 유전 과정에서 남겨둔 기록을 통해 종합적으로 고찰한다. 그리고 관련 서목 저작과 제판 공예 특징을 통해 감별한다. 예를 들면, 북송 각본은 글자체가 고루 갖추어졌고 남송은 점점 둥글둥글해지고 매끄러웠다. 원대 각본 글자는 부드러운 글자체가 많고 명대 각본은 해서체를 숭상했다. 그리고 명대 말에서 청대에 이르러 각본은 가로는 좁고 수직인 거친 고딕체로 형성되었다. 또 각본 필적의 날과 모서리가 완정하고 또렷하면, 이 책이 비교적 일찍 인쇄되었음을 알 수 있다. 그러나 필적 날과 끝이 다 사라지고 닳아 파손되었으며 인쇄판 조각이 갈라졌으면, 비교적 늦은 인쇄본임을 설명한다. 실제 상황은 상당히 복잡하여 다방면의 지식을 갖추어야 할 뿐 아니라, 어느 정도 경험이 있어야만 정확한 감정 결론을 세밀하고 분명하게 내릴 수 있다.

물론 우리는 결코 사람들 모두에게 판본학에 정통하라고 요구하지 않는다. 하지만 조금이라도 판본학 지식을 많이 이해하면, 중국문화의 보고를 개방하는 열쇠가 그만큼 많아질 것이다.

판본의 진위를 가리다

책을 읽어 배운 것을 실제로 활용하라

내가 어렸을 때 학문이 뱃속에 가득한 윗사람을 만났는데, 그들을 대할 때마다 언제나 감탄했었다. 내가 어떤 문제를 묻든 그들은 늘 경전에 나오는 문구를 인용할 수 있었는데, 끊임없이 말하고 범위가 넓어, 마치 그의 뱃속 안에 수많은 책이 들어 있는 것 같았다.

그 뒤 나는 또 독서를 좋아하는 친구들을 만났다. 그들은 수많은 책을 읽은 것처럼 보였지만 책을 읽었다고만 말했지, 책의 구체적인 내용에 대해서는 언제나 머리를 흔들며 기억력이 좋지 않음을 표시했다.

이 두 부류에 대해 나는 그들의 타고난 성격이 다름으로 초래한 것이라고 여겼다. 후에 책을 많이 읽게 되면서 이것은 독서 방법의 문제임을 알았다.

중고등학교 때 등탁 선생의 《연산야화(燕山夜話)》를 감명 깊게 읽었다. 등탁 선생은 동서고금을 이야기하면서 손 가는대로 곳곳에서 새로운 관점, 새로운 자료들을 갖고 이야기 했는데, 해박한 지식이 나로 하여금 오체투지하게 만들 정도로 감복했다. 등탁 선생이 설마 천재란 말인가? 등탁 선생은 이를 위해 독서를 얘기한 단문 한 편을 썼는데, 그는

그림 37. 《연산야화》

자신의 독서를 얘기하면서 한 권의 책을 다 읽은 뒤 필기한다고 말했다. 그가 천문학, 지질학에 대해 얘기할 때는 미리 만들어 둔 관련 있는 지식의 카드 자료의 도움을 빌어 이야기했다. 그러니까 1년에 24부의 책을 읽으면 24종의 다른 지식을 보태는 셈이다. 이처럼 임의의 독서와 체계적인 지식 누적을 결합시키는 방법은 지식의 면적을 대대적으로 확장시킨다. 등탁 선생의 답안은 이렇다. 문장 한 편을 쓰고자 하면, 과거에 쌓인 지식을 연상할 수 있다는 것이다. 원래 뛰어난 학문은 부지런한 붓끝에서 나온다.

한번은 내가 유명한 교수 몇 분을 방문했는데, 그들은 곽말약에 대해 이야기했다. 곽말약은 해박한 학식으로 이름난 사람이었지만, 어떤

책을 읽어 배운 것을 실제로 활용하라

사람은 그가 막 배운 재주를 바로 써 먹으며 또 어떤 책을 읽으면 그것을 쓴다고 하는데, 이 말에는 악평이 들어 있는 듯했다. 그러나 나는 오히려 곽말약이 이러한 독서 방법을 활용했더라도 나쁘지 않다고 여긴다. 어떤 사람은 만 권을 읽고도 소화시킬 수 없고 응용할 수도 없어 오랫동안 머릿속에 눌려져 있는데, 그 결과 천천히 잊혀지거나 새로운 에너지로 바꿀 방법이 없으니 여전히 낭비일 것이다. 문장을 쓰면서 독서하거나 책을 읽은 견해를 가지고 글을 쓸 수 있다. 나는 이 독서 방식을 높이 평가한다. 어떤 문장이 다소 빈약하거나 자료가 상세하지 못해도 상관없다. 두껍게 축적하고 옅게 발표한 것도 물론 중요하지만, 읽으며 쓰는 것도 '벽돌을 던져 구슬을 끌어들이는(抛磚引玉)' 방법인 셈이다. 사실 곽말약의 대다수 학술 문장은 깊고 두꺼운 내공이 없으면 쓸 수 없다.

나는 1980년대 중반에 《신민만보》에서 '책 읽는 즐거움(讀書樂)'이란 칼럼을 주편하면서 명인에게 독서 단문을 써달라고 청탁했다. 전후 200명이 넘는 유명한 학자, 교수, 작가와 접촉하면서 많은 독서 방법을 이해했는데, 그 중 한 가지는 책을 읽어 배운 것을 실제로 활용한다는 점이다.

1987년 나는 광주에 가서 진목 선생을 방문했는데, 그는 자신의 독서 방법을 '우작경탄법(牛嚼鯨吞法)'이라 소개했다. '우작'은 소가 풀을 먹는 것처럼 잘게 씹은 다음 삼키고 많은 시간의 '반추(反芻)'를 거쳐 정독의 효과에 도달한다는 것이다. '경탄'은 고래가 통째로 삼키는 것처럼 범독하면 각종 지식을 이해할 수 있고 양자를 결합하여 책을 활용적으로 읽을 수 있다는 것이다.

장배항은 '화해양밀법(花海釀蜜法)'을 주장했다. 그는 먼저 연구 주제를 확정한 다음, 대량의 사료를 장악하여 마치 꿀벌이 꽃가루를 채집하여 가공하고 마지막으로 한데 모아 꿀을 빚는 방법을 운용했다. 그가 쓴 《홍승연보(洪昇年譜)》는 이런 독서 방법의 결과물이다.

몇 가지 독서 방법은 비록 같지는 않지만, 그 목적은 하나다. 배운 것을 실제로 활용하라는 것이다. 등탁, 곽말약, 진목, 장배항은 모두 정독과 범독을 결합해 책에서 정수를 찾았으며, 아울러 소화를 거쳐 자신의 지식으로 만들었다. 그래서 그들이 쓴 문장은 한 방면에선 재치를 보이기도 하고 다른 방면에선 학문을 보여주기도 했다.

똑같이 책을 읽고도 어떤 사람은 다 읽은 뒤 손금 보듯 환히 꿰뚫어 손 가는 대로 쓰면, 명언이 구슬을 꿴듯 이어진다. 어떤 사람은 많은 책을 읽었지만, 무슨 말인지 모른다고 한다. 어떤 이는 자료를 그대로 베낄 줄만 알고, 어떤 이는 책을 옛사람에게 그냥 돌려줄지도 모른다.

나 자신의 독서 체험을 얘기해보자. 나는 《신민만보》에 '서우차좌(書友茶座)'라는 칼럼을 마련하여 매주 한 편의 단문을 쓰면서 독자의 질문에 대답했다. 위로는 천문, 아래로는 지리, 꽃, 새, 벌레와 물고기, 고금과 동서, 풍속 명승, 문사 자료를 언급하지 않은 것이 없었다. 나는 당연히 '만보전서(萬寶全書)'가 아니다. 사실 두 가지 독서법을 기억하는데, 첫째 독서는 잡다해야 하고, 둘째 좋은 책을 읽으면 카드에 기록해야 한다는 점이다.

몇 십 년의 세월이 쌓이면 각 영역, 각 방면의 지식에 대해 대략을 알 것이다. 독자들이 질문을 할 때마다 스스로 이해한 지식을 기초로 삼고 그러고 난 후 깊이 들어가서 자료를 찾고, 아울러 자신의 관점으로 관련 자료를 결합시킨다. 이리하여 전후로 독자의 질문에 답한 글 수백 편을 썼다. 나는 솔직히 독자에게 알린다. 당신이 기꺼이 배우고자 하면 각 방면의 지식을 융합하여, 당신의 문장을 재미있고 설득력 있게 쓸 수 있다.

독서 방법에 대해 명인의 방법을 기계적으로 모방할 필요는 없다고 여긴다. 배운 것을 실제로 활용하려는 목적에 도달하기 위해서라면, 자신에게 가장 적합한 방법을 선택해야 한다. 이렇게 하면 독서도 힘들지 않을 뿐 아니라 재미도 있다.

정일매 선생이 95세의 고령일 때, 나는 그의 집에 가서 원고를 청탁한 적이 있다. 정 선생은 내게 〈'안에서 나오다'('裏打出')와 '밖에서 들어가다'('外打進')〉라는 독서 수필을 써 주셨는데, 그는 독서 방법으로 두 가지가 있다고 여겼다. 첫째는 먼저 기초 내공부터 다지고 고대 경전 명저를 읽어 문장의 정수를 음미하고 문리가 통한 뒤 한가로운 책을 읽어라. 두 번째는 먼저 얕은 데로부터 깊은 데로 들어가서 취미성 패사소설(稗史小說)을 섭렵하는 것에서 시작하여 원곡, 송사, 당시로 거슬러 올라가고 《좌전》, 《이소》, 《시경》, 《상서》를 읽으라고 했다. 대체 어떤 방법이 좋을까? 각기 일장일단이 있다.

정일매 선생은 후자부터 학습할 것을 주장했다. 원인은 독서는 반드시 즐거워야 하고, 스스로 좋아하는 책부터 읽기 시작하면 입문하기가 용이하며, 읽어서 깨달을 때 다시 깊은 방향을 향해 발전하고, 또 차근차근 점진할 수 있기 때문이다.

이 독서 방법은 옛 사람의 책 읽는 방식과 어긋난다. 옛 사람들은 학문을 강의할 때 제자들에게 먼저 선진을 읽고 다시 양한, 당송을 읽도

책 한 권에 치치다

록 가르쳤고, 다시 깊은 것부터 쉬운 것으로, 고대부터 지금에 이르기까지 기초 내공을 견고히 다지게 했다. 그러나 내게 고문을 가르친 장배항 선생은 내가 여가에 문사를 공부하는 조건에 대해 얘기하면서 먼저 명청 고문을 읽고 다시 당송 고문을 읽고 난 뒤, 양한, 선진을 읽도록 권유했다. 장 선생의 이론은 명청 고문의 문법이 지금과 가장 접근해야 하기 때문에 먼저 쉬운 것부터 읽고 다시 깊은 것을 읽고, 얇은 데서 깊은 곳으로 들어가는 것이 일종의 입문 방법이라는 것이다.

이로써 독서 방법은 살아있는 것이지, 죽은 것이 아님을 알 수 있다. 독서법은 형식이지 목적은 아니다. 목적은 지식을 장악하여 학문과 실용을 결합하여 배운 것을 실제로 활용하는 깃이다. 나는 이것이야말로 독서 방법의 정화라고 생각되어 공부하는 사람들의 참고용으로 제공한다.

책을 읽어 배운 것을 실제로 활용하라

독서와 장서에 얽힌 이야기

옛사람들은 근면하게 책을 읽고 권태를 느끼지 않으며 배우길 좋아했다. 예로부터 이 방면의 전설과 전고가 수없이 많다. 우리는 〈고금의 책에 미친 사람들(古今書癡何其多)〉에서 '착벽투광(鑿壁偸光)', '영월독서(映月讀書)', '낭형영설(囊螢映雪)' 등에 대해 얘기했다.

대단히 많은 전고는 중국어 보고(寶庫) 중에서 학문에 뜻을 둔 사람들을 분발케 하는 상용 성어가 되었다. 예를 들어 '현량자고(懸梁刺股: 들보에 상투를 매달고 허벅지를 찌르다)'는 한대 손경(孫敬)이 책을 읽을 때 했던 말이다. 줄로 머리카락을 매고, 줄의 다른 한쪽을 집 들보에 묶어 놓아서 졸음을 피했다. 전국 시대의 소진(蘇秦)은 뾰족한 송곳 한 자루를 구비해 놓고, 책을 읽다가 피곤하여 졸릴 때 그것으로 자신의 허벅지를 찌르는데 사용했다. 이처럼 힘들게 공부하는 고사성어로는 '위편삼절(韋編三絶: 가죽 끈이 세 번 끊어지다)', '고봉류맥(高鳳流麥: 고봉이 보리를 떠내려가게 하다)', '대경이서(帶經而鋤: 책을 들고 땅을 갈다)', '협책독서(挾策讀書: 죽간을 끼고 공부하다)', '유향연려(劉向燃藜: 유향을 위해 명아주 지팡이를 태우다)', '분고계구(焚膏繼晷: 날이 밝을

그림 38. 부신독서[먹물함]

때까지 불을 밝히다)', '부신독서(負薪讀書: 장작을 등에 진 채 책을 읽다)', '괘각공서(掛角攻書: 소뿔에 《한서》를 걸어놓고 읽다)', '십년창하(十年窓下: 십년 동안 창을 닫아걸다)', '개권유익(開卷有益: 책을 펼치기만 해도 도움이 된다)', '한서하주(漢書下酒: 《한서》를 읽으며 술을 마시다)', '삼년불규원(三年不窺園: 삼년 동안 정원을 엿보지 않다)' 등이 있다. 이러한 고사들은 모두 숙지하고 있으므로 여기에서 더 이야기하진 않겠다. 옛사람들의 공부 방법을 우리가 모방할 필요는 없지만, 열심히 독서하고 부지런히 배우는 정신은 우리에게 아직도 적극적인 의미가 있다.

장서에 관한 전고도 적잖이 많다. 예컨대 '학부오거(學富五車: 배운 것이 다섯 수레를 넘는다)'는 장서가 많고 학문이 연박함을 이르는 말이다. '삼십승서(三十乘書: 서른 수레의 책)'와 '만첨삽가(萬籤揷架: 책꽂이에 매달린 만 개의 책갈피)'는 진(晋)나라 장화(張華)와 당대 이필의 장서가 풍부함을 묘사한 말이다. '서통이유(書通二酉: 책이 대유산(大酉山)에서 소유산(小酉山)까지 통하다)', '한우충동(汗牛充棟: 책을 나르면 소가 땀을 흘리고 책을 쌓으면 용마루까지 가득 찬다)', '남면백성(南面百城: 제왕의 자리를 차지하여 100개의 성을 통치하는 것과 같다)'는 장서가의 재산을 형용한 말이다. 어떤 장서가는 좋은 장서를 가지고 있지만 다른 사람에게 빌려주는 것을 원하지 않았다. 그래서 '침중비보(枕中秘寶: 베개 속의 비밀스런 보물)'이라는 말이 있다. 어떤 장서가는 책을 소장하면서도 읽지 않아 '속지고각(束之高閣: 문설주에 묶어두다)'이라는 말이 있다.

독서 방법에 관해서도 재미있는 성어가 많다. 고서를 좋아하는 사람을 '옛 서적만을 파고든다(鑽故紙)'고 말한다. 대단히 많은 책을 읽었지만 배운 지식을 소화시키지 못하면서도 도리어 그것을 자랑해 '전고나 어려운 말을 즐겨 써서 학문과 재주를 자랑한다(掉書袋)'라고 말한다. 어떤 사람은 책을 '한 눈에 열 줄씩 읽고(一目十行)', 어떤 사람은 '책을 읽을 때 멋진 구절만 깊은 이해 없이 베낀다(尋章摘句)'. 글쓰기를 언급한 성어, 전고도 적지 않다. 예컨대 '회연제참(懷鉛提槧: 석묵(石墨)을 품고 목간을 들다)'은 옛사람들이 부지런히 찾아다니며 책을 쓰는 모습을 이름이다. '각촉성편(刻燭成篇: 초가 타는 시간을 재며 문장을 짓다)', '문불가점(文不加點: 점 하나 보탤 것 없는 문장)'은 문사가 민첩하며 문장을 단숨에 이룸을 형용한다. '몽필생화(夢筆生花: 붓에서 꽃이

책 한 기에 치치나라

피는 꿈을 꾸다)’, ‘일자천금(一字千金: 한 글자에 천금)’, ‘낙양지귀(洛陽紙貴: 낙양의 종이가 귀해지다)’, ‘금석지성(金石之聲: 금속이나 돌이 울리는 소리)’은 옛사람의 문장이 정밀하고 아름다우며 가치가 귀중함을 형용한다. 사마천은 《사기》를 쓸 때 완성되어 가는 원고를 보고 ‘장지명산(藏之名山: 명산에 보관한다)’이라고 했는데, 작가가 자신의 작품을 얼마나 중시했는지 알 수 있다. 책을 읽지 않거나 학문이 천박한 사람을 ‘목불식정(目不識丁: 낫 놓고 기역자도 모른다)’이라 한다. 독서를 통해 다른 사람으로 변모한 사람을 ‘오하아몽(吳下阿蒙: 오나라 땅의 여몽)’이라 한다. 무장 여몽(呂蒙)은 고생을 참고 책을 읽어, 학식이 크게 진보하자 노숙(魯肅)은 눈을 비비고 다시 보게 되었다. 독서량이 많고 학문이 깊고 넓은 사람에 대해선 ‘변소복사(邊韶腹笥: 상자처럼 생긴 변소의 배)’, ‘혁륭쇄복(赫隆曬腹: 배를 햇볕에 쪼이는 혁륭)’이라 한다. 전자는 한대 문학가 변소(邊韶)의 이야기다. 그는 제자 수백 명을 가르쳤다. 어느 날 변소가 낮에 옷을 입은 채 선잠을 자고 있는데, 제자 한 명이 몰래 의론했다.

“선생님 위가 크신데 왜 책을 읽으려하지 않고 잠만 주무시려하실까?”

변소는 아직 잠들지 않았던 터라 입에서 나오는 대로 대답했다.

“나의 위는 오경을 넣은 책장이다. 내가 눈을 감은 것은 학문을 고려하기 위함이고 꿈속에서도 주공, 공자를 만나니라. 자네가 선생을 조소하는데, 무슨 근거라도 있더냐?”

후자는 진(晉)나라 혁륭(赫隆)의 이야기다. 그는 7월 7일에 외출하여 태양 아래에 누웠다. 이 날은 마침 사람들이 햇볕에 옷을 말리는 날이었다. 어떤 사람이 혁륭에게 왜 누워서 햇볕을 쬐는지 묻자, 혁륭은 다

독서와 장서에 얽힌 이야기

음과 같이 대답했다.

"저는 뱃속에 든 책을 햇볕에 쪼이고 있습니다."

이 두 전고는 웃음거리나 다름없다. 다만 변소와 혁률의 대답이 재미있어 이것이 널리 퍼지는 바람에 독서의 전고가 되었다.

독서, 장서, 글쓰기에 관한 성어와 전고는 후인들이 학습하는데 명언경구가 되어 늘 시구와 문장 속으로 녹아들어가곤 했다. 오늘 다시 살펴보노라면 옛사람이 독서하며 학문하는 간고함, 도서 수집의 어려움, 그리고 각종 독서 방법을 이해할 수 있다. 나는 생각한다. 이렇게 하면 책을 좋아하는 모든 사람에게 곤란을 알면서도 무릅쓰고 앞으로 나아가는 용기를 줄 것이고, 옛사람들에게 부끄럽지 않게 부지런히 학습하는 태도를 세울 수 있을 것이라고.

책 위쪽의 여백에 적은 신기한 논평

옛사람은 책을 읽을 때 평점(評點) 달기를 좋아하였다. '평'은 평론의 말을 가리키고, '점'은 권점을 찍거나 구두를 표시하고 아울러 수정하는 의미를 가리킨다. 평점에는 미비(眉批: 책 윗부분에 써넣는 평어나 주석), 협평(夾評), 총론(總論) 등의 형식이 있다. 좋은 평점은 책 위쪽에 눈길을 끄는 평어 한 두 줄을 써넣거나 중요한 곳에 한 줄의 경구를 써 놓아 읽는 사람들은 절묘하다 일컬었다. 김성탄은 이 방면의 대가라 할 수 있다.

김성탄은 문장을 비평하고 권점을 써넣을 때 번호를 배치했다. 그러므로 김성탄의 존함은 그의 본명인 김채(金采)를 뛰어 넘었다. 그는 어릴 때부터 자신을 대단히 높다고 여겨 평생 비범한 인간이라고 자처했다. 그는 열 살 때 글방에 다니면서 선생님의 강해에 대해 의론을 발표하는 것을 좋아했다. 한번은 선생님이 《모시》를 강론했다.

"옛사람이 말하길, 〈국풍〉은 여색을 좋아하지만 음란하지는 않다."

김성탄은 곧 다른 의견을 제시했다.

"여색을 좋아함과 음란의 차이가 무엇입니까?"

그는 여색을 좋아하는 것은 감정의 표현이고, 음란은 행위의 표현이라고 여겼다. 이것이 열 살 어린아이의 입에서 나온 말이다. 김성탄의 해석이 일리가 있음을 알 수 있지만, 그 당시 그는 선생님에게 호된 질책을 받았다.

김성탄은 성장한 뒤에도 자신의 재능을 믿고 세상을 깔보며, 공명은 쉽사리 얻을 수 있고 시험장에 들어가는 것은 노는 것과 같다고 여겼다. 그의 타고난 성격이 방탕하고 속박 받지 않았기 때문에 결국 낙방했다. 그는 고민한 나머지 《수호》, 《서상》, 《두시》, 《이소》, 《장자》, 《사기》를 진지하게 비점(批點)하여 '천하 6재자서(天下六才子書)'로 정했다. 그 평점은 독특한 품격을 지니고 명성을 크게 떨쳐 청대 순치(順治) 황제조차도 그의 평론을 극찬했다.

고서 평점은 독서의 한 방법이며, 전통적인 문학평론 형식이다. 김성탄의 비점을 총괄하면 첫째는 서평을 현실과 결합했다는 점이다. 《수호전》 61회에는 연청(燕靑)이 북경으로 되돌아온 주인 노준의(盧俊義)에게 알려주는 대목이 쓰여 있다. 이고(李固)가 노준의의 처를 빼앗고 노준의 가문의 재산을 차지한다는 대목에서 김성탄은 이렇게 비평한다.

이 글을 읽을 때는 마침 엄동설한인데다 등불은 흐릿하고 술도 떨어졌다. 어찌할 도리가 없구나. 탁자를 치고 일어나 탄식을 하며 문을 열고 하늘을 바라보았다. 먹구름이 너럭바위 같구나.

이것은 작중 인물에 슬퍼하고 분개할 뿐 아니라 평점한 사람 본인의 심리상태를 드러낸 말이다. 김성탄은 《수호》를 논평할 때 수호 영웅의

채 한 기에 치하다

그림 39. 1913년 신문관에서 발행한 신교 《수호지》

'핍상양산(逼上梁山: 핍박을 당해 부득이 반항한다)'을 긍정했다. 원인은 '난자상작(亂自上作: 대란이 위에서부터 시작되다)'이기 때문이다. 이로써 작가 본인의 입장을 분명하게 표시했다. 일찍이 봉건 사대부들은 《서상기》 같은 작품은 '음탕한 책'이라 여겼다. 그러나 김성탄은 오히려 "단연코 훌륭한 글"이라고 논평했다. 그의 반전통, 반세속적인 정신은 매우 고귀하다.

둘째, 김성탄의 논평은 짧지만 깊이가 있고 재치 있는 말이 상당히 많다. 그중에서도 예술의 분석에 대해서는 비교법을 잘 썼다. 그는 《수호》 인물형상을 논평하면서 다음과 같이 말했다.

《수호전》은 거칠고 우악스러운 인물에 대한 수많은 묘사법이 있다. 예를 들면 노달(魯達)의 우악스러움은 성급함이고, 사진(史進)의 우악스러움은 소년처럼 마음 내키는 대로 하는 것이고, 이규(李逵)의 우악스러움

책 위쪽의 여백에 적은 신기한 논평

은 사리를 구별하지 않는 것이며, 무송(武松)의 우악스러움은 구속을 받지 않는 호걸이고, 완소칠(阮小七)의 우악스러움은 슬프고 분해서 할 말이 없는 것이며, 초정(焦挺)의 우악스러움은 기질이 좋지 않다는 것이다.

짧은 말이긴 하지만 각자 사람의 성격, 신세, 기질을 묘사했다.

고서 평점은 일종의 재창조다. 김성탄이 《수호전》을 삭제하고 고치면서 고구(高俅)를 1회에 등장시키고 석갈촌(石碣村)에 사는 삼완(三阮)을 소설 총칙으로 삼았으며 71회로 마무리하고 '악몽'이란 결말을 추가했다. 이러한 첨삭은 그가 논평한 《수호》의 정신과 일치한다. 후대 사람들은 김성탄이 《수호》를 비점하고 첨삭한 것에 대한 포폄은 일치하지 않지만, 《김본수호전(金本水滸傳)》은 여전히 광범위하게 대대로 내려온다.

김성탄의 고서 평론은 매우 훌륭하다. 그 원인은 그가 원래 잡학 박사이기 때문이다. 그는 경, 사, 자, 집, 유가, 도가, 불가의 각종 학식으로 문장의 도리를 토론하고 세상을 보는 견해를 상세히 논술했다. 따라서 "여러 책을 논평함에 요점이 다르고 표현이 색다르며, 예상 밖이어서 작가가 생각하기에 천 백년 동안 새로운 국면을 열게" 되었다. 나는 이러한 단정이 결코 지나치지 않다고 여긴다.

김성탄의 고서 평점에서 내가 생각한 것은 우리의 도서 품평엔 자신만의 독특한 관점이 있어야한다는 점이다. 한 단락의 문장을 읽으며 책장에 몇 글자로 논평하는데, 한 줄의 견해가 날카로우면 어찌 훌륭하지 않을까! 현대 고전문학 전문가 고수(顧隨, 1897~1960)는 "독서와 연구는 하나다.", "그런 까닭에 서적에 평어와 주해를 단다." 그 장점은 "단순히 서적의 우열성패에 대한 평가가 아니라, 항상 책속의 논점에 따라 치

책 향기에 취하다

밀하게 해석한다."고 여겼다. 고수의 독서법에 대해 당대 학자 장중행(張中行, 1909~2006)도 극찬했다. 장중행은 그 글 중에는 "틀에 박힌 무미건조한 문장이나 설명문 같은 어투, 수를 놓은 듯한 말, 연기와 안개 같은 것이 없다." "자신의 의견을 대담하게 말하는 것에 익숙하다."고 말했다. 이러한 평점 방식의 독서 수필도 학술 연구의 한 성과임을 알 수 있다.

좋은 책을 읽다가 사람의 마음을 감동시켜 뒤흔들어 놓으면, 어떤 사람은 독서카드에 메모하고, 어떤 사람은 책에 논평하고, 또 어떤 사람은 책의 행간에 기호를 남긴다. 예를 들어 노신의 장서에는 책을 읽고 난 뒤에 특이한 기록을 적지 않게 남겨두었다. 모택동이 읽었던 책에는 권점, 방점, 점, 직선, 곡선, 삼각형 등 각종 기호를 남겼다. 그가 《이십사사》를 몇 번 읽고 책속에 남긴 권점, 설명과 평어, 주해는 자못 견지가 있다.

일부 책을 좋아하는 사람은 책을 너무나 아껴서 책에 아무런 기호를 표기하지 않고 책을 접지도 않는다. 나는 이것이 반드시 보급해야 할 가치는 없다고 생각한다. 독서는 책에 있는 지식을 자신의 머릿속에 녹아들어가게 하는 것이고, 다시 '재가공'해서 그것을 자신의 학문이 되게 하는 것이다. 당신이 애지중지하는 책에 평어와 비주를 달고 '천두(天頭: 책장 위쪽 공백)', '지각(地脚: 아래쪽 여백)', '중봉(中縫: 중앙을 접는 부분의 여백)', '혈변(頁邊: 페이지의 여백)'과 시작과 끝 혹은 단락의 마지막 부분 공백에 쓴다면, 그 자체로 지식의 예술품이 되고, 맨 마지막에 얻는 이익은 이 책의 지식을 정말로 소화했기 때문에 책 읽는 사람 본인에게 있다.

내가 중고등학교 때 책을 읽으면 책에 몇 글자를 쓰거나 '묘재(妙哉)'
와 같은 부류의 비평을 다는 것을 좋아했다. 유일생의 《당시소찰》, 진목
의 《예해습패》, 위금지(魏金枝, 1900~1972)의 《편여총담(編餘叢談)》 이
외에도 졸라, 발자크, 모파상의 소설, 소련의 중편소설 〈부치지 않은 편
지〉에 대해 나는 모두 칠십 여 편의 논평을 달았다. 후에 스스로 글쓰
기를 배운 것은 중국과 외국의 명작을 비평하면서 입문했다. 이 때문에
나는 특별히 책을 좋아하는 사람에게 김성탄의 평점 독서법을 추천한
다. 이것은 무척 재미있는 독서 방법이다.

낭랑하게 속세로 파고드는 책 읽는 소리

1993년 초여름, 상해 동방TV방송국 감독 왕인(王靭)은 나와 상의하여 '나와 책(我和書)'이란 동방 생방송 프로그램을 편성하여 서중옥, 진촌(陳村, 1954~·)과 나를 공동 MC로 초빙했다. 독서 토론은 관중을 매료시키지 못할 것이라고 여겼기 때문에 평판이 그렇게 좋을 것이라고는 예상하지 못했다. 그날 밤 TV방송국에서 귀가하여 자동 응답기에 남겨진 음성 메모를 들어보았더니 이 프로그램을 높이 평가했다. 둘째 날 출근했을 때도 많은 동료들은 이 프로그램에 대해 연거푸 좋다고 말했다.

서중옥 선생은 저명한 교수이며 상해작가협회의 주석이다. 그는 자신의 60여생 동안 독서 생활의 체험을 결합하여 "나는 책 사는 것을 좋아한다. 집에 책이 많이 있으면 마음대로 펼쳐보면서 일종의 문화 분위기를 형성하며, 책 안에서의 세계가 광범위하고 인생이 행복함을 느끼게 된다. 책은 사람을 교양 있게 만들어 준다."고 말했다.

진촌은 상해 문학계 소품문의 고수다. 그의 말은 굉장히 유머러스하다.

"우리 사회에서는 위인과 이야기하기 쉽지 않으나, 당신이 많은 고금동서의 고전 명작을 사면 집안에서 많은 위인을 초대한 것처럼 당신은 매일 그와 이야기 할 수 있으니, 이 얼마나 즐거운 일인가!"

하나의 예를 들자. 자매 두 명이 있다. 언니는 얌전하게 책 읽는 것을 좋아하고, 동생은 열정적으로 단장하는 것을 좋아한다. 그들이 함께 손님을 만나러 갔다. 손님은 처음에 동생과 이야기를 나누다가 그녀의 미모에 심금이 울렸다. 그러나 이야기를 몇 마디 나눈 뒤에는 할 말이 없어졌다. 방향을 바꾸어 그녀의 언니와 이야기를 했을 때야 비로소 이야기를 할수록 흥미 있음을 깨달았다. 알고 보니 그녀의 언니는 적지 않은 책을 읽었던 것이다. 독서는 여자를 사랑스럽게 보이게 할 수도 있다.

우리가 이야기 하는 내용은 제각각 다르지만, 책은 사람에게 고상한 정서와 우아한 품격을 줄 수 있으며, 책과 함께 하면 사람을 교양 있고 자긍심을 갖게 하고 사랑스럽고 유쾌하게 변화시킬 수 있음을 설명한다.

남송(南宋)의 예문절(倪文節, 倪思, 1174~1220)은 세상의 각종 소리를 비교하며 다음과 같이 말했다.

소나무 소리, 물소리, 산짐승 소리, 벌레 소리, 학 소리, 거문고 소리, 바둑 두는 소리, 계단에 떨어지는 빗소리, 눈이 창문 앞에 내리는 소리, 차를 달이는 소리는 소리 중에서도 지극히 청아한 소리다. 그러나 책 읽는 소리가 최고다.

왜 낭랑하게 책 읽는 소리가 가장 좋은가에 대해 황산곡(黃山谷, 1045~1105)은 "사흘 동안 책을 읽지 않으면 언어가 재미없고 면모가 가

책 향기에 취하다

증스럽다.”고 말했다. 그리하여 다음과 같은 결론을 얻을 수 있다. 독서는 정신적으로 즐길 수 있을 뿐 아니라 낭랑하게 책 읽는 소리를 통해 사람의 기질을 도야할 수 있다. 이렇게 은연중 일으키는 감화 작용은 우리에게 무궁한 이익을 얻게 한다.

어떤 사람은 독서를 책을 가지고 논다고 생각한다. 내 생각에 이런 관점도 극히 높은 경지다. 목적 없이 마음대로 책장을 넘기면, 항상 신선한 감이 있고 매력적이라고 생각한다.

사람이 책을 읽는 심경은 안팎의 차이가 있다. 사람의 내심에서 말하면 잡념이 없이 책을 읽어야 한다. 독서를 위한 독서가 아니며, 공명과 이욕을 추구하려고 책을 읽는 것이 아니다. 외부 환경 조건에서 말하면, 서재가 하나 있고, 실외에 산수가 있거나 푸른 나무와 시원한 바람이 있어야 하고, 실내에는 창문이 맑고 책상이 깨끗하며 문방사우(종이, 붓, 먹, 벼루)가 있어서 신기한 세상으로 들어가고 영욕을 다 잊어버리며 초탈하여 세상 밖으로 나오는 이것이 즐거움이 아닌가!

사실 독서 과정에서 사람들은 자신도 모르게 책속에서 영양분을 섭취한다. 고금동서의 좋은 책은 대체로 사람됨의 도리를 이해시켜서 고상한 수양의 경지에 도달할 수 있게 만든다. 한 사람의 일생 동안의 경험은 결국 너무나 유한하다. 하지만 독서를 통해 세계를 편력할 수 있고, 시간과 공간을 뛰어넘을 수 있으며, 갈등 처리 방법을 찾을 수 있고, 곤경을 떨쳐버릴 수도 있고 잘못을 고칠 수도 있다. 현실 생활에서 이상적인 자유의 왕국으로 가는 길은 아마 옛 사람이 말했던 ‘독서명리(讀書明理: 책을 읽어서 이치를 알다)’의 생동적인 표현일 것이다.

독서는 고상하고 멋있는 일이다.

낭랑하게 속세로 파고드는 책 읽는 소리

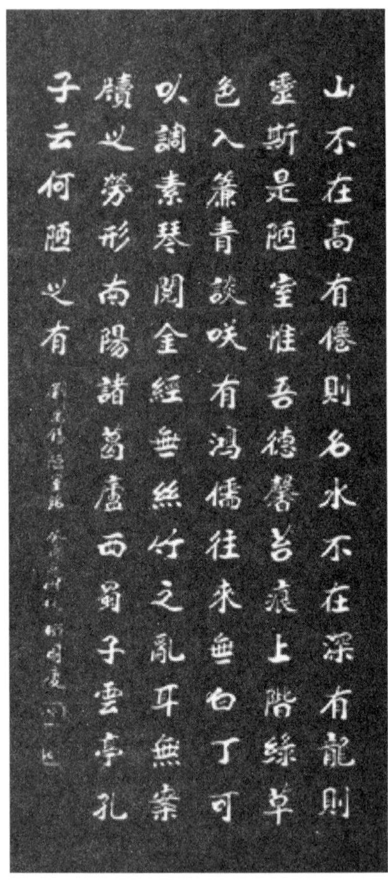

그림 40. 유우석의 〈누실명〉

산의 가치는 높은 데 있지 않다. 신선이 있으면 그 산은 명산이다. 물의 가치는 깊은 데 있지 않다. 용이 살면 그 물은 신령한 물이다(山不在高, 有仙則名, 水不在深, 有龍則靈).

사람마다 우아한 독서라는 작은 환경을 가지고 있는데, 그 내심 세계

채 향기에 취하다

의 풍부함이 물질세계의 재부를 초월할 수 있다. 내가 한 번 우연한 기회에 부호들과 같이 밥을 먹어보았는데, 그들은 장사하거나 주식을 투기하여 부유해지기 시작하여 그들의 손에는 금빛 찬란한 반지를 끼고, 무슨 명품 구두, 명품 옷, 명품 시계, 명품 자동차 등, 모든 것을 갖췄다. 그러나 그들과 대화해 보면 입만 벌리면 저속하고 상스러운 말만 해대고 아이처럼 무식하다. 안주 값으로 수 천 위안을 들여도 나는 바늘방석에 앉은 것 마냥 무미건조한 부자들과 자리를 같이 했기 때문에 실로 음식 맛을 느끼지 못했다.

그중에서 한 부자는 나를 극히 존중했다. 그는 내게 이렇게 말했다.

제가 죽을 만큼 일본에서 돈을 번 것은 결국 우리 아들 때문이라고 보지 마세요. 우리 세대들은 시간이 허비되어 내가 목숨 걸고 돈을 번 것은 아들을 문화인으로 만들기 위해서가 아닙니다. 우연히 기회가 되어 돈을 많이 벌었지만, 진짜 자기를 고상하게 만들고 싶다면 많은 독서를 통해서만 되는 것이며, 독서는 하루아침에 이루어지는 것이 아닙니다.

내 생각에도 그 말씀은 정말 일리가 있다. 사람이 욕심에 대한 미련과 세속의 얽매임을 떨쳐버리고 싶으면, 먼저 정신적으로 고상함을 추구해야 하며, 천리를 거스르는 사악한 생각을 물리쳐야 하고, 이익과 관록 때문에 본성을 잃지 말아야 한다. 좋은 책 한 권 읽는 것은 좋은 친구를 사귀는 것과 같고 자신의 의지 단련에 도움이 되며, 자신의 고상한 품행을 키울 수 있다.

독서를 놀이로 보는 것도 멋있는 독서 방법이다. 마음이 거울처럼 고

낭랑하게 속세로 파고드는 책 읽는 소리

요해야 비로소 마음이 거울처럼 맑아진다. 끊임없이 책을 읽으면 우리를 양심을 지키게 하며 진짜로 재밌는 사람이 될 수 있다. 우리 사회 풍조도 건강해져서 마음과 눈을 즐겁게 만들어 줄 수 있다.

책 향기에 취하다

전쟁터에서도 책을 놓지 않은 장수

독서는 문인의 고상한 일일뿐더러 고대의 수많은 무장(武將)들도 자못 독서를 좋아하여 손에서 책을 놓지 않았다. 삼국 시대의 관우(關羽, ?~220), 여몽(呂蒙, 178~220), 당대의 장순(張巡, 708~757), 송대의 이강(李綱, 1083~1140), 악비, 명대의 척계광은 모두 천군만마를 거느리던 장수였다. 그러나 그들이 독서를 좋아하기론 문인, 아사(雅士)에 결코 뒤지지 않는다.

근대사에서 풍옥상(馮玉祥, 1882~1948) 장군은 독서를 열애한 군인의 본보기다. 풍 장군은 유년 시절에 가난하여 단지 3개월 동안 사숙에서 공부하고 12세에 군인이 되어 나중에는 집단군 총사령관이 되었다. 군벌이 혼전하던 시기에 풍 장군은 정의를 지키고 시비를 명확히 가렸는데, 이는 자신의 '독서명리(讀書明理)'와 연관된다고 여겼다. 그는 황망한 전쟁터에서도 독서를 잊지 않았으며 독서하는 가운데 생활의 진체(眞諦)를 깨달았다. 그는 책을 읽으면 "자신의 작은 마음속에 쾌락과 행복을 채워준다."고 여겼다. 독서를 통해 풍 장군은 지식을 존중하고 지식인을 존중할 줄 알았다. 그의 독서는 잡다하다. 소설, 시사, 역사를

그림 41. 연안(延安) 동굴에서의 모택동 집무 광경[책상 위에 《노신전집》이 놓여 있다]

읽는가하면 과학, 경제, 철학 저작도 섭렵했다. 이러한 책들은 그의 사람됨이나 군인을 다스리는데 극히 중요한 의의가 있다. 그는 "독서만이 중요한 일이다."라고 말했다. 만년에는 또 영어를 공부하여 유럽문학을 섭렵했다. 그는 퇴역하고 미국을 방문했다가 돌아오는 길에 불행하게도 재난을 당했다. 지금까지도 사람들은 여전히 풍 장군을 그리워하고 있다.

모택동은 뛰어난 정치가이자 군사가다. 그도 마찬가지로 독서를 열애한 문학가다. 그는 한평생 책을 손에서 놓지 않았으며 중대한 전쟁을 지휘할 때도 책을 꾸준히 읽었다. 신중국 성립 후에 그는 매일 온갖 정사를 처리하면서도 독서는 그의 생활 속의 중요한 일과였다. 모택동은 중국 역사에 대해 열정을 다해 연구하고 《자치통감》을 숙독했으며 집에는 경, 사, 자, 집 등 선장본을 포함해 수 만 권을 소장했다.

책 한기에 치치다

이를 통해서 독서는 모든 사람에게 귀중하고 중요한 일임을 알 수 있다. 문신이든 무장이든, 천자든 서민이든 모두 책속에서 유익한 영양분을 섭취할 수 있었다. 오늘날 어떤 사람은 독서를 서생의 일로 치부하거나 일에 바빠서 독서할 시간이 없다고 여기는데, 풍옥상이나 모택동을 본보기로 삼아 참작해보면, 이러한 말은 이유나 핑계가 될 수 없음을 알 수 있다.

책은 인류의 생활을 실천하는 누적이자 총결이다. 독서는 결코 사업과 생활의 고달픔이 아니다. 책을 잘 읽으면 사업의 왕성한 발전에 도움을 주고, 일 처리의 효율과 향상에 도움을 준다.

독서 방법을 억지로 통일시킬 필요는 없다. 사람마다 자기에게 적합한 독서방법을 선택하면 된다. 자투리 시간과 여가 시간을 이용해 자신의 지식 체계를 풍부하게 하여, 자신의 정서를 도야시킴으로써 인생의 곤혹을 벗어나 정직한 사람이 될 수 있다.

전쟁터에서도 책을 놓지 않은 장수

독서는 반드시 출입법(出入法)을 강구해야 한다

　청대 학자 혜주척(惠周惕)은 강소 오현(吳縣) 사람으로 경학에 뛰어나 오파경학(吳派經學)의 창시자다. 혜주척의 학문은 연박한데, 이는 그의 '독서출입법(讀書出入法)'에서 도움을 받았다. 이는 우리가 오늘날 어떻게 독서할 것인가에 대해서도 중요한 계시를 준다.

　혜주척은 독서하려면 '박문강기(博聞强記)'해야 하고 '장구에 얽매이지 말아야(不守章句)' 한다고 여긴다. 전자는 독서요입(讀書要入)을 얘기하는데, 박문강기를 통해 문장의 정화를 가슴 속에 잘 새겨두어야 한다는 뜻이다. 후자는 독서요출(讀書要出)을 얘기하는데, 문장의 자구에 구애되지 말고 정신적 깨달음을 통해 내용을 소화시켜서 죽은 문자를 살아있는 지식으로 바꾼다는 뜻이다. 혜주척은 입(入)은 수단이고 출(出)은 목적이라고 강조했다. 진실로 독서의 치밀한 말이라고 하겠다.

　'독서출입법'은 말하긴 쉬워도 실천으로 옮기긴 어렵다. 책속으로 들어가려면 하루아침, 하루저녁에 이를 수 있는 것이 아니다. 예를 들어《상서》,《주역》을 읽기란 매우 어렵고《좌전》,《전국책》도 쉽게 이해할 수 있는 책이 아니다. 더욱이 출(出)하기도 쉽지 않다. 독서에 입문하려면 고

책 향기에 취하다

심해야 하고 부지런히 배워야 입신의 경지에 들어갈 수 있다. 책속의 내용을 이해하여 일가를 이루려면 오성(悟性)이 없으면 안 된다. 이는 바로 정판교가 그림을 그리고 글씨를 쓸 때 명인의 묵적을 임모한 뒤에 '판교체'를 독창한 것과 같다. 이는 그의 서화에의 심취를 예술의 영성(靈性)과 서로 결합한 것과 관련이 있다.

독서의 오성은 구할 수 없는 것이 아니다. 우리가 어느 정도 독서방법을 파악하고 있다면 '입득(入得)'하고 '출득(出得)'할 수 있다. 북송 문학가 황정견은 사학가 송자경(宋子京)이 쓴 《당사(唐史)》의 초고본을 얻었는데, 초고본의 공백에는 깨알 같은 글씨가 빼곡하게 쓰여 있고 어떤 글자는 알아볼 수 없었다. 그러나 황정견은 진귀한 보물을 대하듯 했다. 그는 고친 곳을 하나하나 분석, 대조하고 어휘 운용, 한자 형태, 발음에서부터 수사, 작문, 의미 전달에 이르기까지 연구에 연구를 거듭하여 송자경이 첨삭한 오묘함을 이해하게 되었다. 후에 황정견은 글을 쓸 때 문장을 간결하게 쓰는 방법을 터득했고 아울러 사고의 범위를 확장시켰다.

남송 사학가 원추(袁樞, 1131~1205)의 예를 더 들어보자. 원추는 일찍이 국사원(國史院) 편수관(編修官)을 지냈다. 그가 처음 《자치통감》을 읽고는 이 책 내용이 풍부함을 느꼈다. 두 번 읽어보고는 약간의 의문이 생겼다. 다시 읽어보고는 단지 '입(入)'해서 되는 것이 아님을 느꼈다. 그래서 읽으면서 자신의 생각을 기록해두었다. 원추는 책을 읽고 독서 필기를 쓸 때 《자치통감》의 체제에 결함이 있음을 발견했다. 그것이 한 역사 사건이 지난 지 오래되었는데도 사마광이 연월에 따라 사건을 기록했기 때문에 독자들은 수많은 책을 읽어보아야만 사건의 시말을 알 수 있었다. 이에 원추는 《자치통감》에서 분산된 사건을 모으기로 하

독서는 반드시 출입법(出入法)을 강구해야 한다

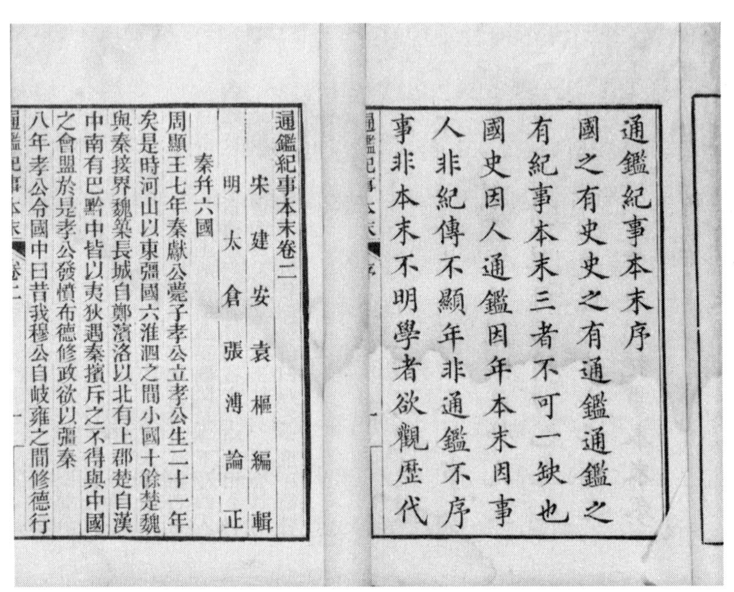

通鑑紀事本末序
國之有史史之有通鑑通鑑之
有紀事本末三者不可一缺也
國史因人通鑑因年本末因事
人非紀傳不顯年非通鑑不序
事非本末不明學者欲觀歷代

通鑑紀事本末卷二
宋　建安　袁　樞　編輯
明　太倉　張溥　論正
秦幷六國
周顯王七年秦獻公薨子孝公立孝公生二十一
年是時河山以東彊國六淮泗之間小國十餘楚魏
與秦接界魏築長城自鄭濱洛以北有上郡楚自漢
中南有巴黔中皆以夷狄遇秦擯斥之不得與中國
之會盟於是孝公發憤布德修政欲以彊秦
八年孝公令國中曰昔我穆公自岐雍之間修德行

그림 42. 《통감기사본말》

고, 사건을 중심으로 다시 편집했다. 이렇게 하여 모두 239개의 항목을 《통감기사본말(通鑑紀事本末)》로 엮었다. 이 책도 실용적 가치가 있는 사학 저작이다.

청대 고증학자 염약거(閻若璩, 1638~1704)가 독서할 때 자주 질문하는 것 가운데 하나는 '왜'이다. 그는 소년 시절에 《맹자》를 읽다가 등정공(滕定公)이 죽자, 그의 세자(滕文公)는 추국(鄒國)에 사람을 보내 맹자에게 어떻게 장례를 치러야하는지 묻는 대목을 읽다가 문득 의문이 들었다. 등국(滕國)은 추국과 멀리 떨어졌는데, 어떻게 그것이 가능할까? 그는 나중에 스스로 현지에 가서 조사해 보고서야 고대의 등국과 추국의 거리는 불과 백여 리 떨어져있음을 알게 되었다. 염약거는 이를

책, 한길에 치이다

통해 다음과 같은 결론을 얻었다.

"맹자는 독서할 때 역사 환경을 알아야한다고 말했지만, 내가 보기엔 지리 환경도 알아야한다."

염약거는 학문할 때 옛사람을 맹목적으로 믿지 않고 의고(擬古) 독서법을 택했기 때문에 그가 편찬한 《고문상서소증(古文尙書疏證)》과 《사서석지(四書釋地)》는 출판 뒤 학술계의 센세이션을 일으켰다. 염약거는 기존의 학설에 구속받지 않고 고심하며 고증하려 했기 때문에 그의 독서는 '입득', '출득'이라고 말할 수 있다.

황정견, 원추, 염약거의 독서 방법은 각기 다르다. 그러나 그들은 입서(入書)를 수단으로, 출서(出書)를 목적으로 삼고, 책을 활용적으로 읽고 사고능력을 운용하여 자신의 창작능력을 향상시키고 독창적인 견해를 배양하는데 기초를 다져놓았다. 남송 학자 진선(陳善)은 '출입독서법(出入讀書法)'에 대해 치밀한 견해를 가졌다.

> 책을 읽으려면 반드시 출입법을 알아야 한다. 처음에 들어가는 까닭을 구해야 하고 마지막엔 나오는 까닭을 구해야 하는데 책을 친근하게 보는 것이 '입서법'이다. 머리 회전이 빠르게 응용하는 것이 '출서법'이다. 책 속으로 들어갈 수 없으면 옛사람의 마음 씀씀이를 알 수 없고, 책에서 빠져 나오지 못하면 곧 말 속에서 죽어버린다. 들어갈 줄 알고 나올 줄 아는 것이야말로 독서의 방법이다(讀書須知出入法, 始當求其所以入, 終當求其所以出, 見得親切, 此是'入書法', 用得透脫, 此是'出書法'. 蓋不能入得書, 則不知古人用心處. 不能出得書, 則又死在言下. 唯知入, 知出, 乃盡讀書之法也).

독서는 반드시 출입법(出入法)을 강구해야 한다

진선은 《문슬신화(捫虱新話)》에서 어떤 사람이 무작정 암기만 하고 날마다 수천 자를 암송하기만 하는 것이 무슨 도움이 되느냐고 말했다. 진선은 독서를 위한 독서를 반대했다. 그가 제창한 '머리 회전이 빠르게 응용하는', 즉 독서를 실제에 결합하면 소득이 있을 거라는 제시는 우리가 제창할 만한 가치가 있다.

중국의 독서방법은 사람마다 제각각이라서 총결하면 수천 가지가 넘을 것이다. 그러나 옛날이나 지금의 성취 있는 대학자, 대문호는 '독서출입법'을 강구하고 실천했다. 그들은 탄탄한 문자학 실력을 갖추고 뭇 서적을 두루두루 읽었을 뿐 아니라, 책을 뛰어넘어 더욱 높은 각도에서 책의 지식을 소화시켰으며 아울러 스스로 일가를 이루게 되었다. 바로 이 때문에 나는 특별히 이 독서방법을 추앙한다. 책을 좋아하는 사람들 모두가 독서하는 과정에서 이 '출입법'을 터득할 수 있길 바란다.

온 가족이 함께 누리는 독서의 즐거움

한 사회를 볼 때 문명의 정도를 재는 중요한 척도는 그 민족의 문화소양이다. 한 민족의 문화소양을 향상시키는 일은 그 사회에 얼마나 많은 사람들이 독서를 열애하느냐에 따라 결정된다.

1980년대 초에 중국 대륙에서 각종 주제의 독서활동 붐이 일어났다. 1990년대 초에는 상해에서 기발한 아이디어를 내어 '상해시 가정독서락 대회(上海市家庭讀書樂大賽)'를 거행했으며 강소성 같은 데서도 '강소성 가정독서 대상 대회(江蘇省家庭讀書大獎賽)'를 거행했다. 이러한 활동은 '책을 즐겨 읽고 좋은 책을 읽으며 독서는 좋다(好讀書, 讀好書, 讀書好)'는 양호한 기풍을 선양하는데 효과가 있었다.

나는 다행히도 2회 상해시 가정독서락 대회의 심사위원을 맡았다. 그 과정에서 수많은 가정에서 도서를 열애하고 서로 도와주며 공부하는 감동적인 상황을 이해했다. 어느 철도 노동자 가정에서는 부모와 자녀 네 명이 매일 저녁 집에서 책을 읽는데 어떤 경우에도 흔들리지 않는다고 한다. 어떤 사람은 철학책을 즐겨 읽고 어떤 이는 역사책을, 어떤 이는 문예 소설책을, 어떤 이는 생활총서를 즐겨 읽는데, 그들은 독학과

온 가족이 함께 누리는 독서의 즐거움

상호교류를 통해 그 가정에 학자 집안의 풍격을 더해주었다. 그들은 돈을 벌면서도 지식 습득을 게을리 하지 않았다. 젊은 부부는 매일 일을 마치고는 귀가하여 문화소양을 열심히 공부하면서 집안에 따스한 분위기를 불어넣었다. 이러한 가정의 각기 다른 독서활동을 살펴보면 사람들에게 온 가족이 독서하면서 즐기는 느낌을 준다.

온 가족이 독서하는 예는 중국 고대에도 적지 않았다. 예를 들면 송대 조명성, 이청조 부부가 그렇다. 조명성은 평생 금석문 수장과 연구에 전력했으며, 이청조는 중국문학사에서의 저명한 여성 사인(詞人)이다. 그들 부부는 모두 도서 소장을 좋아하고 독서를 열애하였으니, 의기가 투합한 부부라고 할 수 있다. 두 사람은 늘 책을 파는 노점에 돌아다니다가 좋은 책을 보면 펼쳐놓고 서로 감상했다. 때로는 진본(珍本) 한 권 빌리면 부부가 밤늦게까지 함께 베끼곤 했다. 저녁 식사 후에도 서재에 마주 앉아 차를 마시면서 조명성이 문제를 내고 이청조가 대답했는데, 이청조가 맞추면 그녀가 먼저 차 한 잔을 마셨다. 만약 틀리면 조명성이 한 모금을 마셨다. 이청조는 박학강기하여 언제나 이기는 바람에 기쁜 나머지 찻물을 그녀의 몸에 가득 쏟게 되었다. 이 가정의 독서락(讀書樂) 정경은 사람의 마음을 사로잡는다.

고대에 부자, 형제들의 독서에 관한 기록이 있다. 예를 들면 송대에 소순(蘇洵, 1009~1066), 소식, 소철(蘇轍, 1039~1112) 삼부자의 독서에 관한 재미있는 이야기가 있으며, 명대에도 왕사정, 왕사기(王士騏) 부자의 독서와 조용현, 조기미 부자의 독서에 관한 고사가 전한다. 고금 동서를 돌아보면 독서를 열애하던 가정은 화목하고 학식과 교양이 있으며 예절에 밝고 책 읽는 소리가 낭랑하니 그 즐거움은 끝이 없었다.

그림 43. 노신과 허광평[53세 생일 기념 가족 사진]

현대문학사에서 무수한 문학 부부가 탄생했는데, 부부 두 사람은 모두 책을 읽는 친구다. 예를 들면 노신과 허광평(許廣平, 1898~1968), 노사와 호결청(胡絜靑, 1905~2001). 파금과 소산(蕭珊, 1917~1972), 전종서(錢鍾書, 1910~1998)와 양강(楊絳, 1911~), 진목과 자풍(紫風, 원명 吳月娟, 1919~), 부뢰(傅雷, 1908~1966)와 주매복(朱梅馥, 1913~1966), 호풍(胡風, 1902~1985)과 매지(梅志, 1914~), 구양산(歐陽山, 1908~2000)과 초명(草明, 1913~2002) 등, 그들은 모두 가정의 독서에 관한 회상록을 썼다. 혹은 각기 한권씩 집필하여 서로 토론하고 연구했

온 가족이 함께 누리는 독서의 즐거움

으며, 혹자는 옛것을 인용하여 지금을 말하고 책속의 지식을 가르쳐주기도 했다. 이렇게 책 읽는 분위기가 농후한 환경은 그들로 하여금 저명한 작품을 쓰게 만들었다. 허광평이 남편을 회상하는 산문은 진지하고 친근하다. 주매복이 정리한 남편의 원고에는 정이 듬뿍 스며들어 있다. 매지는 호풍의 전기를 썼는데 읽어보면 눈물이 나올 정도다. 이러한 문장은 한 측면에서는 중국 가정 독서락의 좋은 기풍을 반영했고 금후의 독서인으로 하여금 흠모하게 만든다.

무수한 독서 방법

어떤 방법으로 책을 읽으면 효율성을 높일 수 있을까? 이는 독서인들이 한번쯤 생각해봤을 문제다. 몇 년 동안 명인의 독서 방법을 소개한 서적들이 실로 많이 출판되었다. 독서 방법은 사람마다 다르기 마련이다. 설령 수천, 수백 종이 있다하더라도 과장은 아닐 것이다. 그러나 주요한 독서 방법은 대략 수십 종에 지나지 않는다. 아래에서 예를 들어보자.

목표 독서법

독자들이 명확한 목적을 가지고 독서함을 말한다. 그 목적은 하나일 수도 있고 둘일 수도 있다. 독서는 비교적 선택성을 중시하며 자신이 찾는 목표에 부합하게 세독(細讀), 정독, 필기를 하며 나머지 부분은 넘겨도 된다. 이는 우리가 논문을 쓰는데 적용하거나 전문적인 연구를 할 때 쓴다.

비교 독서법

두 종 혹은 두 종 이상의 서로 관련된 자료를 선택하여 비교, 대조해 읽으며 깊이 있고 세심하게 분석하는 것을 말한다. 거시적 비교나 미시적 비교, 혹은 종적인 비교나 횡적 비교를 할 수 있고 어느 특정한 역사 범위에 놓고 비교할 수 있고 동일한 유파를 선택하여 비교할 수 있다. 일반적으로 구조 비교, 인물전형 비교, 언어 비교, 특색 비교 등이 있다. 이러한 독서법은 융통성이 있고 재미가 있지만, 독자가 비교적 높은 문화소양과 폭 넓은 지식을 갖추어야만 가능하다. 남조 문학가 도홍경(陶弘景, 456~536)은 책과 사건의 대조 독서법을 택하여 책속의 기록과 현지 고찰을 결합해 비교하여, 이론을 실제에 연계시키는 목적에 다달았다.

쾌속 독서법

책속에서 가치 있는 정보를 찾고 독서하는 가운데 유용한 내용, 문구, 단락, 문자를 걸러내는 방법이다. 이것도 작자가 제요를 쓰고 대의를 반복 서술하고 요점을 축약하는데 자료를 제공해줄 수 있다. 삼국시대 때 공명(孔明)은 군중에서 대략 독서법을 통해 책속의 정화를 섭취했다. 20만자나 되는 책 한 권도 30분 내에 독파할 수 있다. 필자는 독서 과정에서 이 방법을 자주 써서 집필의 효율성을 크게 향상시켰다.

삼보(三步) 독서법

한 편의 문장을 세 번 읽는데 매번 읽을 때마다 각기 경중을 둔다. 첫 번째는 조감식 독서로 초보적 인상을 찾는다. 두 번째는 정독으로 문장 구성과 짜임새의 오묘함과 표현 방법, 인물형상의 예술 특징을 음미한다. 세 번째는 소화, 흡수 단계로 이러한 토대에서 자신의 독특한 견해

책 한 권에 치치나

를 도출할 수 있다. '십보(十步) 독서법'이 있는데 순서대로 조독(粗讀), 권점(圈點), 석난(釋難), 획단(劃段), 귀납(歸納), 평석(評析), 적구(摘句), 질의(質疑), 주기(注記), 소결(小結)이다. 현대 작가 풍자개는 단계적으로 깊이 파고드는 선랑식(選浪式) 독서법을 이용하여 얻은 도움이 컸다.

복사식(輻射式) 독서법

정독한 문장을 출발점으로 삼고 연후에 사방팔방으로 확장시켜서 마치 태양의 복사와 같다. 문장 한 편, 책 한 권을 정독하려면 부수적으로 수많은 책을 읽어야하는데, 그 과정에서 지식을 확충시킬 수 있고 또한 집필할 때 자유자재로 널리 인용할 수 있는 효과를 가져올 수 있다. 소동파의 문장을 읽다보면 팔방에서 바람이 부는 듯한 느낌을 받는데, 그가 이러한 독서법과 창작법을 운용했기 때문이다.

순환식 독서법

좋은 책은 백번 읽어도 물리지 않는다. 좋은 책은 이 독서법을 택해도 좋다. 어떤 책은 비교적 심오한데, 측면 진공법이나 정면 진공법을 택해도 좋다. 우회 포위공격의 독서법을 택하게 되면 다방면에서 인용할 수 있고 점차적으로 깊이 들어가 자세히 음미할 수 있으며 회통하여 최종적으로 철저하게 소화하고 이해할 수 있어, 가장 훌륭한 독서 효과를 거둘 수 있다.

도추식(倒推式) 독서법

즉 역독법(逆讀法)이다. 책의 마지막 장부터 거꾸로 읽어서 먼저 클라

이막스 구조를 알고나서 나중에 사건이 발생하고 발전하는 과정을 이해하는 것이다. 예를 들면 탐정소설을 읽을 때 먼저 악당이 누군지 알고나서 반추해가면 작자의 창작 과정을 이해할 수 있다. 도추법도 국부적인 역독에 이용해 어느 장절을 거꾸로 읽어서 소설의 플롯을 연구하는데 적용할 수 있다.

집작식 독서법

책속의 어느 내용을 숨겨버리면 독자들이 스스로 어떻게 쓸 것인가 추측하게 된다. 그런 연후에 작가가 쓴 원문을 대조하고 이를 대비하여 차이를 알아낸다. 예를 들어 심윤묵(沈尹默, 1883~1971)은 늘 '차자난기(遮字難己) 독서법'을 이용해 자신의 창작 수준을 향상시켰다. 이 독서법은 독서 사색을 강화시키는데 장점을 가지고 있다.

전식식(全息式) 독서법

이 독서법은 1) 제목 목차와 요약 보기, 2) 간략한 소개와 인용 서목 읽기, 3) 목차와 표제 훑어보기, 4) 제발(題跋)에 주의, 5) 범례 연구, 6) 부록의 이해, 7) 본문 읽기, 8) 자료에 근거하여 찾기, 9) 평가에 대한 언급, 10) 종합 분석을 포괄한다. 이러한 독서법은 책의 내용을 전면적으로 이해할 수 있다. 한 권의 명저를 통독하려면 이 독서법이 가장 좋다고 생각한다. 그러나 비교적 시간이 든다.

통용식 독서법

이는 다섯 단계로 나눌 수 있다. 대충 훑어보기로 총체적 인상을 파

그림 44. 북평대학(北平大學) 교장 시절의 심윤묵

악한다. 질문으로 작품의 구상, 중심 사상, 분단 묘사법, 창작 배경, 작자 개황, 작품의 사회적 의의, 예술 풍격을 이해한다. 정독으로 미문을 자세히 음미하고 한 글자 한 구절마다 이해하고 필기하며 제요를 만들고 도표를 그린다. 암기로 좋은 구절을 암기하여 자기 것으로 소화한다. 복습으로 책속의 정채로운 부분을 복습하고 배울만한 창작 방법을 찾아서 창작하는데 제요를 확립할 수 있다,

　이밖에도 일선양점법(一線兩點法), 다로수입법(多路輸入法), 박약결합법(博約結合法), 카드 독서법, 군체호리법(群體互利法), 독사결합법(讀寫結合法), 협동 독서법, 반추(反芻) 독서법, 우화(優化) 독서법, 오류사별법(五類四別法), 전독분독법(全讀分讀法) 등이 있다. 문학 작품의 제

제에 의거하여 소설 독서법, 평론 독서법, 다이제스트 독서법, 서발(序跋) 독서법 등으로 나눌 수 있다. 이는 모두 문체와 제제의 각 특징에 의거하여 독서 방법을 확립해야 한다.

앞에서 얘기한 독서법에 대해 우리는 사람마다 다르고 작품마다 다르며 연구 목표마다 다르므로 각기 다른 독서법을 택해야 하며 어느 한 독서법에 치우치지 말아야함을 강조했다.

독서 방법은 천종, 만종이 있으나 관건은 본인의 독서 수요에 맞아야만 독서의 목적을 명확히 할 수 있고, 우리는 이래야만 한정된 시간에 현명한 선택을 하여 더 좋은 책을 많이 읽고 독서하는 목적에 도달할 수 있다.

이 책을 끝내기 전에 독서 애호가들이 '서향심이(書香心怡: 책 향기에 취하다)' 경지에 빠지게 된 것을 미리 축하한다. 독서는 즐겁고 그 즐거움은 무궁하다.

1993년 5월~9월

상해 '독서락소옥(讀書樂小屋)'에서

역자 후기

학창 시절 역자에겐 상복이 별로 없었다. 졸업식 때 골고루 나눠주는 상장 이외에 중학교 때 딱 한번 다독상을 받은 적은 있다. 집엔 교과서와 전과 외엔 읽을 만한 책이 없었다. 하여 중학교 도서관에서 시간이 날 때마다 책을 빌렸지만 지금 생각해보면 무슨 책을 읽었는지 기억이 나질 않는다. 아마 위인전을 빌렸을 것이다.

고등학교에 입학해서는 주로 주니어 문고판을 읽었다. 책 가격도 저렴하고 읽기에 부담이 되지 않은 것으로. 그때 구입했던 책은 다 어디로 갔는지.

역자가 본격적으로 책을 구입하기 시작한 것은 대학에 들어와서다. 1, 2학년 때는 고시 공부한답시고 시험 관련 책과 《고시계》 같은 잡지를 구입하고 읽기 시작했다. 이때 구입했던 책은 군 입대하면서 같은 고시원에 숙식을 함께 하던 선배에게 몽땅 물려주었다. 물려주었다기보담 제대하면 관련 법 규정이 뒤바뀌기 때문에 소용없다는 감언이설에 속아 강제로 빼앗긴 것이다.

군대 가기 전 그동안 배웠던 대학 교재는 헐값으로 헌책방에 넘겨버

렸다. 복학해서 그 헌책방에 가보니 내가 넘겼던 책들이 아직도 그 자리에 남아 새 주인을 기다리고 있었다.

3학년에 복학해보니 그동안 전공 공부를 소홀히 한 탓에 수업 듣는 데 애를 먹었다. 그동안 대학 산악부 활동과 고시 공부를 병행하다가 보니 아무 것도 이룬 게 없었다. 정신 차리고 전공에 눈을 돌리자 중국문학 공부에 점점 신선함과 재미를 느끼게 되었다. 그래서 두 활동은 아예 포기해버렸다.

대학 재학 시절 얼마 되지는 않지만 전공 관련 책들을 구입하여 읽기 시작했다. 관련 국내 책은 얼마 되지 않았던 때여서 교재나 논문의 참고문헌에 나와 있는 도서목록을 중심으로 모으기 시작했다. 집에서 매달 꼬박꼬박 보내주시는 '향토장학금'을 받는 대로 나의 서점 편력이 시작되었다. 책을 사는 바람에 생활비가 없어서 남의 신세를 지느라 여간 곤혹을 치른 게 아니었다.

대학원에 입학할 즈음에는 대륙 책들이 국내에도 선보이고 영인본도 서상들에 의해 보급되기 시작했다. 이때부터 본격적인 도서 수집이 시작되었다.

조교를 맡을 당시 박사 지도교수의 서재는 나의 안식처였다. 선생님께

서 퇴근하시고 나면 야간에 몰래 틈입하여 책 구경을 했다. 그 많은 책을 어디서 그렇게 많이 구하셨는지? 선생님은 책을 너무나 아끼셔서 책을 빌려 복사하려면 반드시 두 권을 복사하여 한 권은 드려야 했다. 책 손상이나 분실을 우려했기 때문이다. 그만큼 책을 사랑하셨다. 그런 선생님께서 올해 1학기를 끝으로 정년퇴임하신다. 무상한 세월이다.

청계천 헌책방도 기회가 있을 때마다 들르는 탐방 코스였다. 학과에 산악 모임 '산패'를 만들어 놓고 산 관련 잡지나 도서를 비치하기 위해서였다. 그때 힘들게 구입한 산악 전문잡지 《산》도 지금은 행방이 묘연하다. 창간호부터 구입했었는데.

태어나서 첫 해외 구경은 1991년 여름방학으로 거슬러 올라간다. 무더운 학생들을 인솔하여 대만 담강대학(淡江大學)에 어학연수를 떠났다. 학생들을 수업 보내놓고 역자는 대북(臺北) 시내에 나와 서점가를 어슬렁거렸다. 그 당시 광화상장(光華商場) 지하의 헌책방에는 홍콩을 통해 대만으로 들어온 책들이 많았다. 여기에서 30, 40년대에 나온 심종문(沈從文), 정령(丁玲), 소홍(蕭紅) 등의 소설책을 구입했었다.

그리고 1992년 겨울방학 때는 대륙과의 물꼬가 트여 북경제2외국어학원으로 연수를 떠났다. 그 당시 대륙의 책 가격은 상당히 저렴했다.

당시 나의 일과는 매일 같이 북경 시내 헌책방의 순례였다. 이렇게 모은 수십 박스에 달하는 책을 옮기느라 남학생들이 수고해주었다. 한국에서도 만나지 못하는 선생님들을 북경 서점에서 만나는 경우도 많았다.

그동안 모은 책들은 한군데 둘 공간이 없어 절반은 고향집에, 절반은 아파트의 베란다에 소장하고 있다. 책들의 이산가족인 셈이다. 언제쯤 상봉할지? 지금은 없어진 북경의 헌책방들, 내겐 아련한 추억거리다. 그 추억을 달래기 위해 이 책을 번역하게 되었다. 이번에 번역한 이 소책자는 없어진 헌책방에 대한 역자의 향수를 달래준다.

본서는 조정문(曹正文) 선생의 서른한 번째 책으로《서향심이(書香心怡)》(상해고적출판사, 1994)를 우리말로 옮긴 것이다. 이 책에서는 주로 책을 찾는 취미, 장서의 즐거움, 책 감상의 경지, 독서 방법을 소개하고 있다. 책을 좋아하고 중국학에 입문하려거나 독서 방법을 참조하고 싶은 독자에게 일독을 권한다.

이 책의 한 가지 흠이라면 오자가 빈번하게 출현하고 게다가 출처를 명시하지 않은 점인데, 번역하는 과정에서 가능한 범위 내에서 원서를 찾아보고 출처를 명기하여 놓았다. 그리고 인명의 생몰 년도, 이미지 사진과 부록의 색인도 역자가 보충하였음을 밝혀둔다.

책 향기에 취하다

본서의 저자 조정문 선생은 비록 정규대학 교육을 받지는 못했으나 박학다식하기로 소문난 통속문학 작가다. 그의 성취는 가히 등신서(等身書)라고 할 만큼 잡다한데, 그의 저작을 참고로 아래에 적어 두겠다.

소설류

《唐伯虎落第》(北岳文藝出版社, 1985)

《蘇東坡出山》(四川文藝出版社, 1987)

《三奪芙蓉劍》(四川文藝出版社, 1988)

《四十歲男人的困惑》(中國靑年出版社, 1988)

《金色的陷阱》(江西文藝出版社, 1989)

《紫色的誘惑》(浙江文藝出版社, 1990)

《世界偵探推理小說大觀》(주편, 上海辭書出版社, 1995)

《紅房子迷宮》(百家出版社, 2003)

산문소품류

《詠鳥詩話》(浙江人民出版社, 1984)

《群芳詩話》(浙江人民出版社, 1985)

《一百名人談讀書》(上海敎育出版社, 1990)

《地靈人傑》(上海三聯書店, 1991)

《史鏡啓鑒錄》(上海古籍出版社, 1992)

《秋天回眸話人生》(上海知識出版社, 1993)

《彩圖中國俠義英雄》(上海人民出版社, 1993)

《書香心怡》(上海古籍出版社, 1994)

《珍藏的簽名本》(漢語大辭典出版社, 1995)

《喝午茶: 米舒隨筆選》(復旦大學出版社, 1996)

《珍愛的簽名本》(上海人民出版社, 1997)

《開心萬里行: 米舒遊記選》(上海人民出版社, 1997)

《珍友的簽名本》(華東師範大學出版社, 1998)

《米舒書話》(江蘇敎育出版社, 2000)

《秋天的筆記》(上海社會科學院出版社, 2002)

《影響我人生的一本書》(上海書店, 2002)

《我的第一本書》(文滙出版社, 2002)

《武林一百零八將》(上海辭書出版社, 2003)

《我與"新英雄"》(上海譯文出版社, 2003)

《我與狗的故事》(上海辭書出版社, 2004)

《我走過88個城市(上下)》(上海文藝出版社, 2006)

《百位名家談讀書》(上海人民出版社, 2006)

《情趣生活》(上海科學技術文獻出版社, 2007)

《我讀過的99本書: 我的讀書筆耕生涯》(上海人民出版社, 2007)

《我說風月無邊》(上海文化出版社, 2008)

《珍藏的簽名本》(上海人民出版社, 2008)

《江南符號》(東方出版中心, 2009)

《文人雅事》(上海遠東出版社, 2009)

문예평론류

《古龍小說藝術談》(學林出版社, 1989)

《女性文學與文學女性》(上海書店, 1991)

《金庸小說人物譜》(學林出版社, 1995)

문학사류

《中國俠文化史》(上海文藝出版社, 1993)

《世界偵探小說史略》(上海譯文出版社, 1998)

그의 필명은 미서(米舒)이고 원적은 강소 소주 사람이다. 1950년에 상해에서 태어나 자학고시(自學考試)를 거쳐 화동사범대학(華東師範大學) 중문계(中文系)를 졸업했다.

1981년에 《신민만보(新民晚報)》에 입사하여 기자, 편집을 맡았으며 지금은 중국작가협회 회원, 상해시정협(上海市政協) 위원, 중국무협문학학회 이사, 상해구삼학사 시위(上海九三學社市委) 상임위원, 《신민만보》 주임편집, 상해통속문예연구회 부회장, 상해대학 문학원, 동제대학(同濟大學) 대외교류학원 객좌교수로 활동하면서 왕성한 창작력을 과시하고 있으며, 일찍이 1999년 7월 9~10일간 충남대학교에서 거행된 제1차 동방시화학(東方詩話學) 국제학술발표대회에도 참여한 바 있다.

지금까지 30여 차례에 걸쳐 각종 작품상을 수상하였으며 1995년도에는 「상해 10대 장서가」로 선정되기도 하였다. 소주대학(蘇州大學) 도서관에 설치된 '조정문 소장 사인본 진열실(曹政文收藏簽名本陳列室)'은 중국 최초의 사인본 진열실이다. 그리고 그의 《여성문학과 문학여성(女性文學與文學女性)》은 역자에 의해 《중국문학과 여성》(도서출판 시놀

책 향기에 취하다

로지, 2000)이란 제목으로 번역된 바 있다.

워낙 재주가 모자란지라 오역이 많을 터인데 독자 제현의 지도를 간절히 바란다.

2012년 5월 29일

태조산 기슭 안서산장(安棲山莊)에서 조성환

책 향기에 취하다

책 한길에 치치다

책 향기에 취하다

ㅈ

ㅊ

옮긴이 | 조성환(趙誠煥)

　　충남 서산 출신으로 천안고를 거쳐 경북대 중어중문학과를 졸업하고(1987), 동 대학원 중어중문학과에서 석사(1989)와 박사(1996) 학위를 받았다. 일찍이 서라벌대학 중국어과에서 전임, 조교수, 부교수를 역임했으며 중국사회과학원 역사연구소 방문학자를 지냈다. 지금은 백석대와 상명대에서 강의하고 있다. 그동안 옮기고 엮은 책으로는 ≪북경과의 대화≫(2008), ≪경주에 가거든≫(2010), ≪서복동도≫(2010), ≪압록강에서≫(2010), ≪포스트모던 음식문화≫(2011), ≪중국 역대 여성작가 사전≫(2011), ≪빙신 단편집≫(2011) 등이 있다.

책 향기에 취하다

초판 인쇄　2012년 8월 22일
초판 발행　2012년 8월 30일

지 은 이 | 조정문
옮 긴 이 | 조성환
펴 낸 이 | 김미화
펴 낸 곳 | **인 터 북 스**

주　　　소 | 서울시 은평구 대조동 221-4 우편번호 122-844
전　　　화 | (02)356-9903
팩　　　스 | (02)386-8308
전자우편 | interbooks@chol.com
홈페이지 | hakgobang.co.kr
등록번호 | 제311-2008-000040호

ISBN　　　978-89-94138-33-6　03800

값 : 15,000원

※ 파본은 교환해 드립니다.